REINO DE ILUSÕES

All this twisted glory
Copyright © 2024 by Tahereh Mafi

© 2024 by Universo dos Livros

Todos os direitos reservados e protegidos pela Lei 9.610 de 19/02/1998. Nenhuma parte deste livro, sem autorização prévia por escrito da editora, poderá ser reproduzida ou transmitida sejam quais forem os meios empregados: eletrônicos, mecânicos, fotográficos, gravação ou quaisquer outros.

Diretor editorial
Luis Matos

Gerente editorial
Marcia Batista

Produção editorial
Letícia Nakamura
Raquel F. Abranches

Tradução
Cynthia Costa

Preparação
Monique D'Orazio

Revisão
Marina Constantino
Tássia Carvalho

Arte
Renato Klisman

Arte da capa original
Alexis Franklin

Design da capa original
Jenna Stempel-Lobell

Dados Internacionais de Catalogação na Publicação (CIP)
Angélica Ilacqua CRB-8/7057

M161r

    Mafi, Tahereh
        Reino de ilusões / Tahereh Mafi ; tradução de Cynthia Costa. -- São Paulo : Universo dos Livros, 2024.
        336 p. (Série This Woven Kingdom ; Vol. 3)

        ISBN 978-65-5609-674-2
        Título original: All this twisted glory

        1. Ficção norte-americana 2. Literatura fantástica 3. Mitologia persa
        I. Título II. Costa, Cynthia III. Série

24-1578   CDD 813

Universo dos Livros Editora Ltda.
Avenida Ordem e Progresso, 157 — 8º andar — Conj. 803
CEP 01141-030 — Barra Funda — São Paulo/SP
Telefone: (11) 3392-3336
www.universodoslivros.com.br
e-mail: editor@universodoslivros.com.br

TAHEREH MAFI

REINO DE ILUSÕES

São Paulo
2024

Grupo Editorial
UNIVERSO DOS LIVROS

Para Ransom

*Mas, minha senhora,
jurei à lua pintar a terra de escarlate
com o sangue dele.*

— Abolghasem Ferdowsi, *Shahnameh*

Fale seu nome e diga-me: quem chorará sobre seu corpo decapitado?

*Não durarás por tempo suficiente para saber meu nome.
Mas, se precisas saber, minha mãe me nomeou "Tua Morte".*

— Abolghasem Ferdowsi, *Shahnameh*

PARTE UM

NO INÍCIO

A barra de seu manto negro ia serrando o mato alto conforme ele caminhava, seu ritmo frenético incitando pequenos sons revoltosos que lhe retumbavam entre os ouvidos a cada passo. Mãos de calor o agarravam, e a vestimenta pesada o sufocava. Cyrus de Nara ouvia o coração palpitar no peito — pânico gerando mais pânico à medida que ele lutava contra o impulso de correr. Sentia-se como a chuva em busca do rio, tentando em vão encontrar o caminho de casa. Às vezes, congelava no lugar, e sua cabeça fazia movimentos rígidos de pássaro, recuperando o fôlego como se tivesse visto um fantasma.

Não. Não um fantasma.

Algo muito pior.

Era inútil se desesperar, lembrou a si mesmo. Não adiantaria perder a cabeça. Se servisse de algo, Cyrus a teria entregado de boa vontade ao palácio, onde ela teria vivido para sempre com seu pai, o rei, e sua miríade de opressões. Mas o jovem príncipe tomara a decisão mais acertada em meio à crise, aventurando-se por plantações próximas.

Sua respiração tremulava.

Ele se forçou a desacelerar para conseguir pensar com calma. O mato alto era pontilhado com tocas de esquilos camufladas por ervas daninhas e flores selvagens. Já torcera o pé várias vezes, e, apesar do desespero da fuga, Cyrus sabia que não podia se dar ao luxo de se machucar.

O caminho que percorria continha os resquícios de uma antiga linha de trem, hoje quase invisível, não fosse pelos frisos de ferro corroído no chão, em meio à anarquia floral que se espalhava ao redor. Entre outras criaturas, sabia-se que serpentes neon cochilavam sobre a grama quente, com um apetite feroz que poderia ser facilmente desperto. Quantas vezes em sua infância Cyrus não saíra mancando em agonia, com o veneno transbordando nas veias... Havia perdido a conta. Quando criança, achava emocionantes tais aventuras; aprendera com o tempo a agarrar a serpente pela cabeça com um único movimento do punho e a soltar fumaça entre os dedos para que a cobra rastejasse para longe.

Costumava adorar estes campos: desafiar árvores para duelar, cavar em busca de tesouros que ele mesmo havia enterrado. Cada manobra era um novo desafio, uma nova fera, uma nova ânsia de vencer. A jornada agora não era nada mais do que necessária. E nada menos do que devastadora.

A vida, ele temia, jamais seria a mesma.

Seu coração bateu mais forte quando se aproximou da entrada do antigo túnel do trem, cujo interior em ruínas era sufocado por uma tapeçaria de trepadeiras e pelo cheiro de vida, tão perfumado que irritava a mente. Raios de sol e pássaros de asas azuis atravessavam as rachaduras da estrutura apodrecida, enquanto flores sonolentas desabrochavam e partículas de poeira suspensas no ar dançavam sob seu brilho. O túnel era como um portal para outro mundo — um mundo no qual, um dia, ele sonhara viver para sempre.

Um gafanhoto verde agarrou-se ao ombro do jovem assim que ele entrou no túnel. O contraste entre o brilho e a escuridão parecia um grito no vazio. Cyrus puxou o manto sobre o corpo, sentindo a dor do luto entre as costelas.

A uma distância cada vez menor, a visão de tantas formas verdes transformou-se em uma explosão de branco. Um emaranhado de nuvens na altura da cintura ergueu-se do chão. Ele atravessou esse estranho trecho com cuidado, pois a experiência não era diferente de cruzar a geada. Suas pernas já estavam começando a congelar quando o caminho de nuvens se dissipou sob seus pés. Cyrus reprimiu um arrepio.

Um véu palpável de magia sempre pairava sobre os muitos hectares que cercavam as Residências dos Profetas de Tulan, envolvendo o templo central e suas muitas dependências. Na verdade, eram poucos os que sabiam que o antigo túnel ferroviário levava àquela antiga propriedade, e menos ainda os que tinham permissão para percorrer aquele caminho.

O príncipe tulaniano tinha três anos na primeira vez em que visitara o território sagrado. Desde seu nascimento, ele se mostrara uma criança irritadiça: chorava com facilidade, fazia birra e, mesmo consciente de que sabia falar, recusava-se a pronunciar meia palavra. No dia em que sua babá lhe acariciou a cabeça e disse que ele era *lindo apesar de idiota*, ele atirou um bloco de madeira no rosto dela. Só quando a mulher respondeu com fúria foi que Cyrus se lembrou de que a violência era desaprovada e, quando ela se virou, o menino correu em direção a uma janela aberta, registrando o grito horrorizado da babá quando a atravessou, rolando como uma batata. Quicou três vezes no telhado íngreme antes de aterrissar no chão, onde saltou uma última e inesperada vez.

O menino arranhara com gravidade as mãos e os joelhos; hematomas formaram-se no dorso de um braço e em sua bochecha. Mas ele não chorou. Como um tatu se desenrolando, Cyrus levantou-se devagar, tirando as mechas acobreadas de cabelo do rosto com suas mãozinhas sujas e, surpreso, descobriu-se no centro de um halo.

Nunca vira Profetas de perto.

Eles o olhavam de rosto semicoberto, vestindo mantos pretos tão escuros que pareciam abrir buracos no mundo.

Aí está você, pequenino, ele ouviu alguém dizer.

A criança coçou a cabeça, maravilhada, em dúvida com aquela voz em sua cabeça. Cyrus riu e, encantado, pronunciou suas primeiras palavras em voz alta:

— Isso é mágica! — disse.

A babá ainda estava gritando quando chegou correndo ao jardim, com metade da criadagem do palácio atrás dela, todos histéricos. Seus serviços, ela mais tarde ficaria sabendo, não seriam mais necessários.

Foi naquele fatídico dia que Cyrus decidiu quem gostaria de ser, e essa convicção enraizou-se cada vez mais nele com o passar dos anos. O rei e a rainha consideraram aquela uma feliz descoberta, já que o menino não nascera para ascender ao trono e precisaria de uma ocupação menos importante, embora igualmente digna.

Cyrus de Nara era, claro, o segundo filho; não o herdeiro.

Seu irmão mais velho é quem seguira os passos de seu pai desde a primeira infância. Seu irmão mais velho é que fora preparado para uma vida de luxo e poder.

Cyrus, por sua vez, passara todo o tempo livre de sua infância brincando no túnel secreto ao seu bel-prazer, com flores desabrochando entre os cabelos conforme atravessava as nuvens em direção aos braços dos Profetas. Ao longo dos anos, ele se dedicara ao estudo das profecias e dos feitiços, preferindo as maravilhas misteriosas do etéreo à concretude do mundo material — e, por isso, tinha de aturar a zombaria de sua família real. Aprender o básico da magia eles até podiam entender, mas ninguém acreditava que um príncipe estaria disposto a renunciar ao seu título e recusar uma fortuna de herança para se juntar aos Profetas sem nome.

Cyrus não se importava.

Guardara seu ouro e suas joias, cortara o cabelo e resumira seu guarda-roupa a simples trajes pretos. Fizera os primeiros votos em seu aniversário de dezoito anos e passara o ano e meio seguinte vivendo no templo, raramente saindo da propriedade enquanto se preparava para a cerimônia final. Ele era um dos alunos mais jovens autorizados a avançar ao primeiro grau de sacerdócio e, agora, ao se aproximar de seu vigésimo aniversário, estava a apenas algumas semanas de receber suas vestes oficiais e ter seus lábios selados por uma magia que para sempre o deixaria...

Pare.

Cyrus congelou, perdendo o fôlego. O caminho envolto em geada o levara ao telhado de um chalé de pedra, um dos muitos na meia-lua de casas que pertenciam ao território dos Profetas. O jovem príncipe estava agora sobre uma dessas casas, com uma camada esponjosa de musgo sob as botas. Seus medos intensificaram-se quando ele ergueu a cabeça; nunca lhe fora proibida a entrada naquele território.

Lentamente, ele encarou seu velho professor.

O homem deslizou adiante, com suas vestes escuras como que sombreando o movimento. Os Profetas de Tulan distinguiam-se por seus mantos pretos; o curioso tecido, carregado de segredos, brilhava como metal líquido. O homem então puxou o capuz um pouco para trás, expondo parte de seu rosto à luz. Sua pele morena, apesar da idade avançada, era lisa, mas seus olhos estavam leitosos de catarata. Sua atitude não era de censura, porém. Uma compaixão parecia emanar do âmago daquele homem. Cyrus entendeu de imediato.

Vocês já sabem, ele disse de modo inaudível.

O Profeta assentiu. *Sempre soubemos, mas não deveríamos interferir.*

O jovem príncipe sentiu o coração contrair pela revelação. As palavras soaram como uma traição, mesmo que, de modo racional, ele compreendesse. Profetas eram condenados a carregar conhecimentos e, ao mesmo tempo, restritos a limites rígidos. Por mais poderosos que fossem, sacerdotes e sacerdotisas não podiam obstruir o livre-arbítrio alheio, e não lhes era permitido oferecer orientação, exceto se fossem consultados. Cyrus entendia tudo isso melhor do que a maioria das pessoas.

Ainda assim, um calor encheu seus olhos, pois agora ele sabia, com uma certeza categórica, que seus sonhos estavam acabados; seu propósito de vida nunca mais seria o mesmo. Nunca se tornaria um Profeta. Tudo que ele sempre quisera, tudo pelo que tinha se esforçado. Sua vida, seu futuro...

O professor acenou com a cabeça mais uma vez, de forma lenta, fazendo Cyrus cair no chão, de onde pôde ver as paredes violáceas do templo atrás deles erguendo-se às alturas. Com o coração recém-partido, o príncipe testemunhou a barreira sendo erguida entre os dois corpos: a magia o excluía daquele mundo.

Aquele território sagrado jamais seria seu lar.

Por favor, ele implorou. *Vim em busca de seu aconselhamento.*

O Profeta abanou a cabeça devagar. *Há apenas duas escolhas, meu pequeno.*

Cyrus prontificou-se a falar, com uma frágil esperança formando-se em seu peito, mas o velho professor ergueu a mão para impedi-lo de continuar. Foi com inconfundível pesar que o homem o encarou e disse:

Alguns poderão morrer. Ou muitos.

UM

— O que você... Você está *comendo uma laranja?* Ao dizer isso, Kamran virou o rosto tenso de consternação, observando a jovem sentada sob o céu noturno ao lado dele. Fazia horas que voavam pelos céus e, enquanto ele só ficava mais e mais gelado e inquieto, ali estava a srta. Huda, meio inclinada sobre o pássaro mágico, maravilhando-se com as estrelas e devorando uma fruta como se fosse a heroína de um romance.

— Sim, por quê? — Ela estava prestes a levar mais um gomo à boca, mas parou, parecendo assustada. — Ah! Perdoe-me, Alteza. Quer um pedaço? — Estendeu a mão grudenta, sobre a qual repousava um gomo melado, e Kamran recuou.

Ela lhe oferecera o gomo que estava levando à boca. A moça parecia desconhecer as boas maneiras.

— Não — ele respondeu de modo cortante.

Como a srta. Huda encontrara a fruta cítrica, ou como ela pensara em pegá-la em meio ao caos, ele nunca saberia, pois não tinha intenção de...

— Consegui surrupiar algumas frutas de uma bandeja que estava passando quando fugimos do palácio — ela explicou, pausando para mastigar e engolir. O brilho das estrelas iluminou seus movimentos grosseiros e seus olhos vidrados, que o encaravam com uma admiração mal disfarçada. — Espero que não se importe. Fico um pouco fraca entre uma refeição e outra.

Kamran exalou um som indiferente e virou-se de volta. Ele não queria iniciar uma conversa. Por um bom tempo, aquela improvável caravana não pôde se comunicar, pois o barulho constante e as turbulências da viagem tornavam as conversas impossíveis, mas o vento por fim se acalmara, e o alívio entre o quinteto tornara-se quase palpável. As impressionantes feras aladas que os carregavam se uniram em uma formação compacta ao iniciarem sua lenta descida para Tulan. Não faltava muito para aterrissarem.

A mente de Kamran estava inundada de medo e exaustão. Por mais grato que estivesse pelas circunstâncias extraordinárias de sua fuga, o brilho daquela jornada começava a diminuir sob a constante agitação de seus pensamentos. Ele não queria papo com ninguém.

— Ah, será que eu posso comer um pedaço? — Omid interrompeu, ansioso, falando na língua feshtoon. — Estou com tanta fome!

O menino estava decidido a só se comunicar em feshtoon, enquanto os outros respondiam em ardanz. Aquele novo sistema conferia às conversas uma textura interessante, tendo sido criado após a descoberta, para a extrema alegria de Omid, de que todos ali eram fluentes em feshtoon.

Até mesmo a srta. Huda.

Kamran surpreendera-se quando soube que a moça, filha ilegítima que era, fora educada como uma dama. Ele sabia que isso o tornava cruel, mas não podia se condenar pelo pensamento; era de fato surpreendente que alguém de origem incerta como ela tivesse sido criada sob os cuidados de uma governanta. Se bem que o pai dela era mesmo conhecido por sua excentricidade.

— Também gostaria de um pedaço, se ainda houver — acrescentou Deen, o boticário. — O aroma está divino.

Era verdade.

O ar ao redor deles parecia perfumado por essência de laranja. Mas, enquanto a srta. Huda partia os gomos para compartilhar com os outros, as vozes e trocas animadas apenas provocaram ainda mais o príncipe. Ele mal tolerava a maioria dos membros daquele improvável grupo quando estava de ótimo humor, e agora, sentindo-se cansado e inquieto, sua paciência estava curtíssima.

— Deixe-a em paz — sussurrou Hazan, com seu tom familiar de censura. — Ela não tem a intenção de irritá-lo.

— Quem?

— A srta. Huda.

Kamran assimilou essas palavras com surpresa, virando-se para encarar o velho amigo como se tivesse sido insultado.

— *A srta. Huda?* Acha que eu me preocupo com o que passa pela cabeça da srta. Huda?

Hazan não sorriu, embora seus olhos parecessem se divertir com alguma piada particular.

— Ah, não?

— Penso sobre ela, se é que penso, apenas quando me choco com a deselegância de sua mente.

Hazan fez uma careta.

— Isso não me parece justo.

— Você viu quando ela tentou *devorar* uma nuvem? — ele continuou, em tom ainda mais baixo. — Com aquela mandíbula, dá para imaginar? — Ele imitou as mordidas com a mão. — Virando a cabeça como louca, fazendo uma voz ridícula, apenas para divertir o menino. Ela não parece ter nenhum senso de etiqueta.

O rosto de Hazan permaneceu impassível quando ele disse:

— Acho que ela chamou de voz do *monstro comedor de nuvens*.

— Ah, e você aprova esse comportamento?

— Nem todos se levam tão a sério quanto o *senhor*. Não têm a energia para tanto, tampouco o interesse.

— Está insinuando que sou vaidoso?

— Não estou insinuando, Kamran. Estou afirmando com todas as letras.

— Você é um palhaço.

— Que bom então que não fico me olhando no espelho por muito tempo, contemplando os contornos do meu rosto.

Com relutância, Kamran abriu um meio-sorriso.

— Nunca lhe foi permitido renunciar ao peso esmagador de suas expectativas imperiais — Hazan falou, baixinho, olhando ao longe. — Outros não carregam tal fardo. E isso não os torna inferiores.

Kamran balançou um pouco a cabeça, avaliando mais uma vez a srta. Huda à distância. Quando se forçava a ignorar aquele vestido horroroso, era capaz de distinguir seus traços mais graciosos. Ela não era uma moça feia; ele apenas julgava que lhe faltava refinamento. Ela era escandalosa, indelicada e infantil, e ficar perto dela o deixava desconfortável, como se suas roupas fossem dois tamanhos menores do que deveriam.

Ela riu, então, riu até seu corpo chacoalhar, e ele se virou com tudo para o outro lado, como se aquele som alegre arranhasse seus nervos.

— Se ao menos eu pudesse me dar ao luxo de ser tão relaxado — murmurou. — Seria como uma brisa fresca no inferno.

Hazan dirigiu-lhe um olhar triste de compreensão, e Kamran, decidindo que merecia um pouco de descanso de suas punições mentais, permitiu-se acomodar-se melhor no assento.

Ele estava montado sobre Simorgh, o lendário pássaro fêmea que lhe oferecera uma chance de fuga em seu momento de maior desespero. Os outros estavam distribuídos sobre as costas dos quatro filhotes de Simorgh. O príncipe arduniano não sabia o que esperar ao montar naquela imponente e magnífica criatura, com uma envergadura do tamanho de um salão de baile. Ele ficara tão impressionado e grato pelo privilégio de sua companhia que não lhe ocorrera questionar se a longa jornada entre Ardunia e Tulan seria fácil. Já era ruim o bastante que tivesse sido unido à força àquelas almas perdidas — a única ligação entre todos ali era uma enigmática jovem que cruzara a vida deles —, mas, somando-se isso à exaustão, à fome, ao medo e ao luto mal digerido, a própria existência de seu corpo parecia agora intolerável.

Kamran queria Alizeh — Alizeh e nada mais — e, por isso, fora forçado a unir-se a um órfão, uma bastarda e um misantropo; como se sua vida fosse um jogo de tabuleiro e ele não tivesse escolha a não ser jogar com as cartas que tinha à mão. Considerando-se como Alizeh era reservada com relação à própria vida, aqueles eram figuras de fato peculiares. A verdade era que, caso não houvesse sido tão obstinado em sua busca pela jovem, talvez tivesse experimentado a felicidade de não conhecer nenhuma daquelas pessoas.

Para agravar ainda mais seu mau humor, o calor que acometia o corpo do príncipe estava mal distribuído. Apesar da quentura do pássaro, suas extremidades estavam quase dormentes de frio, o arco e aljava de flechas pendurados nas costas pareciam cravar sua carne e, embora ele não fosse admitir isso em voz alta, já fazia uma hora que tentava ignorar sua necessidade de ir ao banheiro.

Apesar de tudo isso, Simorgh provou ser uma montaria certeira e confortável, e as penas sedosas e iridescentes eram como uma almofada para o corpo cansado de Kamran. Fazia dias que ele mal dormia, tão abalada estava sua vida. Se ao menos pudesse se certificar de que não cairia, Kamran poderia ter cochilado apoiado no pescoço da ave. Agora, à medida que os movimentos suaves e constantes do voo o embalavam, ele lutava para manter os olhos abertos. Em silêncio, agradecia a bofetada estimulante que o vento frio às vezes dava em seu rosto.

— Você continua com fome?

Kamran virou-se, uma brisa despenteando seu cabelo, mas logo percebeu que a pergunta não fora dirigida a ele. A srta. Huda havia conseguido uma banana em algum bolso secreto nas dobras ondulantes de seu vestido horroroso e agora tentava, sob a imensidão escura do céu, entregá-la a Omid, cujos olhos brilhavam, embora sua boca ainda estivesse cheia. Ele se esforçou para pegar a fruta e, em um momento que fez Kamran enrijecer em seu lugar, os dois trombaram a cabeça e quase despencaram em queda livre.

Omid e a srta. Huda caíram na gargalhada na mesma hora, encantados por quase terem se matado de tanta estupidez. Até Deen, o mais rabugento dos quatro viajantes, conseguiu sorrir.

Aquilo despertou em Kamran uma fúria irracional.

Não entendia que o que sentia ao observá-los não era bem raiva, mas uma mistura de inveja e ressentimento. Omid, a srta. Huda e Deen acompanhavam-no naquela jornada apenas por um pouco de aventura, por um toque de magia. Não estavam ali como ele: em uma luta desesperada pela própria vida, seu trono e seu legado. Que pudessem cair tão facilmente na risada e compartilhar um lanche enquanto trocavam gracinhas — tudo aquilo lhe causava uma profunda indignação ardente. No fundo, ele desejava a mesma alegria; mas, incapaz de expressar esse sentimento até para si mesmo, embarcava em sua irritação, permitindo que os braços tão bem conhecidos da raiva o envolvessem ali, sentado sob o céu, deixando-se devorar aos poucos por desconhecidos.

Os pensamentos sobre Alizeh, é claro, agigantavam-se ainda mais.

DOIS

Alizeh tocou um dedo no chão e pôs-se a desenhar formas no solo irregular. A textura esfolava um pouco sua pele. Ela estava sozinha sob a escuridão gelada, bem no centro de uma vasta planície de depósitos de sal que parecia se estender rumo ao infinito em todas as direções. Os cristais brancos amontoavam-se no solo, formando uma crosta dura, reluzindo um brilho de diamantes triturados ao luar.

De modo distraído, ela lambeu um pouco do sal do polegar, fazendo uma careta ao sentir o calor difuso aquecer sua língua. Seus pensamentos agitaram-se ao olhar ao longe, observando a espessura da noite salpicada de estrelas. Alizeh sabia que havia também vaga-lumes na atmosfera de Tulan, e o brilho do céu estava tão denso que ficava leitoso em alguns pontos. Era como se uma criança tivesse pressionado a mão nos céus e espalhado todo seu lume.

Mas nem toda aquela maravilha conseguia distrair sua mente.

Cenas das últimas horas continuavam a assombrá-la, com sons tamborilando sem parar contra seus ossos, as lembranças das sensações arrepiando sua pele. Mesmo ali, rodeada de quietude, ela não conseguia encontrar silêncio algum. Horas antes, fizera o impensável. Após dezoito anos escondida, Alizeh enfim saíra das sombras. Expusera-se como a rainha perdida de Arya, em uma atitude perigosa por vários motivos, e o principal deles era que não estava preparada para desempenhar tal papel. Não possuía nenhum trono, nenhum exército, nenhum plano e nem um grama da magia poderosa que lhe fora prometida para que conseguisse reinar. Naquele momento, era mais provável que fosse assassinada do que venerada, mas ela sabia que não tinha escolha a não ser emergir, mesmo que ainda inacabada, sob os holofotes.

Após rumores de sua chegada a Tulan correrem pela cidade real, milhares de jinns invadiram o castelo a sua procura, exigindo provas de sua existência. A multidão mostrara-se selvagem e frenética, clamando por uma espiada na lendária rainha, ameaçando responder com violência caso ela fosse ferida. Era bom, então, que o corte em sua garganta fosse discreto demais para ser percebido por uma multidão à distância.

Infelizmente, o rebuliço atraíra de imediato a atenção de Sarra.

A rainha-mãe passara pelo choque e pelo horror de avistar Alizeh momentos antes de se apresentar às massas, saindo do quarto de Cyrus com um vestido curto e ensanguentado, o pescoço sangrando e toda a dignidade que fora capaz de reunir.

Sarra observara o ferimento e o estado de constrangimento de Alizeh, depois passara aos olhos enlouquecidos e ao torso nu de seu filho, e então o semblante dela pareceu transmitir algo como uma aversão assassina. Alizeh arrumara, nervosa, o vestido sujo, sacudindo toda a saia para que chegasse até os pés antes de se apressar para explicar a situação, mas Cyrus lhe dirigira um olhar tão severo que o *nosta* enfiado dentro de seu espartilho se acendeu, e a queimadura suave a fizera permanecer em silêncio. Sarra apenas dera uma risada zombeteira, ainda que o assunto não tivesse sido abertamente discutido, pois parecia agitada demais pela urgência da multidão lá fora — os milhares de jinns tumultuosos atrás dos muros do palácio. Sua única indulgência fora lançar um olhar penetrante para o outro lado do corredor, onde quatro jovens *snodas* boquiabertas haviam caído uma sobre a outra em um estado de choque quase cômico, antes de dirigir um sorriso sombrio para Alizeh.

— Clareie sua mente, menina — ela disse com um suave tom ameaçador. — Se a multidão não a matar esta noite, a fofoca que virá depois talvez a mate.

Alizeh apertou os olhos ao se lembrar disso, e sua pele se aqueceu com o resquício de constrangimento. Em grande parte, a verdade estava muito longe de ser escandalosa, é claro. Aliás, Sarra se alegraria ao saber que ela e Cyrus estavam apenas tentando se matar.

A noite deles fora atordoante.

Depois de horas cuidando de Cyrus após o ataque brutal do diabo, o rei semidelirante conseguira transportá-los de volta aos seus aposentos, onde, pouco depois, os dois tiveram uma briga explosiva. Ela e Cyrus haviam se enfrentado em um duelo de espada, trocado golpes e palavras acaloradas. No final, ele a derrotou não com uma arma, mas com uma sequência de declarações apaixonadas que a deixaram arrasada.

Ela tocou o pescoço de forma distraída, fazendo uma careta ao sentir o sal em seus dedos sobre a ferida aberta. Trouxe então os joelhos para junto do peito e se abraçou com força, mordendo a bochecha por dentro para que seus dentes não tiritassem de frio.

Como ela poderia ordenar seus pensamentos em meio a tantas sensações malcompreendidas? Tantos desejos para administrar?

Nunca soube o que a esperaria quando enfim ascendesse ao trono jinn, embora já lhe tivesse passado pela cabeça que qualquer tentativa disso fosse ser recebida com suspeita e fúria. Ela havia se preparado para se defender contra as acusações de fraude; presumira que seria forçada a provar, de alguma maneira, que era a legítima herdeira do trono.

No momento em que ela pisara sobre a balaustrada, porém, a multidão parecera se encolher, como se tivesse sido atingida por uma força desconhecida. Seus clamores ensurdecedores cessaram de repente, e o silêncio tornara-se tão completo que Alizeh pôde ouvir a própria respiração. Os momentos iniciais foram os mais aterrorizantes; os segundos arrastaram-se enquanto o coração batia contra suas costelas e o pânico a tomava.

Ela não tivera tempo para pensar ou se preparar, e preocupara-se em falar algo grandioso ou, ao menos, inspirador. Suas primeiras palavras públicas seriam sem dúvida lembradas ao longo da história, repetidas pelas ruas. Ela queria discursar para eles.

Mas, então, ela os encarara com mais atenção.

O que viu foram jinns exaustos após longas horas em pé, gritando. Só se podia ouvir o choro abafado dos bebês nos colos cansados de seus pais, enquanto crianças maiores dormiam aos seus pés. Os mais velhos apoiavam-se sobre suas bengalas, e os mais jovens encaravam-na com olhos tensos e fervorosos. Cada rosto expressava fadiga e uma esperança trêmula... E uma sede causada pela simples desidratação.

De modo gentil, ela então dissera:

— Meu querido povo, deixe-me primeiro lhes trazer água.

O resultado fora um caos devastador.

Como estavam tão certos de sua identidade, ela não sabia; não era algo que pudesse questionar sem prejudicar sua credibilidade. Mas, ao ouvir suas palavras, eles pareceram obter a prova necessária e assim tornaram-se ainda mais histéricos, alguns chorando de forma descontrolada, outros desmaiando nos braços de familiares ou até de estranhos.

Alizeh fizera menção de ir ao seu encontro, decidida a nutrir e hidratar aqueles milhares de pessoas, mas Cyrus interviera, saindo das sombras, interrompendo seu movimento com um olhar já conhecido de fúria.

— Você não se colocará em risco — dissera.

Ela mal assimilara sua irritação, mal abrira a boca para protestar antes que ele se virasse para um criado próximo e desse ordens que ela não pudera ouvir. Cyrus, rei de Tulan, não estava mais com o peito descoberto; vestira-se com um suéter básico, um sobretudo e um chapéu de pele que lhe cobria a testa. Seu cabelo cor de cobre era seu único luxo.

Tudo da cor preta.

Ela não conseguira desviar o olhar ao vê-lo desempenhar essa pequena tarefa, fascinada por sua postura inabalável. Havia apenas horas que ele fora torturado pelo diabo e quase morrera. Depois foi atacado pela própria Alizeh, depois por sua mãe, e tudo isso em meio à ameaça de violência contra seu lar. Um golpe atrás do outro sem pausa nem descanso e, ainda assim, ele permanecera composto. Sorria um pouco ao se dirigir ao criado, com maneirismos gentis, mas firmes.

Ele não havia hesitado.

Após resolver a questão prática, Cyrus virou-se, atraído pela força do olhar dirigido a ele. Ela também havia se trocado antes de se dirigir à multidão, usando agora um dos mantos de Cyrus, que ele insistira que serviria de proteção contra o frio e como um modo de cobrir o vestido manchado. Mas ela logo pôde sentir o calor do olhar dele em outro lugar, demorando-se primeiro em seu pescoço, depois sobre as linhas ocultas de seu corpo. Ele mediu as dobras do traje emprestado, as mangas demasiado longas, os muitos centímetros da barra arrastados ao redor dos pés dela.

O olhar dele continha toda a inconstância de um eclipse: a raiva quase sobrepondo-se ao desejo.

Alizeh tinha ficado zonza sob aquela inspeção, sentindo a pele picar nos locais tocados pelo olhar dele. Não saberia descrever tal sensação; era como uma languidez ofegante. Ninguém nunca a olhara da forma como ele a olhava, como se a simples visão dela pudesse ser fatal. Ela abriu os lábios sob o peso de seu desejo silencioso, o som do nome dele pesando em sua boca em um impulso desesperado e tolo de sussurrá-lo contra a pele de seu corpo.

Para sua felicidade, gritos de espanto e confusão vindos da multidão a arrancaram de seu transe. Alizeh virou-se, assustada, para testemunhar os criados do palácio percorrendo a multidão de jinns com bandejas douradas, cada qual cheia de canecas e jarras d'água.

Naquele instante, Alizeh respirava o ar frio que entorpecia suas narinas, fechando os olhos com força contra o vertiginoso céu noturno. A cena era linda, sem dúvida... Mas nem sua cabeça nem seu coração estavam preparados para apreciar o presente.

Além disso, ela não sabia onde estava.

Chegara àquele local perseguindo Cyrus em sua ronda da meia-noite pela cidade real. Após dispersarem a multidão — uma vez que as pessoas aceitaram que ela estava bem; que acabara de chegar a Tulan e que não havia tomado nenhuma decisão definitiva sobre o casamento; e que se dirigiria a elas de modo oficial assim que tivesse descansado um pouco —, voltaram para dentro do palácio. Sarra parecia querer berrar, tal era a expressão em seu rosto, enquanto Alizeh não queria nada além de dormir, mas o jovem rei pronunciara três palavras eficientes, olhando na direção do muro do palácio:

— Infelizmente, preciso ir.

Sem mais explicações, Cyrus a deixara sob a custódia de sua mãe; esta, por sua vez, estava mortificada.

Sarra emitira um arquejo antes de encarar Alizeh com olhos arregalados, piscando, e, por um momento, Alizeh teve dó da mulher. Em uma mudança chocante de atitude, Sarra, antes uma adversária astuta e complexa, parecera desencorajada. Após testemunhar o poder silencioso de Alizeh diante da multidão, a mulher agora tinha medo até de respirar ao lado da garota. Talvez a rainha-mãe temesse ter cometido um erro perigoso ao pedir a Alizeh que assassinasse seu filho.

Se pudesse, Alizeh daria risada do absurdo da situação.

Mas ela somente desejara boa-noite a uma Sarra ainda trêmula e, uma vez que ficara sozinha no corredor, tornara-se invisível e saíra para perseguir Cyrus com uma velocidade sobre-humana, tomando cuidado para não ser vista, com medo de que algum criado jinn a descobrisse. Não demorou muito para que o alcançasse fora dos muros do palácio, com paisagens estrangeiras derretendo em escuridão ao atravessarem a noite gelada.

Alizeh suspirou.

Havia florestas peculiares ali: árvores brancas com galhos brancos que brilhavam por dentro em uma pequena área na borda da salina. Chegara até *ali* em sua perseguição, pois Cyrus logo se evaporara em uma nuvem literal de fumaça ao se aproximar da floresta iluminada, e assim ela se vira ali, solitária e perdida, xingando-se pela própria estupidez.

Puxou o manto emprestado com mais força sobre os ombros, lutando contra a vontade de inalar a fragrância de seu dono. Conhecia a colônia dele, as notas florais de rosa infundidas com o tempero masculino de sua pele, embora ela não tivesse muita certeza de como chegara a conhecer. Talvez tivessem sido as horas que ela passara segurando o corpo de Cyrus, respirando-o enquanto chorava. Ela ainda podia sentir o cabelo sedoso dele deslizando entre seus dedos, o rosto em suas mãos. Por seus esforços, fora recompensada com uma queimação implacável sob o esterno, uma onda de sentimento tão poderosa que se espasmava sem alívio, recusando-se a se acalmar mesmo quando seus pensamentos se voltavam para qualquer outra coisa ou outra pessoa. Seu corpo nunca se sentira tão vivo, tão eletrificado.

Quando foi que tinha permitido que Cyrus ocupasse tanto espaço dentro dela?

Nada havia *acontecido* entre eles.

A confusão de sentimentos que ela experimentava agora, os destroços emocionais que era forçada a vasculhar, tudo isso após um não acontecimento...

Não fazia sentido.

Pior: Cyrus estava sob o comando do diabo.

Uma afirmação dessas deveria ser conclusiva o suficiente para condená-lo; mas, além dessa, os céus sabiam que ela tinha muitas outras razões. Entre outros crimes horríveis, ele roubara seu precioso Livro de Arya e se recusava a devolvê-lo, mantendo-o refém sob a proteção da magia. Ele matara os Profetas de Ardunia, assassinara o rei Zaal e o próprio pai e tinha se apresentado como seu inimigo, quisesse ela ou não. Então, quando ele se esgueirara para fora do palácio de forma misteriosa — e, provavelmente, nefasta —, ela se sentira compelida a segui-lo.

Que tolice a sua.

TRÊS

É claro que Cyrus sabia que estava sendo seguido. Ela tinha a sutileza de um dragão sonâmbulo. Como se ela pudesse se aproximar dele sem seu conhecimento... Como se ele não pudesse ouvir a barra de seu manto arrastando-se atrás dela. Já era tortura suficiente imaginá-la usando suas roupas, e um tormento ainda maior sentir seus passos determinados e vislumbrar seu semblante preocupado, o leve bico em seus lábios que só aparecia quando ela pensava demais. A firmeza com que o perseguia — como se tivesse noção do que estava fazendo — era tão adorável que o enfurecia. Receava que acabaria reconhecendo o cheiro dela, o som dos passos em sua direção pelo resto de seus dias. Que tolice a dela não se dar conta disso.

E que tolice a dele pensar sobre ela.

Cyrus suspirou e seguiu em frente, o vapor frio escapando de seus lábios em meio à noite gelada. Altos e imponentes pinheiros brilhavam ao longo do caminho, os feixes de luar por entre seus galhos tal qual dedos fantasmagóricos, como se quisessem agarrá-lo. Os pássaros noturnos piavam; parecia haver uma ameaça de esquecimento enquanto a fragrância fresca de pinho lhe enchia a cabeça. A hora era tardia e estranhamente gélida.

Se ao menos ela parasse de segui-lo.

Havia uma terrível jornada pela frente e, depois de tudo pelo que tinha passado naquela noite, Cyrus esperava um único alento: a solidão. Desejava um momento para se recompor — firmar-se antes de encarar a próxima fase de tortura.

A sombra dela à espreita tornava tal esperança impossível.

Ele já a ouvira repetidas vezes tropeçando na barra do manto e tivera de cerrar os dentes para não se virar para ajudá-la.

O jovem rei não precisava percorrer aquela odisseia glacial; ele pretendia chegar ao seu destino com um truque de mágica. Apenas estava conduzindo Alizeh em uma caminhada sem rumo de propósito, esperando que ela acabasse se cansando do frio, ou pelo menos cedesse à própria exaustão, e voltasse para o palácio.

Mas ela não tinha como conhecer esse seu dilema: não sabia que sua sombra inexperiente o estava enfurecendo e, ao mesmo tempo, acalmando; que ele queria desaparecer mesmo que não pudesse suportar a ideia de abandoná-la ali, na escuridão gelada. Ele a queria mais perto do que poderia expressar em palavras, queria-a nua e trêmula em seus braços... Mas também queria arrancar essas sensações de sua pele. Decepar a própria cabeça e jogá-la no rio.

Queria gritar com ela.

Houve então uma súbita rajada de vento, o farfalhar intenso de folhas. Cyrus baixou a cabeça para se proteger do frio e ouviu o som quase imperceptível de uma fungada, que só lhe provocou ainda mais a fúria.

Ele sabia que sua raiva era irracional, mas ainda assim teve o impulso de se virar e acusá-la de ser estupidamente teimosa; ela morreria congelada sem motivo, torturando-o para além dos limites da humanidade. A princípio, ele ficara surpreso ao percebê-la seguindo-o, desarmada, pela escuridão gelada. Seu primeiro impulso, claro, foi de impedi-la. E ele quase o fez, quase deu meia-volta e ordenou que ela retornasse aos seus aposentos.

Mas ela não lhe daria ouvidos.

Ele tinha certeza de que ela apenas responderia com mais descontentamento. Faria pirraça como uma criança pega fazendo arte. Ela se recusaria a ir embora e o acusaria de usar magia contra ela — de que outra forma poderia ter percebido a presença de uma espiã tão magistral? E quando, inevitavelmente, ele a abandonasse de qualquer maneira, ela proferiria insultos, primeiro exigindo que ele devolvesse seu livro, depois acusando-o de ser um tirano e, ainda por cima, um babaca.

Não, uma pequena correção: ela não usaria palavras tão vulgares.

O mais provável é que ela o chamasse de canalha, charlatão, patife. Esse pensamento quase o fez sorrir.

Mas, então, a barragem estilhaçou.

A dor formou um cerco brutal ao seu redor, irradiando de seu âmago até que sua mente fosse forçada a se submeter a uma invasão de memórias. Ele foi bombardeado por cenas das últimas horas, cenas que desejava, mas não podia, banir para sempre de sua história. Cyrus não conseguia pensar em nada além da mão delicada em sua testa, no próprio corpo aninhado nos braços dela, na deliciosa agonia da pele feminina contra seu rosto. Sentia a garganta latejar com a lembrança de como ele a tinha tocado em seu delírio, e o perfume inebriante dela encheu de novo sua cabeça, e ali viveria para sempre, junto com o sussurro de sua voz de choro. Ela havia derramado lágrimas sobre seu rosto enquanto dizia seu nome, repetidas vezes, implorando para que ele acordasse.

Ele cerrou os punhos.

Não conseguia acreditar que havia lhe contado a verdade.

Era inconcebível que tivesse confessado que sonhava com ela noite após noite; que, por oito meses angustiantes, conhecera o gosto, o calor, a seda de sua pele em seu sono. Nada mais do que um ataque de loucura poderia tê-lo levado àquele estado. Ele estivera dolorosamente exausto, ainda sob a influência da magia das sombras; sua mente e seu corpo ainda não tinham se recuperado dos outros ataques recentes do diabo. Essa era a única desculpa que ele conseguia encontrar, de que estava acabado... De que suas defesas estavam baixas devido ao choque, seu corpo fraco levado ao extremo pelo carinho dela. Em qualquer outro momento de sua vida, ele teria sido mais forte. Teria se esquivado, teria morrido antes de se desonrar daquela forma, exibindo seu desejo como um tolo.

Pelos infernos, ele teria se comportado melhor.

Oito meses antes, Iblees plantara Alizeh em sua cabeça de propósito, construindo em sua mente uma narrativa que o tornava submisso a ela. Sem dúvida, o plano do diabo era usá-la para destruí-lo... E Cyrus caíra nessa armadilha tão óbvia.

Lutava para respirar.

Algo havia mudado nele de maneira irrevocável naquela noite, e ele temia quem se tornaria a partir de agora. Haviam caído sua máscara, seu verniz de indiferença, sua capacidade cada vez mais fraca de resistir à proximidade dela com um humor amargo e uma atitude de desprezo. Desde o primeiro encontro, Cyrus atribuíra os inúmeros buracos em seu peito à maldade dela; afinal, ela era a noiva escolhida pelo diabo, o que devia ser motivo suficiente para acreditar que era corrupta e desonrosa. Ele presumira que ela era de fato amiga do diabo, cúmplice do plano de roubar seu império. E mantivera essa convicção no peito, mesmo quando suas dúvidas foram logo refutadas; cada evidência da inocência dela parecendo abrir rachaduras em sua armadura. Evidências de que seu caráter era impecável, de que ela não havia feito acordo nenhum com o diabo, de que ela era tão assombrada por Iblees quanto ele...

A verdade era pior, infinitamente pior.

Sua última demonstração de compaixão por ele o tinha derrubado, pois, somada a tudo o mais, provava que ela era mesmo a figura angelical que ele acalentava em seus sonhos. Não só estivera terrivelmente errado sobre ela, como a tratara de modo cruel. Sabia agora que ela era tão superior que nem mesmo era digno de ficar ao seu lado. Com toda certeza, ele não tinha o direito de desejar nada dela.

Ele parou de repente, seu coração batendo forte contra as costelas.

Por todo aquele tempo ele fora capaz de suportar a agonia da presença dela apenas porque sentia ódio; sabendo agora a profundidade de seu erro, como poderia suportar ficar perto dela? Como suportaria olhar para ela, quando já não tinha as defesas necessárias para proteger seu coração patético?

Passou as mãos congeladas pelo rosto, lembrando-se de manter a compostura, pois ela ainda podia vê-lo. Sentiu que poderia entrar em combustão caso não se acalmasse; mas, ainda assim... Como poderia se acalmar sob o olhar dela?

Ele mal prestara atenção aos arredores nos últimos minutos e só então percebeu, ao olhar para cima, que estava diante de um bosque iluminado na fronteira da maior planície de sal de Tulan. Tratava-se de uma vasta e assustadora extensão, e ele ficou mais ciente do que nunca de que ele e Alizeh estavam sozinhos sob aquela cúpula de escuridão, com seus movimentos seguidos apenas pelas estrelas. Uma parte febril de si ousou imaginá-la ali no escuro, observando-o.

Ele a queria tanto.

Ele a queria com uma sede avassaladora, com o desespero de um homem à espera da morte. Sem dúvida, o diabo ficaria encantado ao vê-lo tão degradado. Foi *esse* pensamento preocupante que afastou de imediato o calor de sua cabeça, e Cyrus sentiu-se frio e estúpido.

Entorpecido.

Se ao menos pudesse voltar a odiá-la, a desconfiar dela, tudo ficaria mais fácil. Se, por outro lado, ele se permitisse continuar movido por este desespero, o Livro de Arya se tornaria o menor de seus problemas. Poderia ser levado a matar um homem apenas para que ela pudesse apreciar melhor a paisagem. Ele poderia renegar todo o acordo, exatamente como o diabo desejava.

Ah, ele se arrependeria.

Cyrus corria o risco de perder o controle. Alizeh tivera compaixão dele ao se afastar, ao pôr fim a algo que poderia tê-lo destruído. Ele nunca mais poderia se permitir chegar tão perto dela. Era ridículo até mesmo cogitar a ideia de que ela poderia sentir algo por ele. Mesmo agora ela o seguia apenas porque não confiava nele; não tinha ideia de que o estava seguindo em uma jornada ao inferno, onde o mestre das trevas aguardava ansiosamente por sua chegada.

Não. Ele era uma alma arruinada.

Observá-la discursar para uma multidão desesperada e devota de milhares de pessoas, todas prontas e dispostas a morrer por ela, fora o golpe final.

Ele sempre seria o vilão da história.

Havia meses que fizera as pazes com o sacrifício que sua vida deveria ser, pois era a única maneira de cumprir as tarefas que lhe tinham sido impostas. Para Cyrus, esperar algo além da morte era um jogo traiçoeiro que só terminaria em tragédia. Ele não tinha escolha senão relegar seus sonhos irrealizáveis às memórias empoeiradas da infância.

Além disso, o diabo o aguardava.

Com esse pensamento final e amargo, ele desapareceu.

QUATRO

DERRETA O GELO NO SAL
UNA OS TRONOS NO MAR
NESTE REINO DE INTRIGAS
HAVERÁ FOGO E ARGILA

As palavras retumbavam na cabeça de Kamran, que estava pensando no livro misterioso que descobrira na bolsa de tapeçaria de Alizeh. Desde então, a inscrição enigmática ficara gravada em sua memória. Os dois últimos versos o perturbavam...

Neste reino de intrigas, haverá Fogo e Argila...

Apesar de tudo, Hazan conseguira plantar uma semente perigosa em sua mente: Alizeh talvez ainda estivesse destinada a se casar com ele. Kamran tinha muitas dúvidas com relação a Alizeh. Havia muito que ele ainda não conseguia entender; pois ela deixara nós em seu coração e em sua cabeça para ele desatar. Ainda assim... As memórias que tinha dela permaneciam tão ardentes que ele precisava lutar para pensar de forma racional. Apesar de suas dúvidas, a ideia de tê-la como rainha ainda era tão tentadora que ele não conseguia evitar tal fantasia. Nunca conhecera uma jovem como ela, do ponto de vista da beleza e da compostura, da elegância e da inteligência. Kamran não ficara tão surpreso ao descobrir que a *snoda* discreta e encantadora era, na verdade, a herdeira perdida de um antigo trono. Sempre percebera algo nobre em seu jeito... Uma dignidade em sua presença...

Um bufo divertido interrompeu os pensamentos de Kamran, que se virou, irritado, em direção ao som. Seu humor azedou ao ver a srta. Huda e sua incapacidade de autocontrole. A moça batia as mãos no peito ao gargalhar, com a boca ainda meio cheia, dizendo, engasgada:

— Oh, céus, estou morta de cansada!

Era impossível não as comparar. A srta. Huda era a antítese de Alizeh, desajeitada e espalhafatosa. Uma fora criada para ser rainha, e a outra para ser tolerada; ainda assim, Alizeh vivera em relativa pobreza, e a srta. Huda em um lar aristocrático. As diferenças entre elas eram enormes e, embora ambas as jovens tivessem sofrido negligência, apenas uma conseguira desenvolver autodomínio e graciosidade. Kamran estremeceu ao som de outro bufo, sua expressão agora cada vez mais sombria.

— Pois eu acho que Tulan deve ser um lugar horrível — ela anunciou. — Duvido que algum lugar do mundo esteja à altura da beleza de Ardunia...

Havia algo no som da voz dela que o incomodava, que fazia sua pele se arrepiar. Ele chacoalhou a cabeça, como que para tirá-la de dentro de si. Não queria se concentrar nas muitas irritações provocadas pela srta. Huda.

Então mergulhou a cabeça na plumagem sedosa e densa de Simorgh. O pássaro lendário viera ao seu resgate em deferência a Zaal, que deixara para o neto uma única pluma encantada em seu testamento. A pena servia para invocar a criatura mágica apenas em momentos de extrema necessidade, e Kamran — tendo quase perdido sua coroa para Zahhak, o ministro da defesa, depois sido preso na torre pelos Profetas —, de fato, estava em um momento extremo. Será que Simorgh permaneceria com ele por tempo indeterminado? Ou ela o levaria até Tulan e iria embora assim que o colocasse em terra firme?

Mais uma vez, seus pensamentos caíram em incertezas.

Kamran devia usar a viagem para se provar como herdeiro merecedor de seu próprio trono, conforme haviam orientado os Profetas. Porém, não esclareceram como poderia alcançar tal objetivo. Ele se perguntou sobre o que Zahhak estaria planejando em sua ausência, e o que os Profetas estariam fazendo e dizendo. A menos que os sacerdotes e as sacerdotisas quisessem impedir o ministro da defesa de se coroar como rei, não havia muito tempo antes que Zahhak tomasse o controle de Ardunia.

— Na verdade, já ouvi que Tulan é um lugar muito belo — Deen objetou, sem alarde. — Muitos dos meus fornecedores vêm do império do Sul e só têm elogios a fazer...

— Mas é claro — interrompeu a srta. Huda. — Eles devem ter medo demais para falar mal de sua terra, e quem poderia culpá-los, quando são governados por aquele rei bestial...

Kamran enrijeceu-se ao ouvir isso; os estilhaços de raiva reunindo-se em uma única e cortante lâmina de ódio.

Apesar de toda a desordem de sua mente, de uma coisa ele não tinha dúvida: mataria Cyrus.

Enquanto a expectativa de rever Alizeh o deixava inseguro, a ideia de encarar de novo o rei bastardo do sul lhe enchia de adrenalina. Entre os muitos horrores que se repetiam em sua cabeça sem parar, a imagem mais macabra era a da morte do rei Zaal. A cena ficaria marcada para sempre em sua memória. Com frequência, ele retornava àquele som de embrulhar o estômago: a espada sendo enterrada no coração de seu avô. Kamran nunca se esqueceria do choque, do horror, do caos que se seguiu.

Do assassino.

O príncipe arduniano tinha agora como missão, acima de qualquer coisa, retribuir o que tinha sido feito. Ou se vingaria da morte de seu avô, ou morreria tentando. O violento rei de Tulan enfim pagaria pelo que havia feito. De preferência, picado aos pedacinhos, com os órgãos internos expostos ao bel-prazer dos abutres.

— Kamran.

Ao ouvir seu nome, o príncipe quase saltou. Lutou para aquietar o coração sedento de sangue, virando-se para seu antigo ministro.

— Não quis interromper — Hazan prosseguiu —, pois vejo que está refletindo. O sol parece estar despontando no horizonte, e consigo ouvir o barulho de água ao longe, o que só pode indicar que...

— Sim.

Por ar ou por terra, a chegada a Tulan era caracterizada pelo estrondo das cachoeiras. Kamran, que já navegara muitas vezes por aquela parte do mundo, era mais do que familiarizado com o som — tratava-se de um detestável lembrete de que Ardunia tinha no máximo mais dois anos antes de precisar racionar o uso de água, e três anos antes que uma crise hídrica se instalasse em todo o império. A neve e as chuvas recentes haviam trazido um pequeno alívio, mas Ardunia precisaria de muito mais do que alguns dias de precipitação para não sofrer com a seca. *Dezenas de milhões de pessoas* logo recorreriam a ele para obter proteção. E, um dia, sob sua liderança, poderiam morrer de sede.

Era outro problema esmagador que demandava uma solução de Kamran; outra lâmina de medo pressionada ao pescoço. Seu avô, o rei Zaal, havia escondido a ameaça de seu povo, insistindo que não havia motivo para pânico e que haveria tempo para contornar a questão. Apenas agora, com o fardo sobre seus ombros, Kamran entendia tal silêncio pelo que de fato era: *covardia*.

As falhas do avô continuavam a pesar sobre ele.

— Estimo que aterrissaremos em cerca de trinta minutos — Hazan disse. — Gostaria de conversar com você sobre os resultados da minha última expedição antes de chegarmos. Agora, se preferir esperar...

— Não. — Kamran enrijeceu no lugar, com as costas eretas. Por tantas horas ele se sentira incapaz de encontrar calma e quietude em meio ao tumulto do voo, e aquela conversa fora tão adiada que quase se esquecera dela. No dia anterior, vivendo sob a ameaça de ser expulso do castelo, Kamran enviara Hazan para o norte de Ardunia, munido da tarefa de encontrar um lugar seguro no qual pudessem se refugiar caso fosse necessário. — Conversemos agora sobre suas descobertas. Você mencionou ter visto minha *mãe*? No interior?

— Sim.

— E falou com ela?

— Sim — Hazan confirmou, assentindo ao mesmo tempo com a cabeça.

— Onde ela estava? E estava bem?

— Sim.

— E você me forçará a arrancar as palavras de explicação da sua boca, como se fossem espinhos? O que há com você?

— Sua mãe é uma mulher estranha — Hazan respondeu, lutando contra um sorriso. — Viajei para o norte, sob seu comando, diretamente para o maior município da região. Imaginei que a taverna local seria o melhor lugar para conhecer um camponês desavisado que aceitasse trocar sua terra por uma pequena fortuna em ouro...

— Sim, muito bem, Hazan, você foi a uma taverna e encontrou um camponês. Depois foi a um açougue comprar carne?

Hazan semicerrou os olhos.

— Se seu mau humor não lhe permitir ter uma simples conversa, fale logo e me poupe do desejo de dar um soco na sua cara para depois só observar a gravidade cumprir com seu nobre trabalho de arrebentar seu pescoço lá embaixo.

Por razões inexplicáveis, essas palavras alegraram um pouco Kamran.

— Meu humor é sempre tão óbvio para você?

— Seu humor é óbvio até para um cadáver.

O príncipe virou-se para lutar contra um sorriso, dizendo:

— Continue, então. Você foi a uma taverna e encontrou um camponês.

— Não, eu encontrei sua mãe.

Kamran ergueu a cabeça com um movimento brusco.

— E, pelo que entendi, ela estava à minha espera — prosseguiu Hazan. — Quando abri a porta, dei de cara com ela. Se bem que, para ser justo, ela não fez o mínimo esforço para ocultar sua presença. Estava tão coberta de joias que não sei como não fora assaltada em plena luz do dia.

— Minha mãe sempre foi a rainha da discrição.

Hazan deu uma risada seca.

— De toda forma, ela me observava quando entrei, e acenou de imediato para que eu me sentasse com ela à sua mesa. Ela então me falou que já tinha encontrado um esconderijo para nós.

— *O quê?*

Hazan assentiu. Kamran então falou:

— Minha mãe, a *minha* mãe, a lânguida princesa de Ardunia, incumbiu-se de fazer negócio com um simples camponês plebeu? Para me proteger? Não me diga que ela se hospedou na taverna.

Mais uma vez, Hazan assentiu.

— Não — Kamran arfou.

— Confirmei com o dono do lugar.

— Mas como ela sabia que eu precisaria de um esconderijo?

Hazan pareceu preocupado de repente.

— Não sei. Como disse, ela é uma mulher estranha. Não pareceu surpresa de me ver vivo; não me perguntou se você tinha sobrevivido à adaga que enfiou em seu ombro; não parecia incomodada com a morte do seu avô. Apenas me perguntou se tínhamos planos de ir a Tulan. Quando falei que sim, ela me pediu para não compartilhar os detalhes sórdidos.

Kamran virou-se, passando a mão no rosto enquanto uma brisa gelada percorria seu corpo. Não havia amanhecido ainda, e a escuridão parecia persistir, teimosa. Azul e cinza misturavam-se no horizonte, com a promessa de que a luz dourada despontaria a qualquer momento. O príncipe respirou fundo, saboreando a bruma ao tentar entender aquelas revelações.

Hazan hesitou antes de acrescentar:

— Ela também me perguntou se o diabo já o tinha visitado.

Kamran virou-se de novo, com todos os músculos do corpo tensionados.

— O diabo?

— Eu lhe falei que não fazia ideia, pois não tínhamos conversado sobre isso.

O príncipe balançou a cabeça. Ele sempre tivera o bom senso de sentir aversão pelo diabo, mas depois de testemunhar a ruína trazida pela barganha que seu avô fizera com Iblees, a ideia de encontrar tal criatura o revoltava até o fundo de sua alma.

— Por que ele me visitaria? Não fui coroado rei ainda.

— Não sei — disse Hazan, franzindo o cenho. — Ela não falou mais sobre o assunto. Apenas me instruiu a avisá-lo que estará à nossa espera quando retornarmos, que tinha resolvido a questão do esconderijo e que eu deveria enviar a ela guardas da milícia, para trabalharem sob suas ordens. — Hazan hesitou. — Ela também enviou isto aqui para você.

Hazan enfiou a mão no bolso do casaco e retirou um envelope rosa-claro, que entregou ao príncipe. Este recebeu o estranho presente, um pouco atordoado. Virou o papel delicado em suas mãos, notando que a aba do envelope estava aberta. Não lacrada.

— Você leu? — Kamran olhou para o amigo.

— Acho que devo avisá-lo que não se trata de uma carta. — Hazan suspirou com tristeza.

CINCO

Alizeh caminhava com cuidado para não tropeçar na longa barra do manto. Suas extremidades estavam amortecidas pelo frio. Ela enfim admitira a derrota e iniciara o retorno ao palácio. As estrelas haviam se retirado para que um novo dia começasse, e os céus antes negros agora pareciam cobertos de cinza. Apesar da promessa de luz, a viagem parecia mais ameaçadora agora que ela a fazia sozinha, e era estranho pensar que tinha se sentido mais segura na presença de Cyrus. Não fazia sentido esperar que ele reaparecesse; ele era esperto demais, ela percebeu, para refazer seus passos ao voltar para casa, e ela se recusava a perder mais um minuto que fosse esperando por ele.

Na verdade, toda a empreitada a deixara se sentindo furiosa e tola.

Era difícil aceitar que seus esforços para rastrear Cyrus não tinham levado a nada; fora um grave erro pensar que ela poderia decifrar o enigma que era o rei de Tulan, pois ele possuía habilidades com as quais Alizeh não conseguiria concorrer. Ela o seguira, e ele simplesmente *desaparecera*. O uso que ele fazia da magia, ela concluiu, era muito injusto.

Com um suspiro, seguiu em frente, alisando o manto distraidamente com as mãos enquanto caminhava, tirando o sal remanescente de sua roupa. Suas palmas estavam formigando, e ela as sacudiu um pouco antes de puxar o pesado capuz sobre a cabeça, escondendo o rosto tanto quanto possível. Avançou em direção ao palácio, com suas torres magníficas erguendo-se sob o luar, e se perguntou o que mais a esperaria ali, naquela terra estrangeira.

Tanto o rei como seu país a deixavam perplexa.

Tulan era um império muito menor que Ardunia, mas sua geografia ainda a impressionava. Alizeh não sabia se era a abundância de magia que tornava aquela região assim, mas o fato é que Tulan abrigava diversos microclimas e variações topográficas. Do meio do depósito de sal, ela podia contar os picos de uma cadeia de montanhas distante, saborear os aromas das flores noturnas, ouvir o barulho abafado das cachoeiras, encolher-se diante dos chamados misteriosos dos chacais. Diante da paisagem dinâmica e irregular, Alizeh começava a entender como era preciosa aquela terra situada à beira do rio Mashti e paralela ao mar.

Não era de se admirar que Ardunia desejasse possuí-la.

Ainda assim, ela lutava para compreender como um império tão poderoso quanto Ardunia poderia ter falhado em conquistar uma humilde nação. Sem dúvida, muitos haviam tentado em vão ocupar aquela terra fértil. Tulan parecia um lugar ao mesmo tempo acessível e insondável; diminuto, mas vasto. Era o tipo de contradição que ela via em si mesma: inútil e poderosa ao mesmo tempo; sem nenhuma importância e, por outro lado, essencial.

Se ao menos pudesse conciliar todos esses sentimentos...

Sua vida mudara de forma tão dramática em tão pouco tempo que era fácil imaginar por que ela se sentia insegura. Na verdade, se concordasse com a oferta de Cyrus de ocupar o trono tulaniano, talvez nunca mais regressasse a Ardunia. Já tinha aceitado que nunca mais veria Kamran, cuja própria vida havia sido eviscerada... Ao pensar nele, ela então parou de repente, quase tropeçando no manto. Perguntou como Kamran estaria se saindo depois de tanta ruína. E se um dia ele se lembraria do período em que suas vidas se cruzaram de forma tão fortuita, e como — ou se — ele se lembraria dela.

De todo o coração, desejava-lhe boa sorte. Desejava-lhe paz, onde quer que estivesse. Sempre seria grata por sua gentileza. Por *enxergá-la* de fato quando ninguém mais era capaz.

Alizeh estremeceu, curvando-se quando um vento gelado soprou e atingiu suas costas. Os pensamentos iam pesando sobre o coração, tornando seu corpo mais difícil de carregar. Nunca mais ela veria seu trio de amigos improváveis. Nunca mais veria Hazan, que sem dúvida estava enterrado em alguma vala como indigente. Perdeu o ar com esse último pensamento, seu peito se contraindo enquanto ela sentia a dor da perda, da solidão.

E, ainda assim, de alguma forma, ela não estava mais sozinha.

Horas atrás, ela se dirigira a uma multidão de milhares de pessoas que a tratavam como sua rainha.

Ainda assim, considerando-se a cena indecente com o rei do Sul e o jeito como ela se comportara na sequência diante da massa de jinns, Alizeh começou a temer que, ao retornar ao palácio, pudesse descobrir-se no centro de um escândalo. Não gostava da ideia de se tornar objeto de fofocas. Além disso, não tinha interesse em lidar com Sarra, cuja insistência para que Alizeh assassinasse Cyrus permanecia uma questão a ser resolvida. Céus, como aquela mulher era estranha.

Com um suspiro final, Alizeh convocou o que lhe restava de forças para se impulsionar com velocidade sobrenatural de volta ao palácio. Praticamente voava em sua corrida, vendo a paisagem ao seu redor como um borrão, e logo estava de volta aos terrenos do palácio, ofegando enquanto o rugido ensurdecedor da água a inundava com todo seu clamor.

Parou por um momento, apoiando seu corpo trêmulo contra o tronco de uma árvore imponente. Tinham sido semanas infernais, e ela não sabia se conseguiria continuar daquela forma, naquele ritmo. Desejava tanto dormir, mas precisava de mais um minuto antes de embarcar na tarefa final e impossível de encontrar seus aposentos no enorme palácio.

Cerrou os dentes lutando contra as rajadas de ar gelado que subiam das cachoeiras, apalpando distraidamente as dobras do manto em busca de bolsos. Até então, levava os punhos fechados protegidos pelo comprimento extra das mangas, mas o frio intenso mostrava-se invencível, e foi com grande alívio que ela enfiou as mãos congeladas nos bolsos forrados de lã, abrindo e fechando os punhos para aquecê-los. Foi então que ela sentiu algo parecido com um choque — um calor elétrico percorrendo dolorosamente a ponta de seus dedos.

Alizeh congelou.

Com o coração batendo forte no peito, ela retirou uma das mãos, erguendo os dedos doloridos para o luar.

Tinha a ponta dos dedos azuis.

Na mesma hora, ela as esfregou, grata por descobrir uma estranha poeira espalhando-se por sua pele. Ainda assim, não houve alívio. A fricção fez com que mais faíscas percorressem seus dedos; uma sensação não muito diferente de uma pederneira triturando pedras, até que a dor aumentou e ela gritou, quase se curvando ao ouvir o sussurro de uma voz familiar, sentindo um estrangulamento de um terror já conhecido...

A dor explodiu atrás de seus olhos, queimando sua garganta. Ela quase desmaiou pela intensidade, o suor escorrendo pela testa enquanto seu corpo chacoalhava com terríveis tremores. Um grito crescia em seu peito, o medo serpenteava por suas veias.
Era o diabo.
Ela conhecia aquele sentimento, conhecia o terror escorregadio, os horrores, e ainda assim nunca lhe ocorreram daquele jeito antes, nunca tinham invadido sua mente com tanta violência...
Alizeh não soube quando caiu, apenas que sentia a terra fria e úmida sob seu rosto, e fios de musgo faziam cócegas em suas narinas a cada inspiração. Poeira e líquen cutucavam as bordas de seus lábios, mas sua cabeça estava pesada, imóvel. Ela logo percebeu que havia se machucado na queda — havia uma camada fria e pedregosa sob sua bochecha, onde outra dor começava a florescer. Ainda assim, aquilo parecia fugaz, como um sonho. Mais concreta era aquela voz desencarnada, gritando coisas sem nexo e indistinguíveis enquanto sua mente girava. Faíscas percorriam sua pele, e a dor se expandia de modo implacável dentro dela. Ela apenas emitiu um lamento ao sentir-se presa ao chão por uma gravidade inconcebível. Foi então que uma única palavra se destacou em meio ao barulho. Não havia dúvida de que a voz pertencia ao diabo... mas o som estava distorcido, ecoado, como se o resto da frase tivesse se perdido ao vento.
Olhos
Olhos
Olhos
Olhos

SEIS

شش

Cyrus materializou-se na boca decrépita de uma caverna mofada e foi saudado com o cheiro de terra úmida e o ar gélido atingindo-o com a força contundente de uma clava. Ele sentiu o fedor do mofo ao saltar sobre uma poça rasa, com o lodo rangendo sob suas botas. Abaixando-se para passar sob uma saliência de rocha, teve o cuidado de não tocar em nada ao endireitar o corpo depois, em uma antecâmara, conforme os olhos se adaptavam aos poucos à escuridão. A passagem abria-se para câmaras de alturas vertiginosas, como pequenos espaços divididos apenas por colunas calcárias. Moedas de luar caíam através de fendas no teto distante, lançando globos espectrais de iluminação sobre estalactites gotejantes e sobre uma escadaria malformada que subia, sem fim, até uma mancha negra.

Cyrus permaneceu absolutamente imóvel.

Já não temia mais essas visitas — não como antes —, mas o medo podia ser traiçoeiro... Ainda muito jovem, ele se surpreendera ao descobrir as múltiplas maneiras pelas quais uma pessoa podia experimentar o terror; a criatividade com a qual o pavor e o horror podiam ser provocados em uma alma. Ele superava um pesadelo e logo enfrentava outro, ultrapassava mais um e se deparava com outro igual. Não importavam seus esforços: ele não conseguia dominar o que não conseguia prever, e seu único conforto ao olhar para a sinistra escadaria era um tanto frio.

Ele *faria* ou *não faria* aquilo.

Não viveria pela metade.

Cyrus aprendera essa dura lição em sua primeira visita àquele nível específico do inferno. Era imaturo e insensível naquela época, tão tomado pelo medo que começara a suar frio antes mesmo de entrar no abismo. Vacilou ao pé da imponente escadaria por quase uma hora, intimidado não apenas pela indecisão, mas pelas hostilidades da própria caverna. Com a pele pálida e os membros travados, Cyrus não queria nada além de fugir daquele covil de horrores; era seu único pensamento ao subir devagar os degraus, cada avanço mais hesitante que o anterior.

Ele olhava por cima do ombro para calcular uma possível fuga, nunca se comprometendo com seus passos, e quase havia chegado ao topo quando sua vacilação enfim lhe custou muito caro.

Cyrus caíra do precipício em desgraça, sem nenhuma piedade.

Uma queda de quinze metros, ao longo da qual foi batendo o corpo em cada borda irregular da descida de pedra, aterrissando com um impacto tão forte que quebrara a coluna.

O jovem príncipe ficara ali, sangrando, no chão frio e úmido, suportando uma agonia de intensidades incalculáveis. Percebera que havia quebrado dois ossos de uma perna e que uma protuberância de costela perfurara sua camisa. Sua visão ficara turva; o sangue acumulando-se em sua boca aberta; seu peito contraindo-se devido a algum dano desconhecido. E, ainda assim, ele sorrira, pois o que sentira naquele momento não foi nada diferente de alegria.

Tinha acabado.

Ele não teria mais de enfrentar o terror, pois a Morte havia chegado. Tentara fazer a coisa certa, mas seus esforços de nada haviam adiantado, e agora ele poderia ficar ali até que seu sangue esfriasse e ele não precisasse mais viver com a culpa. Seu mundo desmoronaria, incontáveis inocentes morreriam... Mas ele já teria partido e não seria responsabilizado pelas tragédias.

Em silêncio, chorou lágrimas de alívio.

O que Cyrus não sabia é que Iblees reanimaria seu corpo despedaçado com a habilidade de um marionetista, articulando seus membros quebrados em uma incrível demonstração de crueldade que o jovem jamais teria podido imaginar. O diabo, Cyrus logo descobriu, não permitia que seus devedores deixassem de cumprir com sua parte no contrato.

Centímetro por centímetro, um mais angustiante do que o outro, Cyrus fora obrigado a subir as escadas com a ajuda da magia das sombras, sufocando com o sangue na garganta. Ele estava meio cego, e seus ossos como que se raspavam entre si, perfurando órgãos e rasgando a carne. Era um estado de sofrimento tão insuportável que ele perdera a consciência repetidas vezes, sempre acordando sobre o chão escorregadio, em uma poça rasa do próprio sangue, sendo obrigado a prosseguir a escalada.

Naquele dia, Cyrus aprendera que a covardia era um luxo.

Apenas uns poucos privilegiados podiam se dar ao luxo de fugir, trancar as portas e fechar os olhos diante da feiura. O restante das pessoas vivia em casas sem portas para trancar, enxergava por olhos sem pálpebras para fechar. Enfrentavam a escuridão mesmo enquanto o coração tremia e a alma se dilacerava — mesmo estranguladas pelo medo, não havia outra escolha a não ser suportar.

Ninguém as ajudaria a matar seus demônios.

Quando pisara pela primeira vez naquela caverna, Cyrus não passava de um inexperiente membro da realeza e pagara um preço alto pela timidez de seu coração.

Teria o cuidado de nunca mais cometer tal erro.

Agora ele respirava fundo e, cauteloso, deu o primeiro passo na antecâmara. Olhou para cima.

Foi como ativar um alarme.

Um enxame de sons o envolveu, e ele notou a presença de milhares de morcegos pendurados como pingentes no pescoço da escuridão. Os olhos fantasmagóricos observavam-no atentamente enquanto as bocas gritavam, compondo uma estranha cacofonia que logo foi superada pelo áspero e ecoante deslizar de perninhas duras correndo em sua direção. Cyrus, que já vivenciara esse fenômeno arrepiante muitas vezes, sabia que estava cercado de três lados por aracnídeos. Procurou manter a calma. Um sussurro ao longo de sua espinha o alertou para a presença crescente de uma aranha em particular e, devagar, ele se virou para encarar a anfitriã.

Uma aranha mais ou menos do tamanho de seu rosto olhava para ele de seu poleiro no ar, pendurada no brilho de um fio de seda quase invisível. Suas longas pernas se contorciam de forma ávida e desesperada, e vários olhos vidrados reluziam na direção de Cyrus enquanto ela o avaliava. Ela falou quase sem querer, relatando seus pensamentos em uma comunicação fragmentada que nunca deveria ser analisada por humanos.

Você é? Você é?

Não há perigo para você, disse Cyrus, em silêncio.

A aranha apenas o encarou.

Ele estendeu a mão, com a palma voltada para baixo, e, após uma breve hesitação, o enorme aracnídeo subiu em seu corpo com um movimento ansioso de pernas. Ela investigou seus dedos antes de subir até seu antebraço, parando em seu cotovelo para lhe examinar o rosto mais de perto.

Você é? Antes?

Sim. Já estive aqui antes. Você não corre nenhum perigo comigo, eu juro.

Em resposta, a aranha escalou a inclinação do seu ombro, depois o pescoço, provocando nele um formigamento. As pernas dela eram como alfinetes levemente peludos. Cyrus venceu o impulso de recuar diante da sensação enervante, mantendo-se imóvel enquanto ela encostava com cuidado em seu rosto, erguendo ligeiramente as patas dianteiras para estudar melhor seus olhos.

Foi preciso um longo e torturante tempo antes que dissesse...

Você é? Triste. Triste. Triste.

Cyrus engoliu em seco.

— Sim — ele sussurrou.

A aranha olhou para ele por mais um momento antes de sair correndo para o lugar de onde viera. Desceu do braço dele e rumou para o desconhecido com um julgamento final:

Sem perigo.

O jovem rei se livrou do desconforto persistente enquanto esperava que os aracnídeos abrissem caminho à sua frente. Ser psicanalisado por aranhas era sempre perturbador. Ele não queria pensar que a criatura fosse mesmo capaz de descrevê-lo com três palavras após uma observação perspicaz; nem queria se perguntar de que outra forma poderia sobreviver a essas provações se não tivesse sido treinado por tantos anos como Profeta. Se não conseguisse se comunicar com criaturas vivas, se não conseguisse usar magia para lutar por sua vida. Incomodava-o pensar que tudo aquilo talvez não fosse uma mera coincidência; ele não gostava de imaginar que havia nascido para cumprir aquele papel, trazido ao mundo apenas para suportar tanto sofrimento.

O destino, pensou ele com amargura, só era romântico quando se estava destinado a ser o herói.

Depois que a passagem segura foi concedida, Cyrus não se demorou; pôs-se a escalar a escadaria íngreme e interminável, subindo os degraus de dois em dois. Estava ansioso para acabar com aquela noite odiosamente infinita. Raciocinou que, quanto mais cedo o novo inferno começasse, mais cedo terminaria... E, em pouco tempo, seu destino apareceria diante de seus olhos.

Elevando-se acima dele, havia um colossal arco preto suspenso no ar, a estrutura tão alta quanto a de um castelo e com metade da largura. Na base da passagem ornamentada, espalhavam-se sinistras nuvens cinzentas, dentro das quais Cyrus conseguia distinguir apenas a faísca de uma já conhecida luz alaranjada. Ele seguiu em direção a essa névoa espessa, subindo os últimos degraus antes de se lançar, como um pássaro, no abismo.

SETE

هفت

O vento batia em seu rosto, os sons berravam em seus ouvidos. Cyrus girou até sentir a carne espremida contra os ossos, o rosto fissurado pelas correntes de ar, as bochechas em chamas. Caiu de pé com um baque pesado que fez tremer seus dentes, antes de se endireitar devagar, recuperando aos poucos o equilíbrio. O fedor de matéria podre logo o invadiu, e ele lutou contra o impulso de vomitar, quase se curvando enquanto seus olhos ardiam.

Diante dele erguia-se uma cortina de carne carbonizada.

Iblees nunca se apresentava ao jovem rei como nada além de um sussurro — uma força transmissível, proveniente de qualquer parte — e, ainda assim, Cyrus era convocado com muita frequência àquele lugar. *Ali* era o cenário de todas as grandes missivas e de todos os grandes castigos, um conjunto de câmaras em decomposição, separadas apenas por véus de retalhos de pele humana chamuscada. O ponto de encontro preferido do diabo.

Para Cyrus, era o purgatório.

Ele fechou os olhos e se preparou, lutando para não inalar o ar pútrido enquanto o sussurro familiar o atingia como um sopro, uma voz como fumaça acumulando-se nas cavidades de seu corpo, enrolando-se em torno de suas articulações e puxando-o para baixo; uma sugestão de que deveria cair de joelhos. Cyrus lutou contra essa imposição, quebrando a conexão com um solavanco violento e endireitando-se em toda sua altura. Sentiu a impressão assustadora de uma risada, e então...

O Rei de Argila foi um dia
Um garotinho bem chorão
Leite e brinquedo, tudo pedia
Além de música e atenção

*Agora já é homem crescido
Mas que ainda chora!
Por seu coração partido
Que nunca melhora
MORRER é sua glória!*

Os olhos de Cyrus abriram-se. Seus punhos cerraram-se de modo espontâneo, mas não havia ninguém com quem lutar; nada para ver.
— Você me trouxe aqui para zombar de mim? — indagou ele, baixinho, virando-se para olhar o ambiente. — O que quer de mim esta noite?

*Como é triste o palhaço
Apesar das piadas que cria
Nunca ganha um abraço
Do burro e ganancioso Argila*

Cyrus enrijeceu. Pediu calma a si mesmo, apesar de sentir um instinto arrepiante de pânico. Com uma compostura forçada, perguntou:
— O que isso significa?

*Meninas e meninos,
meus brinquedos tão queridos!
Briguentos, sem graça nenhuma
Ela escolherá, você perderá...
Para um tolo com uma pluma!*

Um músculo saltou na mandíbula de Cyrus.
— Eu não entendo seus enigmas irritantes, mas tenho motivos para acreditar que Alizeh aceitará meu pedido. Ela me disse que...

*Que tola a mente do Argila
Nem uma charada entende
Que tolo o coração do Argila
À dor para sempre se rende*

— *Basta* — proferiu o jovem rei, furioso, procurando inutilmente por um rosto. — Deixei você recitar suas rimas sem sentido para mim por horas a fio sem reclamar, mas você já me forçou a suportar sua presença repugnante uma vez nesta noite interminável, e, a menos que pretenda me torturar de novo, irei embora. Além disso, ainda não perdi nada. Tenho tempo suficiente para cumprir minha parte no acordo.

Ambos desaparecem devagar
O tempo e o gelo...
O rei não admite fracassar
Mas pressinto seu medo

Cyrus sentiu uma onda de raiva.
— Foi por isso que me convocou, então? Para comemorar por antecipação? — Ele balançou a cabeça. — Você é o mais vil dos monstros!

Com medo do sono fascinante
Com medo de ver o rosto dela!
Exceto por um abraço delirante
Não dormiu uma só piscadela

Ao ouvir isso, Cyrus deu uma risada zombeteira e desequilibrada. Sentia-se como um animal enjaulado.
— Como se atreve a me insultar por meus esforços, quando foi *você* quem plantou a imagem dela em meus sonhos? Você joga de forma desonrosa, recorrendo a manipulações além dos termos do nosso acordo. Que escolha eu tenho senão me proteger?

Que tola a mente do Argila
Nem uma charada entende
Que tolo o coração do Argila
À dor para sempre se rende

— Por que está se repetindo? Pare de me falar bobagens e me explique logo o que quer dizer!

Pelas estrelas, eu juro:
Nunca perdi uma partida
Você não terá a menina
Pois é minha sua sina

Acha que pode jogar sem medo
O jogo que eu mesmo criei
Espera roubar meu brinquedo
Sem pagar o preço, jovem rei?

De tão furioso, triste e arrasado, Cyrus mal conseguia falar. De todas as formas que o diabo tinha concebido para miná-lo, essa era de longe a pior. Cyrus podia ver como ele mesmo abria o caminho para a própria destruição tão facilmente. Iblees já tentara muitas vezes arruiná-lo com violência, mas seus esforços macabros apenas o haviam fortalecido.

Mas apelar para seu coração partido?

Entregando-lhe não apenas a visão de um anjo, mas a tentação do anjo em carne e osso? Ele, que fora descartado por todos — rejeitado pelos Profetas, caçado por sua mãe, traído por seu pai, abandonado por seu irmão, mergulhado no isolamento e odiado em todo o mundo? Ele, cujo coração partido se despedaçara diante da ternura dela?

Alizeh era a realização de um desejo secreto e desesperado. De aplacar a dor constante e torturante de dentro dele, uma necessidade que se tornava mais intensa a cada escuridão que o devorava.

Ansiava por seu calor, por seu brilho. Ela tinha sido, desde o primeiro momento em que aparecera em seus sonhos, uma chama duradoura em meio à noite interminável, seu único refúgio na loucura que o engolia.

Essa era a sua verdadeira fraqueza, e o diabo a localizara com facilidade.

O palhaço fica feliz da vida
Ao ver toda a sua desolação
Por esse prazer, ele o convida
A uma pequenina solicitação

— Não quero nada, exceto o que me é devido! — Cyrus gritou, virando-se bruscamente. Havia perdido a paciência agora, olhando com fúria para o ambiente vazio. — Se acha que eu pediria alguma coisa, é muito mais estúpido do que parece.

Por vê-lo tão angustiado
O palhaço fica deleitado!
Em troca, lhe será dado
Um esplêndido regalo!

— Não... — Cyrus tentou interrompê-lo, o pavor subindo por sua espinha. — Não quero nada de você... Não pedi nada...

De repente, a cortina de carne evaporou. Cyrus vacilou de descrença. Sua raiva mudou, e emoções mais dóceis se entrelaçaram em seu peito. Ele avistou a conhecida luz alaranjada ao longe, seu brilho bruxuleante como um farol enquanto ele avançava com firmeza, o coração batendo loucamente contra as costelas.

Ouviu um barulho abafado de correntes, uma respiração irregular. Cyrus avançou na direção dos sons, seguindo uma longa parede iluminada por uma interminável procissão de tochas acesas. Um calor abafado agarrou-se à sua pele e ali permaneceu, fazendo com que gotas de suor escorressem por seu pescoço. Ao virar uma esquina, uma cena formou-se subitamente diante dele.

Havia correntes pesadas presas a uma parede cheia de crateras. Um homem idoso pairava no ar de maneira não natural, com o corpo emaciado e torturado, preso a algemas.

— Quem está aí? — Ouviu-se uma voz rouca e trêmula. — Quem veio?

Raramente Iblees permitia a Cyrus um momento como aquele, e o som daquela voz abatida provocou uma pontada no nariz do jovem. Seus olhos de repente esquentaram. Não importava quantas vezes fosse até ali, a cena nunca se tornava mais fácil de suportar.

Outro tilintar desesperado de correntes. Outra vez a voz rouca e aterrorizada:

— Quem está aí? Exijo que se apresente!

Se fosse capaz de ter algum humor naquele momento, Cyrus poderia ter sorrido diante do comando arrogante, pois lhe dava motivos para ter esperança. O rei ainda não havia perdido o senso de superioridade. Ainda não estava tão arrasado a ponto de se render de vez.

Cyrus então se aproximou do pai com uma compostura que não conseguiria explicar. O jovem não se sentia tão calmo quanto parecia, mas não conhecia outra maneira de enfrentar aqueles horrores.

— Pai — ele disse com suavidade. — Sou eu.

— NÃO! — O verdadeiro rei de Tulan lutou inutilmente contra suas correntes, o rosto se contorcendo de terror, os olhos fechados com força. — Saia daqui agora! Eu já implorei... Já pedi para nunca mais voltar...

— Ele arrancou seu outro olho, não foi? — Cyrus perguntou em voz baixa, a dor fazendo o peito latejar. — Esta noite.

Seu pai enrijeceu, depois cedeu, com a tristeza estampada no rosto. Ele não abriu os olhos. Não respondeu à pergunta.

— Nunca mais pense em mim — implorou o homem, com a voz rouca, os últimos resquícios de energia deixando seu corpo. — Imagine-me morto e desaparecido, minha criança. Esta dívida não é sua.

— Como pode dizer isso — Cyrus respondeu de forma calma — quando foi o senhor quem me pediu para suportar tudo?

Um silêncio tenso instalou-se na câmara imunda. Cyrus xingou a si mesmo. Não pretendia fazer aquela acusação em voz alta, não pretendia desperdiçar aquele momento precioso desferindo golpes emocionais que seu pai torturado já não poderia suportar. O jovem não havia parado para pensar nas palavras porque sua mente estava fragmentada. O diabo não havia exagerado: Cyrus não dormia desde que vira Alizeh pela primeira vez.

Não ousava dormir.

Nunca esqueceria a primeira vez em que a vira naquela noite calamitosa, a maneira como ela saíra de trás do biombo. Ela havia aparecido à luz dourada do quarto da srta. Huda como o vislumbre de um milagre. Só quando ela ergueu os olhos para o rosto dele e a visão quase o matou foi que Cyrus percebeu quão habilmente ele havia sido enganado. Ele absorveu o golpe com uma calma exterior imaculada, deixando a bomba explodir por dentro, liquefazendo seu âmago. Aquela destruição interior dera origem a uma raiva espantosa e aterradora que ele quase não conseguiu esconder. Sentiu que tinha enlouquecido, oscilando em total desgoverno entre o desejo e a fúria, a repulsa e o medo, mal conseguindo controlar a si mesmo ou suas reações a ela. Soube de imediato que havia sido enganado; soube que ela era um instrumento do diabo, enviada para arruiná-lo. E, ainda assim, enfraquecia a cada vez que ela olhava em sua direção. E a ânsia ficava ainda mais explosiva à medida que ela se consolidava para ele como alguém real. Ele sempre desejava outro olhar, outro toque acidental de sua pele...

Tinha pavor de sonhar com ela de novo.

Cyrus estava usando magia para se manter acordado havia dois dias. A sonolência entorpecida imposta pelo diabo enfraquecera sua mente ao mesmo tempo que revivera seu corpo despedaçado, e, ao acordar daquele sono perigoso, apenas se traíra de maneira vergonhosa. A exaustão daquele momento enfraquecia as amarras da magia que o mantinham de pé, e o jovem rei não era mais si mesmo. Aquela não era a primeira vez que seu pai, Reza, fazia uma declaração tão ridícula, e Cyrus deveria ter mordido a língua. Uma onda de aversão contra si mesmo o invadiu e soluços silenciosos logo tomaram conta do corpo inerte de seu pai. Lágrimas rolaram dos olhos fechados do homem, escorrendo por seu rosto encovado. Sim, Cyrus odiava-se por aquilo.

— Perdoe-me. — Foi a resposta vacilante do homem mais velho. — Eu fui um tolo, eu não sabia... Nossa imaginação fraca e protegida não consegue compreender tais corrupções das trevas... Nunca pensei que seria assim... Nunca...

Cyrus contraiu a mandíbula.

— Vou providenciar que este assunto seja resolvido e, quando terminar, o senhor retornará à minha mãe. Os Profetas criarão para o senhor um novo par de olhos...

— Este assunto nunca será resolvido! — gritou Reza, agora histérico. — Você não vê? É uma armadilha... É sempre uma armadilha...

— Isso não é verdade — disse Cyrus, determinado. — Já concluí a maioria das tarefas. Tenho mais quatro meses...

Reza não parava de balançar a cabeça, com indisfarçável tormento, e seu temperamento soava tão repentino e mutável quanto o vento.

— Meu filho, você não entende...

— Explique-me, então... — disse Cyrus, com o peito arfando com uma emoção malcontida. Ele quase se destruíra na tentativa de corrigir seus erros; mas, ainda assim, o pai sempre duvidava dele. — Por que o senhor não deposita sua fé em mim? O que é que eu não entendo?

Finalmente, Reza abriu os olhos, mostrando a carne rosada das órbitas vazias ainda molhadas de lágrimas.

— Nunca ninguém conseguiu — sussurrou. — Nenhum homem jamais apostou contra o diabo e ganhou.

OITO

هشت

A princípio, Alizeh pensou que estivesse sonhando. Sua cabeça parecia pesada, como se ela estivesse hipnotizada pelos sons e aromas melosos do amanhecer. Parecia haver pessoas falando com ela, mas era difícil distinguir as vozes em meio aos trinados dos pássaros e ao rugido distante da água corrente. Além disso, estava muito distraída, sentindo a deliciosa luz do sol aquecer a lã de seu manto, enquanto uma brisa fresca fazia seu capuz levantar e cair sobre o rosto. Seus lábios se curvaram em um sorriso enquanto seus olhos se abriam. Um borrão de silhuetas amorfas cristalizou-se acima dela: as folhas vivas das árvores altas pareciam bordadas como uma renda em um céu sem nuvens. Um trio de tentilhões vermelhos disparava por todo lado como fogos de artifício. Alizeh exalou um som suave de contentamento antes de fechar os olhos de novo.

— Não, senhorita, por favor, fique acordada...

— Ela parece estar sorrindo. — Uma voz feminina familiar soou. — Talvez tenha escolhido dormir aqui fora?

— Se isso for verdade, por que ela parece incapaz de acordar?

Alizeh deu uma risadinha. Parecia quase como se seus amigos ardunianos estivessem ali — Omid, a srta. Huda e até Deen. No entanto, era uma possibilidade tão absurda que parecia um exagero até mesmo para um sonho. Ela rolou para o lado, com a grama fazendo cócegas em seu nariz quando seu enorme capuz caiu para a frente e obscureceu seu rosto por completo, mergulhando-lhe as costas em uma escuridão faiscante. Inspirou profundamente o solo úmido e o ar doce, deliciando-se com a magia inefável do orvalho. Ah, que divina aquela sensação, onde quer que estivesse. O sonho também era generoso, a confluência de tantas coisas que ela amava — a serenidade da natureza, as paisagens sonoras do início da manhã, os tons exuberantes da vida — sem nenhuma das sombras sinistras que tantas vezes a dominavam durante o sono. Alizeh achava que poderia dormir indefinidamente se pudesse permanecer ali.

— Majestade.

Alizeh assustou-se com o timbre forte da voz. Sua mente, que ainda não havia despertado, estava um passo atrás do coração, agora batendo forte contra o peito. A intuição avassaladora exigia que ela prestasse atenção, mas Alizeh não conseguia identificar quem estava falando, mesmo aceitando que se tratava de alguém importante.

— Majestade. — De novo, porém mais suave. — Por que está deitada no chão? — O peso surpreendente de uma mão pousou sobre sua cabeça coberta. — Está em perigo? Está ferida?

Então, como uma chave girando uma fechadura, ela relacionou a voz a um nome.

Com um suspiro, Alizeh abriu os olhos, o que resultou em uma visão ampliada da grama, das folhas adornadas por pérolas de orvalho. Sentiu-se punida não apenas pelo ardor atrás das pálpebras, mas também pela triste compreensão de que não estava sonhando. Com o pulso acelerado, ela percebeu na mesma hora que aquela não era uma paisagem de fantasia, mas o chão duro da realidade, sobre o qual ela jazia inerte e desorientada. Uma sombra moveu-se, encobrindo o calor do sol, e ela estremeceu, sentindo o despertar das dores do corpo. Quanto mais mantinha os olhos abertos, mais a cabeça latejava e o pescoço doía; até mesmo alguma parte de seu rosto pesava de dor. Logo as sensações a oprimiram, e seus olhos se fecharam mais uma vez. Foi quando sentiu a mão quente tocar em sua cabeça que ela entrou em pânico, receosa de ter entendido errado, de aquele ser na verdade um estranho, de suas esperanças serem loucas demais para serem realizadas. Reuniu as forças, lambeu os lábios ressecados e se obrigou a sussurrar o nome dele.

— *Hazan?*

Seu coração bateu uma vez.

Então, ele respondeu com gentileza:

— Sim, Majestade.

Alizeh pensou ter sentido o coração parar.

— É possível? — sussurrou. — Você está mesmo aqui?

Ela mal apreendeu a ternura, a leve surpresa em sua voz quando ele disse:

— Estou mesmo aqui.

O *nosta* ganhou vida contra seu esterno. O medo e a culpa pelo destino de Hazan estiveram presos em um emaranhado de sentimentos dentro dela, e a súbita compressão de seu peito arrebentou a emoção contida, arrancando um soluço terrível de sua garganta. Ela se forçou a se virar, deitando-se de costas enquanto tapava a boca com a mão trêmula, lágrimas quentes escorrendo em direção às têmporas. Desesperada por uma prova visual, forçou os olhos a se abrirem, as mãos se atrapalhando pelo chão. Quando se virou um centímetro e o viu ajoelhado na grama ao lado dela, foi arrebatada.

Caiu de costas e balançou a cabeça repetidas vezes. Não conseguia acreditar que ele estivesse vivo. Hazan, incomparável em sua lealdade a ela, que a presenteara com o raro *nosta* que a salvara do perigo de mil maneiras, que arriscara sua vida tantas vezes pela segurança dela.

Ela pensara que ele estivesse morto.

E agora ele estava ali? Viera resgatá-la mais uma vez?

Após todos aqueles anos desde a morte de seus pais, anos de profunda solidão, ela perdera a esperança de encontrar outra alma confiável. No entanto, Hazan viera até ela sem exigências ou expectativas, abrindo os véus da noite e caindo de joelhos diante dela, dando início ao que poderia ter sido a grande fuga de sua vida. Não havia ninguém com quem ela se sentisse mais segura, e ela não fizera nada para merecer sua gentileza.

Ele simplesmente depositava nela sua fé.

Desorientada, ela agarrou a mão dele e apertou-a entre as palmas, mal conseguindo ver através das próprias lágrimas a emoção refletida nos olhos dele. Com grande esforço, engoliu em seco, soltando-o apenas para enxugar o rosto com os dedos trêmulos. Ela se sentou com dificuldade. Ele a ajudou.

O capuz caiu para trás quando ela ergueu a cabeça. Ele enrijeceu diante da revelação de seu rosto, e arregalou os olhos ao examiná-la. Alizeh sentiu um tremor inexplicável percorrer o corpo dele, mas não o entendeu. Sua mente ainda estava tão turva que ela só conseguia se concentrar em uma coisa de cada vez e, naquele momento, tinha dificuldade em acreditar no que via.

Hazan parecia o mesmo.

Um pouco cansado, mas o mesmo: saudável, ileso. Seus olhos cor de mel estavam mais castanhos do que verdes sob aquela luz, e uma mecha rebelde de seu cabelo louro-acinzentado deslizava sobre a testa, roçando a curva de seu nariz torto. Alizeh nunca o tinha visto de tão perto e ficou impressionada com a lembrança de que ele era quase inteiramente sardento — uma característica que, se não fosse pela firmeza de seus olhos, o faria parecer bastante jovem. Hazan não era tradicionalmente bonito, mas tinha feições singulares, e seu olhar era sempre repleto de sentimento, com um ar de autoconfiança tão potente que se movia com ele como uma segunda sombra.

Ela levantou as mãos até o rosto dele, tocando suas bochechas levemente enrugadas com as palmas. Ele se assustou com o contato, mas o movimento repentino do peito expressou sua reação mais do que os olhos, que permaneceram firmes enquanto ela o estudava. Ela não conseguia explicar a necessidade de tocá-lo, de se certificar de que ele era real.

Uma única lágrima, a última delas, deslizou por seu rosto.

— Hazan — ela falou, baixinho. — Como veio parar aqui? Achei que o tivessem matado.

Em resposta, Hazan apenas balançou a cabeça, os olhos brilhando de pânico.

— Majestade — ele sussurrou. — Vossa Majestade está gravemente ferida.

Essa declaração a surpreendeu.

De maneira distraída, Alizeh se apalpou como se quisesse localizar a origem do ferimento, primeiro levando a mão ao cabelo, que há horas havia se soltado dos grampos e adornos. A massa brilhante de seus cachos estava presa sob o peso do manto, com mechas mais curtas dançando sobre seus olhos. Alizeh franziu a testa enquanto olhava ao redor, tentando descobrir onde estava e como chegara até ali, mas as memórias do dia e da noite anteriores voltavam a ela confusas e fora de ordem. Com cuidado, ela passou os dedos pela face, estremecendo quando sentiu o vergão de algum ferimento recente ao longo da maçã do rosto.

— Ah. — Ela arfou, lutando contra uma careta. — Você quer dizer isto? Não sei de onde...

As palavras ficaram presas em sua garganta, e os olhos se arregalaram em choque quando ela percebeu, pela primeira vez, as quatro figuras iminentes em pé atrás de Hazan.

Alizeh não sabia se deveria recuar ou se alegrar.

Sua mente havia despertado o suficiente, pelo menos, para perceber que a cena não parecia certa. Por mais encantada que estivesse ao ver a srta. Huda, Omid e Deen — todos os três levantando as mãos e pronunciando "olás" abafados —, a presença deles ali não fazia sentido.

Por fim, voltou seu olhar para o último deles, o mais ameaçador dos quatro, afastado dos outros. O príncipe herdeiro de Ardunia era impressionante mesmo imóvel, com o cabelo negro e brilhante e a pele cor de mel — ao mesmo tempo novos e familiares para ela.

Alizeh sentiu um aperto no estômago ao encontrar os olhos dele, surpresa ao descobrir quanto havia se esquecido dele em tão pouco tempo. Ele parecia majestoso sob o brilho do sol matinal, a expressão inescrutável enquanto a estudava, com sua boca formando uma linha sombria. Ela não tinha certeza se era o cansaço mental, mas o rosto de Kamran lhe pareceu diferente, com um de seus olhos brilhando dourado sob a luz, e o outro tão escuro como sempre tinha sido.

Céus, ele tinha uma beleza devastadora.

Ele não fez nenhum movimento, nenhum esforço para se aproximar dela. Apenas a estudava silenciosamente de longe, com uma mão apoiada de leve no punho da espada, a outra segurando uma alça sobre o peito, que se conectava à aljava de flechas despontando por trás do ombro. Alizeh levou mais tempo do que o normal para juntar as peças enquanto olhava para ele; mas, em segundos, conseguiu reunir os fios de uma explicação para sua chegada — e para a expressão estoica e inabalável em seu rosto. Ela se sentiu subitamente desperta e alarmada.

Poucos dias haviam-se passado desde que o rei Zaal fora assassinado por Cyrus, poucos dias desde o massacre dos Profetas. Kamran estava lidando com um caos de proporções extraordinárias em Ardunia. Apenas um motivo o traria ao palácio tulaniano sem ser convidado.

Vingança.

Alizeh respirou fundo, e os olhos de Kamran se estreitaram. Foi como se tivessem comunicado tudo nesses dois gestos. Ela percebeu que ele não estava propriamente feliz em vê-la. Em sua cabeça, ela revirou o tumulto das últimas trinta e seis horas, relembrando os detalhes de sua separação, a dor da traição estampada em seu rosto no último relance que teve dele antes de partir.

Mas ainda assim...

Sem dúvida, tudo já devia estar esclarecido, não? Kamran devia ter perdoado os esforços secretos de Hazan para ajudá-la a escapar de Ardunia, já que os dois estavam juntos ali. Por que outro motivo Hazan ainda estaria vivo?

Com a mente borbulhando, ela voltou os olhos para Hazan, que a fitava com algo parecido com compaixão.

— Não tema, Alteza. Não permitirei que nada de mal lhe aconteça.

Alizeh recuou.

— *Nada de mal?* O príncipe veio me fazer algum mal?

— Na verdade — disse Hazan depois de um momento —, não acredito que ele seja capaz disso.

Não parecia uma garantia.

Alizeh sentiu-se perturbada, tão confusa que teve dificuldade de falar.

— Eu não... Não entendo... Por que motivo ele iria...

Ela foi distraída por um movimento ao longe e, quando ergueu a cabeça, descobriu Kamran vindo em direção a eles com passos rápidos e o rosto impassível de sempre. Alizeh recuou ao vê-lo daquela forma.

Não, seus olhos não a haviam enganado: o rosto dele estava de fato alterado.

Algo parecido com um raio cortava agora seu olho esquerdo, abrindo um veio dourado em sua pele, como uma cicatriz cintilando sob o sol. Sua íris afetada agora tinha uma cor inumana, mas a transformação apenas realçara sua beleza, tornando-o etéreo e nem um pouco aterrorizante.

— Majestade. — Ouviu-se a voz baixa e urgente de Hazan. Alizeh voltou-se para ele, seu pulso recusando-se a se acalmar. — Perdoe-me, mas devo perguntar-lhe rapidamente: Vossa Majestade aceitou se casar com o rei de Tulan?

NOVE

Alizeh quase caiu para trás. Não conseguia imaginar como a notícia do pedido de casamento de Cyrus tinha chegado tão rapidamente a Ardunia. Não sabia como o rumor teria alcançado os ouvidos de Hazan.

— Não — ela murmurou com os olhos ainda arregalados de admiração. — Eu não aceitei me casar com ele.

— *Inferno* — disse Hazan exalando, a palavra incompatível com seu óbvio alívio. — Não consigo descrever como fico aliviado ao ouvir isso.

— Mas, Hazan, devo lhe dizer... — Ela colocou a mão em seu braço, e ele enrijeceu. — Tenho pensado seriamente em sua proposta... Cyrus me ofereceu seu reino em troca...

— Não — disse ele, alarmado, lançando um olhar furtivo para a figura de Kamran, que se aproximava. — Eu imploro, nem pense nisso. Seria um erro, Majestade...

— O que seria um erro?

Alizeh virou-se lentamente em direção à voz, firmando-se sob o olhar imponente do príncipe. Ela se encolheu diante da incerteza; não sabia o que esperar dele, não agora que estava ciente de que ele nutria algum desejo de machucá-la. Ele, por outro lado, permaneceu implacável, examinando o rosto dela em estado de choque. Quando voltou a falar, sua voz foi ainda mais letal por sua suavidade:

— Seu pescoço — disse ele. — Seu rosto... Você está machucada.

— Estou muito bem — ela rebateu, sem entender o próprio impulso de mentir.

Sua cabeça estava tão confusa, e o humor dele parecia tão imprevisível, que ela se sentiu em grande desvantagem. Alizeh não gostava da maneira como ele se inclinava sobre ela e queria se afastar de seus olhos abrasados, queria um momento a sós com seus pensamentos após aquelas revelações perturbadoras. Ela tentou se levantar, mas perdeu o fôlego no esforço, e a ação inacabada fez com que as abas desabotoadas do manto se abrissem.

Hazan soltou um palavrão em voz alta pela revelação do vestido ensanguentado, o que a chocou. Mas foi Kamran quem falou, chocando-a ainda mais com sua fúria:

— O que aconteceu? O que aquele canalha fez com você?

Aquilo, infelizmente, não contribuiu para a calma de Hazan.

— É por isso que estava no chão? — questionou ele. — Estava de fato inconsciente?

— Eu não... — ela tentou dizer.

— Por que parece ter sido atacada?

Alizeh balançou a cabeça, e uma dor aguda se manifestou na base de seu crânio. Estava zonza e desidratada, e seus membros tremiam, ela percebeu, por muito mais do que desconforto.

— Por favor, não se aborreçam. — Ela pediu sem fôlego ao olhar em volta, avaliando a situação com novos olhos. — Céus, eu me pergunto por que ainda não fomos cercados por funcionários do palácio. Ou interceptados pela própria rainha-mãe.

— Ah, os criados estão todos nos observando, senhorita — Omid a interrompeu, vindo de longe. — Estão pressionando o rosto contra todas as janelas. — Ele acenou para alguém ao longe, e um leve coro de risadas foi emitido em resposta.

— Que maravilha — disse Alizeh, forçando um sorriso. — Mais fofocas.

Os olhos de Kamran se intensificaram.

— O que você quer dizer?

Ela foi poupada de responder, porque Hazan interrompeu:

— Majestade — disse ele —, onde está o rei?

— Não tenho a menor ideia — disse ela, pressionando as costas da mão na testa, que começava a suar frio. Ela sentia náuseas. — Mas eu juro que a situação não é o que parece ser. Ele não representa perigo para mim...

— Eu imploro que não o acoberte apenas para nos proteger. É generoso de sua parte demonstrar preocupação para com o nosso bem-estar, mas não deve se importar se tivermos de enfrentar um bruto como ele.

— O que vocês precisam entender... — disse Alizeh, cansada. — Ainda mais você, Hazan... É que *este* — ela apontou para seu vestido manchado — sangue não é meu.

— Não, é claro. — Foi a resposta pronta de Hazan, que examinava as intermináveis manchas vermelhas. — Mas o corte em seu pescoço...

— Eu sei... — Ela suspirou, pressionando a palma das mãos nos olhos. — Parece bem ruim, não é?

— Parece que Vossa Majestade foi fisicamente ferida pelo rei tulaniano — disse Hazan, que agora lutava para moderar a voz. — É verdade?

Alizeh estremeceu.

— Para todos os efeitos, sim.

Novamente, Hazan praguejou em voz alta.

— Mas não foi tão ruim quanto parece... — ela começou a dizer, antes de pensar melhor. — Para ser justa, nós dois machucamos um ao outro... Na verdade, eu poderia ter feito pior com ele se tivesse tido a oportunidade.

— Quer dizer que esteve envolvida em uma briga? — Kamran foi quem disse. — Com o rei do Sul?

— E pretendia matá-lo, Majestade? Estava tentando fugir?

— Não — disse Alizeh, depois hesitou. A pulsação na base do crânio dificultava pensar. — Bem, sim... Quero dizer, naturalmente, no início, tentei matá-lo várias vezes...

— Espere.

Ao som torturado da voz de Kamran, Alizeh ergueu os olhos. Ela o viu observando-a com uma expressão de dor, algo entre raiva e angústia.

— Perdoe-me — ele prosseguiu —, mas é só que preciso entender... Se tentou matá-lo... Está dizendo que é possível não ter partido com ele de forma voluntária?

A pergunta foi tão estranha que Alizeh ficou em silêncio.

— Partido com ele de forma voluntária? — ela repetiu, enfim, franzindo as sobrancelhas. — Quer dizer que achou que deixei Ardunia, *por vontade própria*, na companhia do rei de Tulan?

Kamran assentiu.

— Claro que não — disse ela, encolhendo-se como se tivesse sido golpeada. A acusação era tão insultuosa que explodiu como fogos de artifício em sua cabeça, desencadeando uma onda de adrenalina muito bem-vinda. — Como pôde fazer tal pergunta? Eu nem sabia quem ele era... Ele me enganou para me trazer até aqui...

— Eu disse! — Soou uma voz animada. A srta. Huda estava na ponta dos pés, com a mão no ar como uma aluna ansiosa pedindo para falar. — Eu lhes disse que ela não sabia quem ele era!

— *Quieta*. — Ouviu-se o sussurro alto de Deen, silenciando a jovem enquanto ele puxava sua mão. — Este lhe parece um momento adequado para se vangloriar?

— Sim, bem, eu disse, não disse? — A srta. Huda cruzou os braços. — Tentei avisar todos vocês...

— Eu acreditei em você, senhorita — disse Omid com urgência. — Nunca duvidei.

— Nunca mesmo. — Foi a resposta surpreendentemente carinhosa da srta. Huda. — Você é um garotinho muito querido.

Os pensamentos de Alizeh viraram um caos. Nunca lhe ocorrera que pudessem questionar seus motivos para fugir noite adentro nas costas de um dragão tulaniano. Ela estava sob o domínio de uma magia poderosa, gritando de pavor como se sua vida dependesse disso, em frente a todos. Era desconcertante que qualquer pessoa razoável atribuísse uma explicação maliciosa às suas ações. Ela *defendera* Kamran de Cyrus, arriscara sua vida para protegê-lo do golpe fatal do rei do Sul... E ele ainda assim duvidava de suas intenções?

Conhecendo o próprio coração como conhecia, parecia-lhe que suas boas ações tivessem sido tão rapidamente desacreditadas, que Kamran tivesse aproveitado a primeira oportunidade de retratá-la de forma negativa. Isso a fez perceber como ela e Kamran conheciam pouco um ao outro de fato, como era tênue o vínculo entre eles. Somente alguém com uma compreensão superficial de seu caráter poderia ser tão facilmente persuadido a difamá-la. Foi uma sorte, então, que o choque inocente agora impresso em seu rosto fosse bastante claro para todos.

— Eu nunca duvidei, Majestade — declarou Hazan, baixinho.

Ela respirou fundo, lançando a Hazan um olhar de afeto antes de se virar para Kamran.

— Mas você... — ela disse ao príncipe. — Pensou que eu fugiria com ele depois... Depois de tudo que ele fez? Você me considerou capaz de desempenhar um papel nas atrocidades daquela noite?

Apesar de seus próprios sentimentos feridos, porém, o coração de Alizeh não pôde deixar de se suavizar diante do horror nos olhos de Kamran. Depois de tudo que ele suportara... E o que pensara sobre ela. Como devia ter sofrido.

— Ah, Kamran... — disse ela. — Como pôde pensar uma coisa dessas? — E, depois, mais baixinho: — Como você deve ter se sentido torturado pensando assim.

Ele absorveu as palavras dela com uma quietude tão completa que a preocupou, abandonando a imobilidade para fechar os olhos e engolir em seco. Ele ficou de repente pálido de vergonha. Permaneceu quieto por um longo momento, imóvel, exceto pela rápida subida e descida de seu peito. E, quando ele abriu os olhos de novo, havia uma raiva queimando nas profundezas de seu olhar, um inferno de fúria que ameaçava incendiá-lo por inteiro.

— Vou matá-lo — ele proferiu com uma calma resoluta. — Vou estripá-lo e arrancar seus órgãos, e garantir que ele viva por tempo suficiente para suportar a tortura. Ele implorará pela morte. Morrerá de tanta agonia. — Kamran estendeu a mão trêmula para tocá-la, seus dedos roçando o ferimento em seu rosto. — Pode ter certeza disso.

Alizeh balançou a cabeça com um movimento brusco.

— Não — disse, atordoada. — Kamran, você não pode matá-lo...

— É o que ele merece.

— Não... Bem, sim. — Ela franziu a testa. — Suponho que haja um argumento nesse sentido...

Alizeh parou com um suspiro. Os cabelos finos de sua nuca se arrepiaram, e sua pele parecia estar se retesando. Ela sabia que ele havia chegado antes mesmo de vê-lo e, no tempo que levou para virar a cabeça em sua direção, Kamran já havia posicionado uma flecha em seu arco.

— *Não* — ela murmurou.

Alizeh enfim avistou Cyrus ao longe, com seus contornos ágeis parecendo uma assombração através de um véu de neblina. Pareceu-lhe quase irreal; ondas da névoa matinal se acumulando ao seu redor, e seu cabelo acobreado brilhava como um halo perverso na escuridão. Ele vinha por uma trilha estreita de pedras à beira do penhasco, tendo deixado para trás um baú de aço fechado, que lembrava o baú de sua chegada a Tulan, quando Cyrus tirara um tempo para alimentar e dar água ao seu dragão. Ela se perguntou o que ele estaria fazendo, onde estivera a noite toda, se havia dormido — mas suas perguntas foram silenciadas quando seus olhares se encontraram. Ele estava longe demais para perceber com clareza; não poderia ter enxergado o inferno e a agitação presos em seus olhos, suas feições tensas de exaustão; mas ela viu a mudança no corpo dele quando ele percebeu, em tempo real, que algo estava errado.

Ele pareceu eletrificado.

Cyrus moveu-se com rapidez, indiferente à presença de seus indesejados agressores, e, se notou a flecha apontada em sua direção, não deu nenhuma indicação disso. À medida que se aproximava, ficou óbvio que ele se concentrava em Alizeh, ignorando todo o resto, com o corpo tenso e contido, mesmo enquanto se movia de modo resoluto em direção a ela. Ele tentou esconder uma onda de pânico enquanto estudava a posição anormal de seus membros no chão, mas ela soube o momento em que ele percebeu o hematoma em seu rosto, pois seus olhos se arregalaram pelo choque indisfarçável e ele quase correu até ela, disparando pelo caminho estreito a uma velocidade perigosa.

— Afaste-se! — Soou a voz ríspida de Hazan, cortando a névoa de sua mente. — Este não é o momento.

Alizeh virou-se na direção dele, com o coração na garganta, e percebeu que ele estava falando com Kamran. Este estava ajustando sua mira, seguindo os movimentos de Cyrus.

— Isso não cabe a você decidir — disse o príncipe.

— Se matá-lo agora — respondeu Hazan com raiva —, você se comprometerá com uma guerra entre nossos impérios, o que sabe que seria um erro. Há inúmeras testemunhas nas janelas, e é quase certo que um dos criados já alertou a guarda real... Sem dúvida estamos a poucos minutos de sermos interceptados, e seremos todos condenados à morte. Você terá pouca esperança de socorro do lado arduniano, sobretudo porque Zahhak está tentando destruí-lo. Imploro que pense bem sobre isso...

— *Basta* — o príncipe retrucou, lançando apenas um olhar violento para seu amigo. — Se acha que vou perder uma oportunidade como esta de me vingar, não me conhece.

— Só estou pedindo que *espere*, seu idiota! Suas ações incriminariam a todos nós... Colocariam a criança em risco... A jovem senhorita...

— Eu os avisei para não virem. — Foi a resposta sombria de Kamran. — Disse a eles que não seria responsável caso morressem...

Ah, aquilo não poderia estar acontecendo.

Alizeh lutou para ficar de pé. Sentiu como se o mundo estivesse derretendo ao seu redor, como se estivesse presa em um pesadelo. Ela viu o horror triplicado expresso nos rostos de Deen, da srta. Huda e de Omid; a fúria inabalável nos olhos de Kamran, a resignação na postura da mandíbula de Hazan. Estava errado, tudo errado. Cyrus não podia morrer. Agora, não. Ainda não.

Pelos céus, ela pensou.

Nunca.

De repente, sentiu como se fosse gritar diante daquela possibilidade, com sentimentos confusos emaranhando-se em seu peito. Apesar do caos emocional, Alizeh também tinha todos os motivos práticos para querer a sobrevivência de Cyrus. Nem tinha percebido quanto passara a confiar nele até aquele momento. Apesar de seus muitos protestos, Alizeh tinha começado a imaginar um casamento com o rei do Sul — e como seria assumir Tulan. Apenas algumas horas antes, ela enfim se apresentara ao mundo, tendo conversado com milhares de jinns que esperavam que ela se dirigisse a eles novamente em breve. Se Kamran matasse seu rei, se gerasse tumulto em Tulan e consolidasse a perspectiva de uma guerra...

O que seria de seu povo?

Sem império, sem coroa e sem recursos, Alizeh não teria escolha senão fugir, mais uma vez, abandonando seu rebanho poucas horas depois de ter prometido liderá-lo. Tudo isso passou por sua cabeça com incrível rapidez; ela sabia que seria inútil até mesmo tentar transmitir tais pensamentos a Kamran, que tinha todo o direito de querer Cyrus morto. Tinha consciência disso; reconhecia os crimes imperdoáveis de Cyrus contra Ardunia. Sabia que ele merecia vingança. Sabia que suas razões para o manter vivo eram egoístas. Mas não fazia diferença.

Ela não queria que ele morresse.

Se ao menos tivesse uma terra para chamar de sua, se pudesse encontrar sua magia... Ela deixaria aqueles dois impérios e seus herdeiros para trás, pois Kamran e Cyrus tinham provado não ser nada além de problemas. Mas, sem recursos, sem cavalos nem mantimentos, a viagem que precisaria fazer a pé até as montanhas de Arya poderia levar meses. E, mesmo que ela sobrevivesse à jornada, não poderia fazê-la sozinha. *Cinco pessoas deveriam estar dispostas a morrer por ela* antes que as montanhas se separassem da magia que possuíam.

Sentindo-se pressionada, Alizeh notou lágrimas brotando em seus olhos.

Depois de todos aqueles anos, e de todo o caos recente que se instaurara em sua vida, as peças enfim tinham começado a se encaixar. No entanto, agora tudo parecia impossível mais uma vez.

Ela tinha de impedir Kamran de matar Cyrus.

Por mais que entendesse a dor dele, não podia ficar ali parada, deixando-o matar Cyrus e implicar os outros em seu assassinato. Mas havia algo de errado com ela... Com sua cabeça, seus pulmões, seus ossos. Não conseguia entender por que estava tão cansada e desajeitada e, quando tentou se mexer rápido demais, cambaleou, como se o chão estivesse se movendo sob seus pés. Sentiu o apoio dos braços de Hazan envolvê-la enquanto ela se afastava cegamente. Não tinha nenhum plano; só sabia que tinha de ir até ele, colocar-se entre eles de alguma forma...

— *Alizeh!*

Sua cabeça ergueu-se ao som da voz de Cyrus. Ele ainda estava a cerca de quatro metros de distância, ainda vindo pela trilha à beira do penhasco, mas agora estava perto o suficiente para que pudessem se ver. Ela encontrou seus olhos selvagens de pânico, assimilando sua angústia bem a tempo de testemunhar a primeira flecha perfurando a perna dele.

Ela gritou.

DEZ

Cyrus arfou ao sentir a flecha atravessar um músculo, e o impacto quase o derrubou do penhasco, mas ele permaneceu ali, em pé. Felizmente, a flechada tinha sido tão forte que a ponta da seta saiu limpa pela parte de trás da perna, um fato que viria a ser útil para ele. Por enquanto ele respirava, fechando os olhos com força enquanto ouvia o clamor de seu coração, a ondulação da água próxima, o barulho das cataratas.

Estava cansado demais para aquilo.

Com movimentos rápidos e experientes, ele arrancou a pena da flecha, colocou os dedos logo abaixo da ponta e, sem se permitir considerar as repercussões, arrancou a haste da coxa. Engasgou-se de dor, piscando enquanto sua visão se transformava temporariamente num clarão. Ainda assim, vislumbrou a arma: uma ponta larga com três lâminas farpadas. Se a flecha não tivesse passado perfeitamente pela perna, ele não teria sido capaz de tirá-la sem rasgar sua carne. Mesmo assim, a dor era tão extraordinária que foi um milagre, até para ele, não gritar. Para distrair sua mente, Cyrus voltou-se para o episódio enlouquecedor que se desenrolava diante dele; afinal, aquele caos fora criado por ele mesmo.

Ele merecia a flechada.

Na noite anterior, suspendera os encantamentos de proteção do palácio para que Alizeh pudesse retornar aos seus aposentos sem obstáculos. Ela o seguira para fora do terreno sem saber que os escudos expulsivos eram erguidos após o anoitecer; não que ela tivesse motivos para saber: as defesas eram tecnicamente ilegais. Os Tratados de Nix, elaborados muito tempo atrás, tornavam crime colocar fronteiras mágicas entre terras, e Cyrus, que sempre selava a magia até a escarpa, não dava a mínima atenção a eles. Além disso, ele acabara de matar um soberano de terras fronteiriças; tinha todas as razões para esperar uma visita assassina de seu vizinho e nenhuma razão para agir com cautela.

No entanto, seu estômago revirara-se ao pensar em Alizeh sendo repelida de sua casa à força. O diabo, ele raciocinou, não teria gostado que ela fosse abandonada no frio, vulnerável e exposta. Assim, Cyrus calculara mal, convencendo-se de que a possibilidade de um ataque ao seu império durante as poucas horas restantes da noite era bastante baixa.

Esse otimismo, é claro, nascera da negação.

Ele mentira para si mesmo apenas para não ter de se virar, pegá-la pelo braço e levá-la de volta ao palácio. Seria tentação demais: os dois sozinhos no escuro, o corpo dela resplandecendo ao luar. Tivera medo de se aproximar; não estava pronto para ouvir sua voz, para olhar em seus olhos. Tivera medo de que ela fizesse algo brutal, como sorrir para ele.

Agora, suportando outra contração de dor, sentindo o calor do sangue fresco que jorrava de seu ferimento, soube que aquele era seu castigo. Se a situação não fosse tão desagradável, até que seria divertida. Cyrus tivera tanta certeza de que havia vencido a covardia, de que enfrentar o diabo seria o maior confronto de sua vida. Ele nunca imaginara que temeria ainda mais o poder sutil de uma jovem.

Sua terra agora estava cheia de tolos, suas mãos escorregadias com seu próprio sangue... Tudo porque tivera medo de tocar em uma garota.

Queria enfiar a flecha de volta em sua perna.

No entanto, Cyrus previra tais desagrados vindos do norte. Seu único erro de cálculo fora pensar que teria mais tempo. O fato de o príncipe invadir suas terras sem qualquer plano aparente ou apoio imperial, acompanhado não pelo poder de seu exército, mas por aquele bizarro grupo de aliados, era desconcertante. E, mais desconcertante ainda: não havia sinal de como tinham chegado ali. Embora ele pudesse ver que os idiotas estavam circulando livremente por suas terras, não conseguia entender como haviam *aterrissado*, já que os encantamentos ao redor do palácio eram reforçados por inúmeras outras proteções. Sua equipe de dragões não permitia que criaturas aladas passassem pelas cataratas, e não havia chance de os arduanianos terem sobrevivido ao batalhão que protegia a frente do palácio.

Como, então, tinham vindo de tão longe?

Cyrus sentia-se perseguido pela dúvida, no entanto, o que mais o preocupava era o desejo de ir até Alizeh, de perguntar sobre seus ferimentos, de descobrir o que tinha acontecido em sua ausência.

Suas muitas perguntas teriam de esperar. Era um milagre que Cyrus ainda conseguisse pensar, no estado em que se encontrava.

Inalou de novo, preenchendo a cabeça com a névoa da manhã, e tentou se concentrar.

Restos de magia pulsavam em suas veias; magia que ele destinara, em sua maior parte, para se manter acordado, e que agora seria forçado a gastar para se manter vivo. Sua perna estava tão gravemente ferida que ele começou a tremer, e com grande esforço lançou um encantamento de cura por todo o corpo. A ardência repentina era um sinal reconfortante de que a carne estava se revitalizando. Mesmo assim, o tormento foi agudo a ponto de deixá-lo inconsciente. Ele sentiu uma onda de náusea crescer dentro de si e forçou-se a reprimi-la quando ouviu os gritos distantes e insistentes de uma voz familiar.

Não precisou se virar para vê-la, pois Alizeh sempre vivia em seu olhar. Apesar disso, ele se virou, porque o ato de alinhar seu corpo com o dela era sempre acompanhado por um estranho alívio. Cyrus não havia parado para pensar sobre a razão pela qual o boticário, a criança de rua e a repugnante senhorita haviam invadido seu território; afinal, sua presença não tinha impacto nenhum. Os motivos dos outros dois eram óbvios. Como se o buraco em sua perna não fosse indicação suficiente, Cyrus observou através de uma névoa de sofrimento controlado o príncipe arduniano disparar outra flecha em sua direção. Ele e Hazan estavam ali, é claro, pelo simples prazer de matá-lo. Mas Alizeh...

Alizeh ele não conseguia entender. Ela o estava *defendendo*.

Trêmula, falando de modo desesperado com o príncipe, ela ainda assim brilhava na luz difusa da manhã. Por mais que fosse torturante olhar para ela, torturava-o ainda mais desviar o olhar. Ela era diferente de qualquer pessoa que ele já tivesse encontrado. Sua beleza era incontestável, sim; mas bastava contemplá-la em movimento para compreender de fato seu poder. Ela era como um anjo vingador que ganhara vida, doce e magnânima, serena até quando lhe cortava o pescoço.

E ele não fizera nada para merecer sua piedade.

O príncipe arduniano ainda não havia disparado outra flecha apenas porque ela detivera sua mão. Restos de suas palavras foram levados pelo vento; ela estava visivelmente agitada, movimentando-se de forma instável. Cerrou o punho em volta do arco, girando suavemente a arma para baixo.

Cyrus contraiu o rosto.

Estimou que tinha poucos segundos preciosos antes que os esforços de pacificação de Alizeh falhassem e o príncipe disparasse outra vez. Se ao menos conseguisse mover a perna, poderia ir até ela, aconselhá-la a não gastar energia discutindo com uma parede. O estúpido arduniano tinha todo o direito de tentar matá-lo; Cyrus nunca seria antidesportivo a ponto de negar ao jovem real uma chance de vingança. Na verdade, era melhor que ela se afastasse e permitisse que Kamran exorcizasse um pouco sua raiva; o humor do príncipe provavelmente só melhoraria depois que ele arrancasse alguns litros do sangue de Cyrus. Talvez, então, eles pudessem ter uma conversa e, depois dela, ele ficaria feliz em esfaquear o herdeiro do trono bem no olho.

De qualquer forma, Cyrus já tinha sofrido ferimentos muito piores do que aquele e sobrevivido. Precisava apenas de um momento para...

Outro grito de alerta, outra flecha lançada em sua direção.

Com uma rapidez perversa, Cyrus surpreendeu até a si mesmo ao agarrá-la com a mão. Ele cerrou os dentes em meio a uma onda aguda de dor, e um suspiro angustiante escapou de seus lábios quando a ponta de lâmina tripla rasgou sua palma como se fossem as páginas de um livro. O derramamento de sangue foi considerável e, ao observar a pequena inundação escarlate derramar-se sobre as bordas do seu punho, ele quase riu, embora fosse de frieza.

Pelo menos agora entendia por que o diabo ficara tão encantado. Aquele canalha.

Meninas e meninos,
meus brinquedos tão queridos!
Briguentos, sem graça nenhuma
Ela escolherá, você perderá...
Para um tolo com uma pluma!

Aquele grande idiota era o tolo do verso, então? Excelente. Cyrus o enfurecia ao se recusar a cair.

Com um grito furioso, Kamran disparou uma saraivada de flechas na direção dele — uma após a outra, em uma sucessão tão rápida que todas pareceram atingi-lo de uma só vez. Cyrus era capaz de apreciar a habilidade de seu inimigo; o arduniano era um arqueiro talentoso. Mas ele enfrentou a nova onda de tormento levantando o braço saudável para usar um pouco de magia em sua própria defesa, desviando as flechas enquanto ainda curava os ferimentos já infligidos. Estava ocupado com isso, mantendo-se firme diante das muitas pequenas mortes que vinham em sua direção, e por isso não percebeu, não de imediato, que agora ela corria em direção a ele.

Quando notou, quase perdeu a cabeça.

Ele a observou se aproximar, lívido de fúria. Mal conseguia respirar pela sensação, tão extraordinária era sua raiva. Alizeh gastava suas últimas forças, usando a pouca energia que lhe restava para avançar em direção a ele com grande velocidade. Porém, o que quer que ela pensasse que poderia conseguir, calculou mal, pois não estava no controle de seus movimentos. Ele não queria nada além de gritar com ela por fazer algo tão estúpido. Não conseguia imaginar que ela achasse que ele valia tanto esforço, que arriscaria a própria segurança para poupar a vida dele. Dava-lhe vontade de fazer coisas imperdoáveis.

A raiva era a única coisa que ele e o idiota do príncipe tinham em comum, pois o grito ensurdecedor de terror de Kamran veio ao mesmo tempo em que Hazan e os outros explodiram em uma barulheira frenética. Cyrus conseguiu soltar um grito sufocado antes que o corpo suave dela colidisse com o dele, impulsionando os dois em direção à beira do penhasco. Se ao menos houvesse tempo, ele a teria empurrado para fora do perigo, a teria girado em seus braços...

Com um só golpe, a última flechada atingiu as omoplatas de Alizeh, que estremeceu sob a força do impacto. Seu suspiro assustado deixou Cyrus absoluta e desumanamente imóvel.

O pânico tomou conta dele.

Ele se sentiu cego de loucura. Alizeh sussurrou algo incompreensível contra seu pescoço e ele fechou os olhos brigando com uma onda destrutiva de emoção, desejando nunca ter nascido. Não percebeu em nenhum momento que havia tropeçado, que havia perdido o equilíbrio e que estavam caindo... Não até sentir o vento, como uma mão pesada, amparando-os no ar.

E, então, despencaram.

ONZE

Cyrus permitiu-se apenas um segundo de dor antes de endireitar a coluna como se ela tivesse sido esticada, como que puxada por fios. O vento formou quase um casulo ao redor dos dois, açoitando o corpo deles, e os cantos dos pássaros matinais colidia com o barulho estrondoso das cataratas. Uma névoa pesada os envolveu enquanto despencavam e, embora Alizeh tremesse, Cyrus não conseguia sentir o frio, pois o medo e a fúria pareciam queimá-lo vivo. Ele tinha acabado de tomar uma decisão e agora iria até o fim.

Alizeh não morreria.

— Olhe para mim — ele disse com aflição, puxando-a para perto enquanto sua mão rasgada tremia de agonia. Parecia uma estranha reviravolta do destino que ele continuasse a sangrar sobre ela e, se tivesse mais tempo para refletir a respeito, poderia ter gritado de ódio. — Alizeh, por favor. Levante a cabeça. *Olhe para mim.*

Com muito esforço, ela o fez.

Seus olhos estavam vidrados, brilhando em tons prateados e castanhos sob a luz crescente. Ela o estudou como se ele fosse um sonho.

— Por quê? Por que você é tão lindo?

— Não seja engraçadinha — disse ele, respirando com dificuldade. — Não é hora.

Ela piscou, a cabeça pendendo um pouco para o lado.

— Não consigo sentir minhas pernas.

O coração dele disparou no peito. O fato de ela ter perdido a sensibilidade na parte inferior do corpo significava que a ponta da flecha havia empalado sua coluna. Por um instante, o rei do Sul voltou seu olhar para o mar agitado. Estavam caindo a uma velocidade vertiginosa, mas a queda era tão tortuosa e longa que teriam quase um minuto antes de atingirem a água. Se Cyrus tivesse alguma esperança de salvá-la, teria de realizar uma magia complicada antes de sofrerem o impacto... Mas ele não estava conseguindo enxergar, a visão ofuscada por clarões. Pior, estava perdendo a sensibilidade na mão esquerda.

— Kaveh! — ele chamou.

A resposta foi quase imediata. Cyrus ouviu o clamor das ondas quebrando antes que elas se abrissem e revelassem a forma de um dragão cintilante, cuja pele de fogo emergiu das profundezas como uma chama em voo. Os dragões de Cyrus eram preciosos para ele, mas havia três em particular que ele amava como se fossem da família.

Kaveh era um deles.

De longe o mais sarcástico da frota, Kaveh também era um de seus dragões mais antigos, e Cyrus sabia que precisaria da habilidade cuidadosa do animal naquele momento, talvez mais do que nunca.

— Cyrus — disse Alizeh, de repente, meio ofegante ao pronunciar a palavra. — Onde você está?

Seu corpo tremia abraçado ao dele, e ele percebeu que se sentia grato por ela ter se virado de novo, por não poder ver seu rosto.

— Estou aqui — ele disse, de modo áspero. — Estou bem aqui.

— Eu só... Acabei de me lembrar — disse ela. — Que não sei nadar.

Não havia medo em sua voz, apenas uma leve surpresa... Como se tudo aquilo não passasse de um golpe de azar, apenas um inconveniente. Cyrus não apontou que ela não conseguiria nadar de qualquer maneira, visto que havia perdido a sensibilidade nas pernas. Apenas fechou os olhos no cabelo dela e lutou contra o aperto desesperado de seu peito, contra a violência de seu afeto por ela. Como ela havia conseguido desarmá-lo mesmo naquele momento, à beira da morte, ele não conseguia entender. Ela já tinha chorado por sua dor, enxugado o sangue de seus olhos, levado uma flechada nas costas por ele. Tinha lhe mostrado mais lealdade e ternura em dois dias do que ele jamais havia recebido na vida. Cyrus soube, então, com uma força que tirou o ar de seus pulmões, que nunca sobreviveria a ela.

— Não se preocupe, meu anjo. — Ele a tranquilizou. — Você não precisará.

Kaveh deu um pequeno rugido, exalando faíscas ao se aproximar. Cyrus sentiu a confusão e depois a preocupação do dragão e comunicou-se sem falar, como costumava fazer com os animais.

Explicarei mais tarde.

Kaveh emitiu outro som em resposta, um bufo que quase chamuscou o cabelo do rei. O bater das enormes asas da fera foi suficiente para chicotear os cachos de Alizeh no rosto de Cyrus, e, enquanto ele tentava tirar as mechas dos olhos, o animal mergulhou suavemente sob os dois, amortecendo a queda com uma completa falta de sutileza. Cyrus se atrapalhou com a mão machucada, agarrando a pele do dragão para estabilizá-los enquanto puxava Alizeh para o seu colo, na esperança de absorver o impacto. No entanto, dada a tremenda velocidade de sua queda, isso se revelou quase impossível.

Alizeh deu um grito agudo quando pousaram, enquanto Cyrus, que não emitiu nenhum som, quase desmaiou de dor.

Sentiu Kaveh rindo dele.

O senhor está bem?

Cyrus não dignificou tal pergunta com uma resposta. Com todos os músculos tensos e contidos, demorou alguns momentos até que o rei do Sul pudesse voltar a respirar, até a névoa desaparecer de seus olhos. À medida que subiam suavemente através da neblina e das cascatas, Cyrus foi capaz de discernir gritos vindos de cima. Quando esticou o pescoço, quase conseguiu distinguir as formas dos idiotas gritando, silhuetas nebulosas que se inclinavam precariamente sobre o penhasco e emitiam sons agudos e incompreensíveis, exceto por um:

— *Dragão!*

Kaveh estava se movendo lentamente por causa dos ferimentos de ambos e, quanto mais alto eles voavam, mais Cyrus experimentava um alívio avassalador. A sensação se esvaiu, porém, quando ele percebeu que Alizeh havia desfalecido, mesmo enquanto ainda tremia de forma violenta em seus braços.

— Alizeh — ele sussurrou. — Por favor, acorde.

Ela não respondeu.

Sabia que deveria inspecionar seu ferimento para avaliar os danos, mas ele próprio encontrava-se em um horrível estado de degradação. Sua mão ferida estava agora encharcada de sangue, e o braço afetado convulsionava enquanto os dedos pareciam dormentes. Sua perna, pelo menos, havia reagido a alguns cuidados mágicos; mas, embora a ferida tivesse parado de sangrar, ainda estava aberta, um perfeito buraco perfurado no músculo que irradiava dor. Ainda assim, ele não poderia fazer mais nada por si; precisava poupar a magia que restava para Alizeh.

Sua respiração era tensa quando ele a virou um pouco em seus braços, sacudindo o ferimento dela apesar do cuidado do movimento. Ele esperava que ela ofegasse ou pelo menos se encolhesse em resposta, mas Alizeh permaneceu imóvel, com seus olhos fechados, com seu rosto cansado e pálido. Até mesmo seu tremor começou a diminuir.

Cyrus lutou para esconder o pânico.

Sussurrou em desespero o nome dela, desejando que ela falasse, que abrisse os olhos. Queria que ela gritasse com ele, que o ameaçasse, que o incomodasse com suas intermináveis perguntas. Não havia indagações da parte dela sobre o que estava acontecendo; nenhuma piada inteligente sobre o dragão; nenhuma ameaça de se jogar na água só para ficar longe dele. Foi como um soco no estômago de Cyrus. Quando ele enfim avistou o ferimento, recebeu outro golpe: a ponta da flecha estava perdida nas dobras do manto emprestado, pelo menos sete centímetros incrustada em suas costas. Dadas as complexidades da ponta farpada, não seria simples remover o ferrolho... E ele não estava em condições de oferecer-lhe os devidos cuidados cirúrgicos e mágicos.

Só havia uma alternativa... E Cyrus esperava que ela o perdoasse por isso mais tarde.

— Kaveh — disse ele. — Ela precisa ser levada aos Profetas.

De imediato, Cyrus sentiu a desaprovação do dragão.

Com todo o respeito, mas o senhor não tem mais permissão para ir lá. Sabe disso.

— Claro que sei — disse Cyrus, mal-humorado. Como se ele precisasse de tal lembrete. — Você vai me deixar no penhasco antes de levá-la sozinha.

Houve um silêncio frio do animal. Estavam pairando no ar agora, parados.

Por favor, Cyrus acrescentou em silêncio.

Mas por quê, senhor? Yaasi contou que o senhor e a garota quase se mataram no voo de volta de Ardunia. Não seria melhor que ela morresse? O senhor falou que ela era a noiva do diabo.

— Muita coisa mudou desde a última vez em que nos falamos — disse o rei, estremecendo ao sentir um espasmo na perna. — Eu estava errado sobre ela. Ela não é aliada de Iblees e foi ferida tentando salvar a minha vida.

Kaveh não respondeu, embora sua surpresa fosse grande.

— Eu sei... — disse Cyrus, com calma. — Também não entendo. Não dei a ela nada além de motivos para me assassinar.

Mais surpresa.

E ela não sabe? Sobre seu pai?

As pálpebras de Alizeh tremeram por um instante; Cyrus hesitou. O hematoma na maçã do rosto dela parecia inchado e sensível, e a visão era ao mesmo tempo devastadora e confusa para ele. Não sabia por que ela estivera deitada no chão naquela manhã, nem como havia se machucado. Além disso, dada a resposta coletiva ao drama, parecia improvável que ela houvesse sido ferida por seus amigos. Isto é, o mistério não parecia ter uma solução óbvia. Era mais um enigma que ele teria de esperar para desvendar.

Cyrus, sentindo-se ao mesmo tempo fraco e desamparado, enfim se permitiu olhar para ela. Estudou as belas feições de seu rosto, a plenitude de seus lábios, os cílios macios e escuros contra sua pele pálida. Era perigoso permitir-se ficar ali, memorizando os detalhes; pois, quanto mais gostava dela, mais insuportável se tornava observá-la.

Cyrus desviou os olhos, com uma nova amargura afetando ainda mais sua disposição.

— Não — disse, por fim. — Ela não sabe.

Ela nunca saberia.

Iblees proibira Cyrus de falar a verdade a outra pessoa, mas o rei do Sul não era impedido de confiar em criaturas não humanas. A exceção só era possível, é claro, porque o jovem possuía a rara habilidade de se comunicar usando apenas a mente. Enquanto quase todos os outros dotados dessa habilidade eram comprometidos com o sacerdócio, Cyrus — cujo acordo com o diabo lhe valera a expulsão do templo dos Profetas — não conseguira completar sua formação, o que o tornava um leigo com uma habilidade extraordinária.

Ainda assim, poucos animais estavam interessados em conversar com humanos, e menos ainda eram capazes de transmitir mais do que informações básicas. Isso significava que seus dragões, cuja inteligência emocional abrangia uma gama surpreendente de sentimentos, eram seus únicos confidentes no mundo.

Senhor, disse Kaveh, com seu tom inescrutável, *temo que o senhor esteja perdendo o foco.*

— Como se eu não soubesse disso — Cyrus murmurou.

Dias atrás o senhor teria considerado esta situação uma oportunidade. O senhor não foi o responsável por ela ter se colocado em perigo. Deixe-a morrer e acabe com ela, ou condicione a sobrevivência dela a ela aceitar sua mão. O senhor precisa se casar com a garota, e esta é sua chance...

— Acha que isso não me ocorreu? — retrucou Cyrus. — Eu simplesmente não consigo fazer isso, Kaveh. Já tive de arrastá-la até aqui porque pensava que ela estava conspirando com o diabo para usurpar meu trono. Agora que sei que isso não é verdade, como poderia usar tamanha crueldade contra ela? Você não consegue ver a dificuldade...

O senhor assassinou os Profetas do Norte sem pensar duas vezes.

— Você sabe que foi diferente — rebateu Cyrus, brusco. — Quando Zaal nasceu, os Profetas já sabiam como a profecia terminaria... E eles concordaram que tinha de ser feito, por isso estabeleceram os termos...

Eles estavam de acordo, mas foi o senhor que lançou a maldição que os matou, assim como foi o senhor que matou Zaal. Tudo isso por nada? Tudo que o senhor suportou? Arriscaria tudo, simplesmente para agradar uma garota?

Cyrus fechou os olhos com força, odiando-se de repente. Não importava que escolha fizesse: ele perderia. O diabo tinha razão.

Não, veio a voz de Kaveh. *A resposta é não. Ela não vale esse preço.*

Cyrus ficou em silêncio e logo foi poupado de responder. Kaveh se pusera a voar de novo, e agora eles estavam se aproximando do topo do precipício, onde os gritos furiosos de Hazan soavam nítidos e claros. Eles voaram para o centro de uma discussão.

— ... um acordo! — ele estava gritando. — Eu avisei você... Que, se algum mal acontecesse com ela...

— Você não consegue imaginar minha agonia? — Ouviu-se a resposta acalorada do príncipe. — Como consegue me acusar quando sabe que foi um acidente, que eu nunca poderia ter desejado...

— *Nunca* poderia? — Hazan riu, sombriamente. — Tem certeza? Depois de me confessar ontem que pretendia matá-la?

Cyrus enrijeceu. Como se já não tivesse razão suficiente para assassinar o idiota.

— O quê? — gritou a garota barulhenta. — Isso é verdade?

— Ah, não — disse o garoto desengonçado na mesma hora. — Não, senhorita, não pode ser verdade.

— Eu tinha todo o direito de não saber — rebateu Kamran. — Eu tinha todo o direito de duvidar. Nunca ficou claro para mim se ela era ou não confiável. As circunstâncias foram desastrosas... Até vocês devem reconhecer que...

— Tudo bem, suponho que seja verdade — murmurou Omid. — Mas tenho certeza de que ele não estava falando sério.

— Tenho certeza de que estava, sim — acrescentou o mais velho e magro.

— Tenha certeza de uma coisa — disse Hazan, com uma ameaça silenciosa. — Se ela não sobreviver, você conhecerá toda a extensão da minha raiva. Vou arrancar todos os ossos do seu corpo antes de *decepar a porra da sua cabeça.*

A última parte ele quase gritou, e as palavras ecoaram ao ar livre.

Fascinado por aquela troca de farpas absurda — entre um príncipe herdeiro e seu súdito —, Cyrus quase sorriu.

— Você está exagerando... — Kamran tentou mais uma vez.

— E você não está fazendo nada!

Prepare-se para a descida, senhor. Não consigo imaginar como espera que ela se mantenha sobre as minhas costas na sua ausência.

Estavam quase no mesmo nível do penhasco agora. Kaveh pairava com cuidado, e toda aquela cena desagradável entrou em foco. Hazan e Kamran estavam brigando, tão preocupados com sua própria raiva que notaram sua presença um pouco mais tarde que os outros três — estes, boquiabertos de horror com Cyrus, depois com Alizeh, que permanecia imóvel em seus braços.

A garota barulhenta berrou, estridente:

— Ela está morta! Que os céus nos ajudem, ela está morta... Nós a matamos... Ela está morta...

Cyrus afastou-se daquele caos.

Ele ouviu tudo, é claro — o choque coletivo, as perguntas gritadas, as brigas internas —, mas deu as costas, sentindo-se agora certo de que Hazan impediria o príncipe de quaisquer novas tentativas de assassinato. Utilizando sua magia, Cyrus precisava colocar Alizeh sentada para que ela sobrevivesse ao percurso até os Profetas e, como sua mente estava se fragmentando com a dor acumulada de uma série de ferimentos, ele precisava de um momento para se concentrar.

Havia grandes riscos envolvidos.

Esvaziar seu estoque de magia o deixaria vulnerável a novos ataques... E, pior, iria lançá-lo em uma espiral de fadiga. Ele não dormia há mais de quarenta e oito horas; entre a privação de sono e a perda de sangue, ele se perguntava como manteria suas habilidades motoras básicas. Precisaria chegar aos seus aposentos o mais rápido possível depois de realizar o último feitiço em Alizeh; mas, como conseguiria isso tendo que enfrentar aquela trupe de palhaços, ele não sabia.

Cyrus respirou fundo, com um tremor chacoalhando seu corpo enquanto ele exalava. Segurou Alizeh com cuidado contra seu peito, pressionou sua mão saudável o mais próximo que pôde do ferimento dela e, com grande esforço, transferiu a magia restante de seu corpo diretamente para o dela.

Ele sentiu a mudança nela, a pulsação de energia retornando aos seus membros, e ela gritou em resposta, um som ofegante que revitalizou o caos entre sua pequena plateia:

— *Ela não está morta! Ela não está morta!*

Seu grito, porém, logo se transformou em um gemido. Ele não poderia curá-la, não com a flecha ainda fincada em suas costas; mas pelo menos lhe dera algum alívio e tinha certeza de que ela permaneceria sentada até chegar ao seu destino. Por enquanto, era o suficiente — tinha de ser —, porque, assim que os olhos dela se abriram, Cyrus quase cambaleou. Sem magia para mantê-lo acordado, de repente ficou tão cansado que sentiu que havia perdido o controle dos membros. Cyrus, que nunca havia tocado em bebidas alcoólicas, imaginou ser essa a sensação de estar bêbado.

De forma milagrosa, ele a ergueu de seu colo e a sentou no dragão, satisfeito porque ela não caiu para o lado. Ainda assim, seus pensamentos pareciam confusos.

— Vá — ele soprou, buscando os resquícios de adrenalina nas profundezas de seu ser. — Prometa-me... Prometa que cuidará dela.

— O quê? — Alizeh semicerrou os olhos para ele.

Cyrus assustou-se. Ele não esperava que ela falasse e não queria ter dito aquilo em voz alta. Ainda assim, ela parecia apenas meio acordada, com a cabeça inclinada para o lado enquanto o corpo permanecia ereto.

De um modo turvo, ela disse:

— Com quem você está falando?

Seu coração batia mais rápido agora.

— Meu dragão — disse ele.

— Ah. — Uma pequena linha se formou entre as sobrancelhas dela. — Você tem um dragão?

— Eu... Sim.

— Como daquela outra vez... — Ela reprimiu um bocejo, fechando os olhos. — Eu também vou ganhar um dragão?

Cyrus franziu a testa.

— Isso... Seria do seu agrado?

— Acho que sim.

— Certo. — Ele piscou devagar. — Você pode ter um dragão.

A cabeça de Kaveh moveu-se de modo abrupto, com fumaça escapando de suas narinas.

O senhor perdeu o juízo? Não *dará à garota um dragão.*

Cyrus irritou-se.

Você vive sob minha proteção, a serviço da coroa. Eu darei a ela um dragão se assim quiser.

Bem, não serei eu.

— Cyrus?

— Sim?

— Por que as pessoas estão gritando?

Com esforço, Cyrus olhou para os outros. Kamran ameaçava estripá-lo de longe; seus três companheiros apresentavam variados estados de histeria; e Hazan parecia estar pensando em saltar do penhasco até as costas do dragão. O que seria uma péssima ideia.

— Às vezes, as pessoas gritam — ele disse, virando-se para ela.
— Cyrus?

Sentiu-se delirante. Ele a encarava com tal admiração que parecia um idiota olhando o sol pela primeira vez. Quase tocou seu rosto. Quase beijou seu pescoço. Quase se ajeitou nela e caiu em um sono profundo.

— Sim, meu anjo?
— Nós morremos, não morremos?

A pergunta foi tão surpreendente que ele despertou de repente. Estava prestes a negar, mas ela falou de novo.

— Nós morremos e estamos juntos... E não estamos no inferno — ela balbuciou, quase se desequilibrando e caindo, mas a magia a manteve no lugar. — E você tem um dragão. Talvez eu ganhe um dragão também.

Ele engoliu em seco.

Ela acariciou o braço dele de forma distraída.

— Deve significar que você não é tão mau.

Para Cyrus, ouvir isso foi como engolir veneno; ele não conseguiria responder.

Aquele jinn idiota vai pular, disse Kaveh. *O senhor precisa se apressar. Receberá um recado assim que ela estiver segura.*

Era verdade. Havia determinação no olhar de Hazan. Ele estava tentando afastar a criança, cujo apelo para afastá-lo da beirada era quase comovente.

Vou confiá-la aos seus cuidados, disse Cyrus. *Por favor. Proteja-a a qualquer custo.*

Como desejar. Só gostaria de declarar a minha desaprovação.

Ele suspirou.

Com um último olhar para Alizeh, o rei desmontou com cuidado do dragão. Kaveh havia estendido uma asa em direção ao penhasco, fazendo assim uma ponte que o levaria à incerteza. Cyrus percorreu a distância o mais rápido que sua cabeça e suas pernas feridas lhe permitiram e, uma vez que atravessou, foi recompensado por sua agonia com os dramáticos clamores dos convidados indesejados.

— Seu doente, o que fez com ela?

— ... grave o ferimento? Foi profundo...?

— Tire-a de cima do dragão, seu louco idiota!

— Ela está morta? Por favor, diga-me se ela está morta. Não ficou claro...

Cyrus olhou de volta para Kaveh, e este rugiu e decolou sob a luz da manhã, rumo a uma paisagem linda demais para um momento como aquele. Ele sabia que ela ficaria bem. Sabia que os Profetas cuidariam dela. Não era medo pela vida dela que o atingia agora; era medo pela própria vida. Não deveria se importar tanto com ela. Não *podia*. Isso o mataria antes que estivesse pronto para morrer, e então... Então toda aquela tortura teria sido em vão.

Com a cabeça pesada, ele encarou os visitantes. Dos cinco que estavam diante dele, era Kamran que o fitava de forma impossível de ignorar. Fúria e ódio faiscavam com tanta intensidade nos olhos do príncipe, que pareciam forjar uma alma separada da dele.

Foi a última coisa que ele viu antes de cair no chão.

DOZE

دوازده

— Pelos céus — murmurou Deen.
— Ele está morto? — perguntou a srta. Huda, espiando o rei pelo canto do olho, como se tivesse medo de encará-lo.

Omid aventurou-se um pouco mais perto, inclinando-se para inspecionar a cara do cretino.

— Não sei — falou, baixinho.

— E Alizeh? — questionou a srta. Huda com um gritinho. — Ao ouvir o nome dela, Kamran experimentou um choque já conhecido de dor. — O que aconteceu com ela? — continuou a garota. — Para onde vocês acham que ela foi? Esse louco deve tê-la mandado para uma masmorra em algum lugar...

— Parece improvável. — O rosto de Hazan era impassível. — O dragão rumou para oeste.

— E-E...? — gaguejou a srta. Huda. — Não há masmorras a oeste?

— Não se preocupe, senhorita — disse Omid, de forma tranquilizadora. — Vai ficar tudo bem. Tenho certeza de que a encontraremos. Não tenho certeza de como... — Ele esmaeceu. — Já que o rei está morto. E ele deve ser o único que sabe para onde ela foi.

Deen passou as duas mãos pelo rosto.

— Acha mesmo que ele está morto? Sinto-me péssimo pela pobre menina, mas talvez devêssemos fugir para salvar nossas vidas? Certamente seremos executados por isso, não?

— Executados? — Omid virou-se para o príncipe com os olhos arregalados de medo. — Senhor?

Todos se viraram para encará-lo e, enfim, Kamran falou.

— Não chegaremos a esse ponto — disse ele, irritado.

— Como pode ter certeza, senhor? — Deen falou de novo. — Porque, historicamente...

— Oh! — exclamou o menino. — Acho que ele está respirando! Deen relaxou.

— Graças aos céus.

— Não é curioso — disse a srta. Huda — que, apesar dos muitos rostos pressionados contra as janelas, nenhuma alma tenha saído do palácio? Acho que, se fosse para sermos jogados nas masmorras, isso já teria acontecido.

Hazan observou as janelas do palácio, com seus muitos olhos arregalados que os vigiavam lá de dentro.

— Sim, muito curioso — ele disse, calmamente. — Onde diabos está a guarda real para defender seu rei?

Ele caminhou até o corpo caído de Cyrus, agachando-se para ver melhor. Depois de um momento, disse com seriedade:

— Ele não está morto, embora sua saúde tenha se deteriorado com uma velocidade surpreendente. Aliás, isso é estranho, já que seus ferimentos não são tão graves. Sua perna parou de sangrar, e o ferimento da mão, embora grotesco, não é suficiente para matá-lo. Não consigo imaginar por que perdeu a consciência.

— Talvez tenha desmaiado de nervoso — opinou Omid.

— Duvido — disse Kamran, de modo sombrio. — Ele não parece o tipo de pessoa que perde a cabeça por causa de uma pequena mutilação.

— Perda de sangue, talvez? — sugeriu Deen.

Hazan, que ainda estava inspecionando Cyrus, disse:

— Não houve perda de sangue suficiente, eu diria. Embora seja possível.

— Vocês viram como ele usou magia? — perguntou a srta. Huda, aproximando-se com cautela do rei. — Como ele fez algumas daquelas flechas… Desaparecerem? — Uma pausa enquanto franzia a testa. — E, por falar nisso, alguém mais notou que ele parece ser assustadoramente mágico? Como acham que ele é capaz de lançar feitiços com tanta facilidade?

— O diabo… — disse Kamran. — Sem dúvida ele e Iblees são grandes amigos. Tenho certeza de que o poder dele é consequência da venda de sua alma às trevas.

A jovem contraiu o rosto.

— Se isso fosse verdade, eu gostaria de saber por que ele não usaria magia para se poupar neste momento. Ele se colocou em uma posição muito vulnerável. Pensem só: qualquer um pode aparecer e…

— Ela fez um movimento dramático de corte com uma das mãos. — Decepar sua cabeça.

Omid riu disso, e ela riu também, como se fosse adequado fazer piadas naquele momento. Kamran afastou-se dos dois com uma careta, sentindo a pontada afiada de uma nova dor de cabeça.

— É possível que ele tenha levado uma pancada na cabeça durante a descida — disse Hazan, sem perder a calma. — Se ele tiver sofrido uma lesão interna, precisará de ajuda imediata. Sua situação está ficando mais incerta a cada momento.

— Devemos deixá-lo morrer naturalmente, então? — Era mais da insuportável srta. Huda. — Ou o senhor ainda pretende matá-lo? — perguntou, virando-se para Kamran.

Três outros pares de olhos voltaram-se na direção dele.

— Não se atreva. — Foi o aviso baixo de Hazan.

Kamran lançou um olhar de ódio para seu velho amigo.

O insípido rei estava no chão, a seus pés, quase como se estivesse se oferecendo em sacrifício. Como teria sido fácil enfiar uma adaga em sua garganta. Na verdade, Kamran deveria estar feliz. E, ainda assim, ele só estava furioso. Queria que o canalha se levantasse e lutasse. Afinal, que satisfação poderia haver em empalar um cadáver? A manhã inteira, aliás, não passara de uma decepção trágica. Primeiro, Simorgh os abandonara logo após desembarcarem; depois, Alizeh fora descoberta inconsciente. Kamran acabava de digerir a revelação de que ela não o havia traído quando Cyrus apareceu, o que seria a oportunidade perfeita para a vingança. Ele estava a centímetros da vitória. A centímetros de se vingar da pessoa responsável pelo pesadelo que sua vida se tornara.

Que Alizeh tivesse tentado salvar aquele rei vil já era bastante difícil de entender, mas que ele mesmo houvesse atirado *nela*...

Por um terrível momento, pensou que a tinha matado. Teria sido uma tragédia — ele sabia disso, sabia disso do fundo da alma —, mas também nutria uma raiva silenciosa por ela. Raiva por ela ter se intrometido em um assunto privado, raiva por ela ter ficado do lado de seu opressor, raiva por ela ter frustrado seus planos. Para piorar a situação, ela agora complicava mais ainda as coisas: estava ferida e desaparecida e precisaria de um segundo resgate. Só os céus sabiam o que Cyrus tinha feito com ela, ao enviá-la nas costas de mais um maldito dragão para algum lugar amaldiçoado.

— Por que eu não deveria matá-lo? — indagou o príncipe, em tom ameaçador.

— A resposta simples é que Alizeh implorou para que você não fizesse isso — disse Hazan.

A expressão de Kamran ficou ainda mais tempestuosa.

— E isso é tudo? Acha que eu deveria deixá-lo viver simplesmente porque ela quer?

— Não é suficiente? Você fez o que bem quis e quase a matou por conta disso...

— Um terrível acidente!

— E onde está o seu remorso? — questionou Hazan. — Por que não expressa nenhuma preocupação com o bem-estar dela? Por que permanece preocupado apenas com suas próprias decepções, quando viemos aqui com o propósito expresso de salvá-la...?

— Eu vim aqui com um único propósito — Kamran o interrompeu, seus olhos brilhando. — O de vingar meu avô.

Hazan ficou em silêncio por um momento.

— Mesmo agora? — perguntou. — Mesmo depois de descobrir que seu avô estava errado sobre ela? Não consegue abandonar sua raiva por tempo suficiente para perceber que Alizeh precisa de nossa ajuda...

Kamran encolheu-se.

— Pare de dizer o nome dela!

— Minha humilde opinião? — Deen limpou a garganta e levantou um dedo. — Vossa Alteza poderia matar o rei agora. Parece uma boa oportunidade. Poderia pôr um ponto-final em tudo isso, e então poderíamos voar direto para casa. — Ele pegou uma flecha caída e a ofereceu a Kamran, como se ele precisasse dela, como se não tivesse muitas armas escondidas em seu corpo. — Se agirmos depressa, poderemos até voltar a tempo do jantar.

— Mas Simorgh e seus filhotes se foram — observou a srta. Huda.

— E suponho que não tenhamos como saber se retornarão...

— Alizeh não o traiu! — insistiu Hazan, ignorando a todos.

— Ela foi injustamente acusada por você e seu avô. Você teve a prova disso hoje e ainda persiste nessa atitude. Nosso foco agora deveria ser encontrá-la, salvá-la... não chafurdar em vinganças pessoais. Como pode não enxergar o dano que está causando? — Ele balançou a cabeça. — Sua sede de vingança o está cegando, Kamran.

O príncipe cerrou a mandíbula, e a escuridão se instalou dentro dele.

— Lamento que ela tenha se machucado. *Lamento mais ainda* ter sido quem lhe causou este mal, mas ela não deveria interferir, e não tenho mais certeza se ela precisa ser salva.

— Ela foi embora carregada nas costas de um dragão!

— Ela escolheu protegê-lo! — revidou Kamran. — Levou uma flechada nas costas pelo desgraçado que quase me matou! Talvez você possa imaginar por que estou com dificuldade de sentir compaixão.

— Acredito que ela tenha tido bons motivos para agir daquela forma.

— Sua fé cega há de matá-lo.

— Tenha cuidado. — Os olhos de Hazan endureceram. — Você fala como se ela não passasse de uma garotinha mimada, não aquela que foi profetizada como salvadora do meu povo. Se ela não queria que você o matasse, tenho certeza de que tinha uma justificativa. Ela implorou a você... Afastou seu arco e, ainda assim, você desafiou os desejos dela...

— Desejos dela? — Kamran quase explodiu. — E os meus? E quanto ao meu avô morto, meus Profetas mortos, meu império destruído, meu rosto desfigurado...

— Ah, não está tão ruim assim, senhor — Deen assegurou-lhe.

— Já vi muitas desfigurações, e a sua...

— ... não diminui em nada sua beleza — concluiu a srta. Huda, balançando a cabeça de forma ansiosa. — Na verdade, acho que combina muito com o senhor...

— Bem, acho que ele ficou feio — rebateu Omid. — E não acho que seja bom mentir para ele...

— *Seu bando de idiotas delirantes, vocês são incapazes de calar a boca por um único e maldito segundo?* — gritou Kamran, arfando de fúria. Tanto ele quanto Hazan se viraram para olhar para os outros, que baixaram a cabeça, exceto a srta. Huda, que olhava de queixo caído para Kamran com uma decepção tão severa que lembrava a de um coração partido.

Ela não se movia, exceto para piscar os olhos devastados para ele e, no silêncio que se seguiu, Kamran percebeu que ela estava esperando um pedido de desculpas — uma expectativa tão absurda que cimentou em seu cérebro o medo enervante de que a jovem senhorita estivesse, de fato, delirando. Ele testemunhou o momento em que a luz dela se apagou, quando sua esperança ingênua se extinguiu, antes que ela enfim falasse.

— Venha, Omid — disse, com firmeza, pegando o menino pela mão. — Estou começando a perceber que os príncipes não são tão charmosos quanto fui levada a acreditar. — Depois, mais calmamente, acrescentou: — Este, em particular, ficou muito aquém das minhas expectativas, que, temo, eram altas demais.

Kamran vacilou ao ouvir isso, seu peito aquecendo mais uma vez de indignação. Ele estava no meio de uma desgraça que abrangia até sua alma. E aquela garota ridícula tinha a audácia de se concentrar apenas em seus próprios sentimentos e a ousadia de acusá-lo de incivilidade? Se ela soubesse quantas vezes a honra o impedira de reconhecer em voz alta as muitas indignidades do caráter dela... A srta. Huda não fazia ideia do autocontrole que ele já havia empregado na presença dela. E, por seus esforços, não lhe era concedido nenhum crédito, apenas crítica.

— Está claro que não somos bem-vindos aqui — acrescentou ela, arqueando a sobrancelha. — Talvez devêssemos procurar um café da manhã.

Omid franziu a testa, mesmo permitindo que a jovem o levasse.

— Não entendo o que você quer dizer, senhorita. Tenho certeza de que o príncipe não quer a nossa partida. Mas um café da manhã seria ótimo, para ser honesto. Estou morrendo de fome.

— Eu adoraria uma xícara de café — disse Deen, ansioso, juntando-se a eles.

— Você foi duro demais — disse Hazan, recomposto, ao príncipe. — Eles não mereciam receber o peso de sua raiva mal direcionada...

— Deveriam era aprender a segurar a língua — retrucou Kamran. — Falam demais. Todos eles.

Hazan, razoável demais para negar um fato comprovado, apenas suspirou em resposta.

Uma brisa fresca soprou então pelo terreno. O sol da manhã lançou nova luz à cena sombria com um clarão ofuscante. Kamran virou o rosto para o céu, e a exaustão e a incerteza atormentaram-no em igual medida. Ele não sentiu remorso pelo que falara. Não permitiria que os sentimentos injustificados da srta. Huda afetassem sua consciência. Na verdade, se os idiotas enfim o abandonassem, ele ficaria *aliviado*. Virou a cabeça para testemunhar os três caminhando com grande convicção em nenhuma direção específica. A voz de Deen ressoou quando ele disse:

— Acham que está tudo bem largar o rei ali deitado?

— Eu não sei e não me importo! — declarou a srta. Huda. — Não estou mais interessada na vida, na morte e nas vaidades da realeza. Já aguentei esnobismo o suficiente na minha vida e acabei de decidir que estou farta. Além disso, não vim até aqui para controlar os acessos de raiva de uma criança crescida, vim para ajudar Alizeh, que, apesar de talvez ser uma rainha, nunca falou comigo de maneira tão insultante. — Ela se virou para seus companheiros. — Alizeh alguma vez falou com algum de *vocês* de maneira tão ofensiva?

Kamran estremeceu à repetição do nome de Alizeh, mesmo enquanto ouvia a conversa com um espanto mudo.

— Não, senhorita — disse Omid, balançando a cabeça com vigor.

— Não, senhorita — ajuntou Deen, com um olhar incerto para o príncipe.

Não conseguia acreditar no *atrevimento dela*. Nunca tolerara tal insolência de ninguém, muito menos de uma moça com mau temperamento, ilegítima e sem nenhuma distinção. Até mesmo Omid, que já havia testado sua paciência ao máximo, aprendera a ter deferência. Que ela ousasse insultá-lo e falar dele com tanta condescendência, como se ele estivesse abaixo dela... Ele, o príncipe herdeiro do maior império da terra... Que inferno! Estava no direito de bani-la de Ardunia para sempre, caso decidisse fazê-lo; mas, de alguma forma, sua perplexidade foi tão completa que ele se mostrou incapaz de formular as palavras necessárias para expressar tal ultraje.

Muito bem.

Seus olhos se estreitaram. Se era assim que ela queria proceder, ele iria mais do que corresponder à sua ira. Kamran era magistral na derrota de seus rivais.

— Ah, há uma bela senhora vindo em nossa direção agora — anunciou Huda. — Talvez ela saiba onde poderemos encontrar algo para comer.

De imediato, Hazan aproveitou o estupor de Kamran para dar um passo à frente, protegendo o corpo de Cyrus da vista de quem se aproximasse.

— Um aviso final, Kamran — disse ele, com calma. — Eu não recebo mais ordens suas. Minha rainha emitiu uma ordem para manter esse tolo vivo e eu a honrarei, mesmo que você não entenda por quê. Tente matá-lo e terá de passar por cima de mim.

Demorou um momento até Kamran se recuperar, desviando sua mente dos horrores de Huda para essa catástrofe mais premente, e, quando o fez, a decepção diminuiu seu fervor.

— De todos os cenários que eu poderia ter imaginado — disse, por fim —, nunca pensei que você ficaria contra mim. Que você defenderia *a ele*.

— Eu também nunca imaginei que faria isso — disse Hazan com um suspiro sofrido. Ele passou a mão pelos cabelos antes de olhar novamente para o corpo caído do rei do Sul. — No mínimo, preciso dele vivo por tempo o suficiente para descobrir o que aconteceu com Alizeh... E o que ele fez com ela. Até lá, ele permanecerá sob minha proteção.

— Você de fato duelaria comigo? — disse Kamran, recuperando um pouco de seu comportamento agressivo anterior. — Se eu o desafiasse agora, estaria disposto a morrer por ele?

— Por *ela* — Hazan corrigiu. — Sem nenhuma hesitação. Embora você se iluda se acha que poderia me vencer em uma luta. Você nunca me conheceu de verdade, Kamran, e eu odiaria que isso apenas acontecesse quando desse seu último suspiro.

O príncipe arqueou as sobrancelhas.

Foi a maneira como Hazan pronunciara as palavras, sem arrogância nem vaidade, que o fez hesitar. Hazan parecia estar falando sério, como se de fato fosse se arrepender de dar à sua amizade um fim sangrento. Exceto que...

— Se isso for verdade — disse o príncipe —, por que não revidou quando os guardas o arrastaram para fora do baile? Se fosse tão capaz quanto afirma, talvez tivesse salvado sua rainha.

Hazan desviou o olhar.

— Eu deveria ter feito isso.

— E por que não fez?

— Meu maior erro naquela noite — disse ele, em tom sério — foi não prever Cyrus. Eu não tinha ideia de que havia outro plano para ela paralelo ao meu. Que inferno, eu nem sabia que Cyrus estava em posse do *nome* dela, muito menos que tinha um esquema para tirá-la dali! Meus planos para aquela noite estavam comprometidos; tudo o que eu queria era a segurança e o anonimato dela, e esperava que a distração da minha traição desse a ela a oportunidade de fugir. Nunca imaginei que, na minha ausência, ela seria levada através da muralha do palácio, nas costas de um dragão tulaniano. Nunca imaginei que ela acabaria *aqui*, neste maldito lugar — acrescentou ele, com raiva, encontrando os olhos do príncipe. — Já pensei nisso dezenas de vezes, odiando-me cada vez mais por ter falhado com ela. Entenda-me agora: recuso-me a falhar com ela mais uma vez.

O príncipe ficou em silêncio enquanto avaliava Hazan por mais um momento: a rigidez em sua mandíbula, a determinação sombria em seu olhar.

— Vejo que você está obstinado — disse ele, enfim. — E eu lhe farei uma concessão, Hazan, mas nunca mais. Pode mantê-lo vivo até que sua rainha seja encontrada; mas, quando chegar a hora de ele morrer, tenha certeza de que sou eu quem estabelecerá os termos.

— Então é isso?

Todos se viraram ao som da nova voz. Kamran ficou surpreso ao descobrir uma mulher mais velha e majestosa aproximando-se devagar. O cabelo cor de fogo e o diadema brilhante deixavam poucas dúvidas quanto à sua identidade e, embora Kamran soubesse que deveria se curvar, ou pelo menos inclinar a cabeça, recusou-se a fazer isso.

Ele apenas a fitou.

Ela acenou com a cabeça para ele, sem se incomodar com seu desrespeito silencioso, e depois para os outros, que haviam retornado da busca pelo café da manhã, agora congelados no lugar, todos sentindo-se humilhados. Omid arriscou uma reverência.

— Sou a rainha Sarra — disse ela, com um estranho sorriso. — E você deve ser o príncipe Kamran, de Ardunia. — Ela observou com atenção a cicatriz recente no rosto dele, o veio dourado e reluzente que atravessava seu olho esquerdo. — Ouvi falar muito sobre você, é claro. Minhas condolências.

Kamran manteve o silêncio, embora estivesse resistindo ao impulso de destruir alguma coisa. Que ela pudesse ficar ali e oferecer-lhe condolências como se estivesse comentando sobre o tempo, sendo seu *filho* o responsável...

— Tem certeza — disse ela, então, com delicadeza — de que não matará meu filho?

— Houve um sério mal-entendido, Majestade — disse Hazan, dando um passo à frente. — O rei não parece estar bem.

Ela olhou para o corpo desmaiado e ensanguentado de Cyrus.

— Posso ver.

Diante daquela reação fria, até Kamran franziu a testa. O filho dela estava moribundo no chão, e ela o examinava como se ele estivesse meramente adoentado. Ou ela era louca, ou era perigosamente má; Kamran ainda não havia decidido. Quando ela continuou a sorrir, ele tendeu à segunda opção.

— Bem — disse ela, respirando fundo. — Suponho que todos vocês devam estar cansados da viagem. Entrem. O café da manhã está bem encaminhado.

— Café da manhã? — Hazan ecoou.

— *Café da manhã* — repetiu Omid, animado, depois hesitou. — Espere... — Ele recuou. — A senhora não vai nos jogar nas masmorras, vai?

Sarra inclinou a cabeça para o menino e depois respondeu em sua língua nativa.

— Você fala feshtoon. Que adorável. E de onde você é?

Omid endireitou-se todo.

— Sou de Yent, da província de Fesht, minha senhora. Quero dizer, Vossa Senhoria. — Huda deu-lhe uma cotovelada, e ele guinchou. — Quero dizer... Majestade.

Os olhos da mulher suavizaram-se.

— Minha mãe era de Fesht — disse ela. — Não volto para lá desde que era garotinha.

— Perdoe-me — Hazan interrompeu —, mas o rei requer atenção médica urgente. Talvez devêssemos chamar um cirurgião ou um Profeta...

— Seus pais ainda estão em Fesht? — Sarra continuou. — Ou você se mudou para a cidade real com sua família?

Omid lançou um olhar nervoso para Hazan antes de responder à pergunta da mulher.

— Meus pais morreram — disse e, como um gesto de respeito aos falecidos, tocou dois dedos na testa e depois no ar. — *Inta sana zorgana le pav wi saam.* "Que suas almas sejam elevadas à mais alta paz."

— Assim como os meus — ela disse, suavemente, espelhando o movimento. — *Inta ghama spekana le luc nipaam.* "Que suas tristezas sejam enviadas para um lugar desconhecido."

— O-Obrigado, senhorita. — Omid abaixou a cabeça em reconhecimento e, depois de outra cutucada de Huda, acrescentou: — Quero dizer... Alteza.

Sarra avaliou Omid por mais um momento, e sua expressão não foi cruel. Depois estudou cada um deles com uma astúcia que colocou os instintos de Kamran em alerta máximo.

— Bem-vindos, todos vocês — disse. — Que surpresa inesperada, mas agradabilíssima. Por favor, juntem-se a mim...

— Receio que devamos recusar — disse Kamran, proferindo suas primeiras palavras à mulher.

Ele agora tinha certeza, sem sombra de dúvida, de que ela estava louca; não havia chance de ele acompanhá-la a qualquer lugar que fosse.

— Mas, senhor — pediu Omid —, ela disse que haverá café da manhã...

— Eu sei que esta é uma situação incomum — disse Sarra, com os olhos penetrantes ao se virar para Kamran, o sorriso em seu rosto desmentindo as palavras seguintes. — Mas, se não me acompanharem até lá dentro, terão de pagar muito caro. Como devem se lembrar, vieram aqui esta manhã com a intenção de assassinar meu filho...

— Não, Majestade — disse Deen, nervoso. — A maioria de nós não tinha intenção de fazer mal...

— ... e, não tendo obtido sucesso, acham que podem voltar para casa. Não percebem que estão aqui agora graças a mim, graças à anistia que estou disposta a oferecer? Não é preciso entender minhas motivações, mas *entendam* o seguinte: suas ações foram testemunhadas por todos no palácio. Acharam mesmo que ninguém notaria o aparecimento de cinco pássaros lendários em nosso céu? Que ninguém os observaria pousando em nossas terras?

Deen emitiu um som estrangulado.

— Muito inteligente da sua parte, devo dizer — acrescentou ela, sem se exaltar. — Há apenas uma criatura viva a quem os dragões demonstram tal deferência; caso contrário, nunca teriam sobrevivido à sua descida aos terrenos do palácio. Como o príncipe conseguiu garantir a proteção de Simorgh é um mistério que eu gostaria muito de solucionar. — Ela estreitou os olhos para Kamran. — Presumo que tenha algo a ver com a lendária história de seu avô.

— Ah, sim, senhorita — disse Omid. — É realmente uma história incrível...

Cinco cabeças viraram-se ao mesmo tempo na direção de Omid, e Huda, sem demora, tapou a boca do menino com a mão. Kamran quase o xingou em voz alta.

— Entendo — disse Sarra, cuja raiva pareceu aumentar no silêncio que se seguiu. — Vocês pretendem guardar segredinhos até o terrível fim. Quanta imprudência... Mas, então, suspeito de que não tenham ideia do caos que se abateu sobre nossa casa ontem à noite, nem da devastação que poderá atingir a todos nós se a notícia de que o príncipe arduniano invadiu nosso palácio em uma tentativa de matar o rei se espalhar.

— Falando dessa forma — Huda sussurrou, tirando a mão do rosto de Omid —, parece *mesmo* horrível.

— Infernos — Deen suspirou. — E eu só queria conhecer Simorgh.

— Por mais odiado que seja em Ardunia — insistiu Sarra —, o rei tulaniano é bastante querido em casa. Portanto, a menos que você espere que nossos impérios entrem em guerra, ou deseje ser assassinado no meio da rua, irá se juntar a mim — disse ela a Kamran com os dentes cerrados — para o café da manhã.

Kamran ainda estava contemplando aquele discurso chocante — e ainda pensando em uma resposta — quando Hazan interrompeu, com raiva:

— Como pode ficar aí, fazendo um monólogo, enquanto seu filho está sangrando no chão? Suas ações são tão desconcertantes que confundem a mente! Senhora, o rei está *morrendo*. Imploro-lhe que peça ajuda imediata, antes que seja tarde demais.

Sarra não mostrou nenhuma reação à explosão, nem mesmo olhou para Hazan. Em vez disso, manteve os olhos fixos no príncipe, seu estranho sorriso agora beirando o maníaco. Ao encontrar o olhar dela, Kamran sentiu uma onda de pavor o percorrer.

Era verdade: ele não tinha ideia do contexto em que se encontravam. Não tinha ideia do que Alizeh havia experimentado durante seu tempo ali; não sabia quem era aquela mulher, quais eram suas intenções ou para onde a bendita Simorgh havia ido. Céus, ele precisava muito dela agora.

Mais do que isso, ele precisava do avô. Até se contentaria com uma palavra gentil de sua mãe.

Sobressaltado, Kamran lembrou-se do envelope em seu bolso, aquele que Hazan havia colocado em sua mão. De repente, pareceu mais importante do que nunca que ele entendesse a comunicação de sua mãe, e ele resolveu encontrar uma desculpa para ficar sozinho assim que tivesse oportunidade.

— Muito bem — disse ele, olhando discretamente para Hazan. Foi necessário um único olhar para confirmar o que ambos sabiam: havia algo profundamente errado com Sarra, e deviam agir com cautela com relação a ela. — Ficaríamos honrados em acompanhá-la para o café da manhã.

— Que maravilha! — ela exclamou, batendo palmas. Depois, voltando-se para Huda: — Algumas coisas deveriam ser ilegais por ofenderem o olho humano, querida. Se for entrar em minha casa, temo que terá de queimar esse vestido. — Ela avaliou a garota por mais um momento, franzindo a testa com desgosto. — Se usar essa abominação no jantar de hoje à noite, eu mesma sou capaz de botar fogo no vestido, com você ainda dentro dele.

— Jantar? — disse Kamran, alarmado. — Quando ainda nem tomamos o café da manhã?

— Mas eu não... Este é o único vestido que tenho... — gaguejou Huda, ruborizada.

— Majestade, por favor... — Hazan tentou de novo.

— Acho que você está muito bonita, senhorita — insistiu Omid, aproximando-se da garota como se pudesse protegê-la. — Não dê ouvidos a ela...

— Jantar, é claro — disse Sarra, mostrando os dentes para Kamran com um sorriso artificial. — Nem é preciso dizer que todos vocês se hospedarão no palácio durante a visita de vocês. Que belo espetáculo você acabou de fazer, que presente luxuoso foi para a família real vislumbrar a gloriosa Simorgh e seus filhotes! Foi uma oportunidade única, algo que até os membros mais jovens da nossa criadagem guardarão para sempre. Gostaria de lhe agradecer por aquela performance espetacular... E por este inconfundível início de amizade. Quanta imprudência a de meu filho ao tentar pegar uma flecha cerimonial com a mão! E pensar que a maioria dos nossos visitantes apenas nos oferece joias.

— Ah, pelo amor de... — Hazan engoliu em seco para não praguejar.

Ele lançou um último olhar enojado para a rainha-mãe, aproximou-se de Cyrus, pegou o corpo do rei e o colocou sobre os ombros.

Kamran assistiu a isso com grande espanto. Cyrus era mais alto e mais largo do que ele mesmo — o peso morto de um homem como aquele devia ser extraordinário. Ele sabia que Hazan, como jinn, possuía imensa força, mas aquela ainda era uma revelação relativamente nova. Kamran ficou maravilhado com a facilidade com que seu antigo ministro carregava Cyrus. Hazan passou pela pequena multidão, contornando

Sarra e se apressando em direção à entrada mais próxima. Ele experimentou a maçaneta e, descobrindo que estava trancada, gritou um breve aviso antes de derrubar a porta com um chute.

A porta desabou com um estrondo ensurdecedor.

Omid e Huda gritaram. Deen murmurou um "ó, céus" baixinho. Até Kamran ficou atordoado. Ele olhou para Sarra em busca de uma reação, e ela não revelou nada além de irritação.

— *Seu rei está ferido!* — Hazan gritou ao passar pela soleira. Foi de imediato cercado por criados desesperados. — Ele precisa de atenção médica urgente...

— Rei Cyrus! — uma *snoda* gritou.

— Achei que ela tivesse dito que era tudo um espetáculo...

— Você acha que...?

— ... foi ferido por acidente...

— Mas o rei nunca se machuca...

— Onde está o cirurgião?

— Alguém chame um Profeta!

— ... disse para nunca chamar os Profetas...

— Depressa! Depressa!

Kamran e os outros correram em direção ao local, e o príncipe observou, paralisado, enquanto Hazan era cercado e muitas mãos se erguiam para aliviá-lo do peso do rei. Eles transferiram com cuidado o corpo de Cyrus para seus próprios braços antes de correrem para o interior do palácio. Uma mulher, que parecia ser a governanta, estava prestes a explodir em lágrimas.

Kamran não pôde deixar de comparar aquele momento com um dos seus: na noite em que seu avô fora assassinado, quando ele fora derrotado por Cyrus e ficara arrasado, agonizando... Quando sua mãe enfim o libertara das amarras da paralisia mágica, antes de desaparecer... Deixando-o caído no chão... Nem mesmo um único criado mostrou-se disposto a sair das sombras para ajudá-lo. No fim, apenas Omid viera até ele. De alguma forma, como que por milagre, apesar de não receber nada além de crueldade do príncipe, o ex-menino de rua salvara sua vida. Fora como um presente dos céus, um presente pelo qual ele lutava para ser grato, mas não se parecera em nada com a recepção que Cyrus recebia agora. Os criados do odioso rei pareciam de fato se importar com ele, um conceito tão estranho para Kamran que era difícil aceitá-lo como um fato. Também estava em total desacordo com a reação da própria mãe do jovem, Sarra.

Kamran estava estudando a mulher agora, avaliando-a como faria com um oponente em um campo de batalha. Ela observava a cena se desenrolando como se fosse uma grande decepção. A mãe de Kamran, apesar de todos os seus defeitos, pelo menos tentara ajudá-lo de sua estranha maneira; a mãe de Cyrus, entretanto, tinha feito de tudo para *evitar* ajudar o próprio filho. Ela balançou a cabeça, oferecendo um sorriso fugaz ao príncipe e disse:

— Bem, sempre há o amanhã.

E entrou no palácio.

Kamran permaneceu congelado na porta.

De fato, ele não sabia quais novos horrores o aguardavam ali dentro.

TREZE

Em um gesto coordenado de tecidos, os seis sentaram-se. As pernas das cadeiras estremeceram sobre um tapete macio, enquanto lacaios empurravam para mais perto da mesa os ali convidados para o café da manhã no palácio. Então, houve silêncio. Um silêncio constrangedor que pairou sobre a sala luxuosa. *Snodas* curiosos espiavam pelo vão da porta, inclinando a cabeça para dentro e para fora como galinhas bicando. Sarra sentava-se à cabeceira da mesa, de onde observava todos com seu sorriso perturbador. Ela parecia prestes a falar quando ouviu um súbito tilintar de prata. Omid havia juntado os talheres com uma das mãos, inspecionando-os como se fossem um buquê de flores.

— Coloque isso no lugar — Deen soprou do outro lado da mesa.

Sentada ao lado do menino, Huda cutucou seu braço, e Omid deixou cair os utensílios sobre a mesa, causando um estrondo.

Kamran fechou os olhos, irritado.

— Por que há tantas colheres? — Ele ouviu a criança dizer. — E onde está a comida?

Hazan balançou a cabeça para o menino com firmeza.

— Mas não como desde ontem — ele sussurrou alto. — E ela disse que haveria café da manhã.

— Que seleção interessante de companheiros você tem — disse Sarra, submetendo Kamran a outra inspeção desconfortável. — Era de se imaginar que traria a melhor das comitivas para esta... Importante viagem. Mas estes devem ser o melhor que Ardunia tem a oferecer.

O príncipe cerrou a mandíbula. Não conseguia nem olhar para os membros daquele grupo ridículo. Estava cheio de tristeza e medo quando tomou a péssima decisão de permitir que eles entrassem em sua vida, e agora pagava caro por esse descuido.

— De fato — respondeu com frieza.

— O senhor fala sério? — perguntou Omid, erguendo a cabeça. — Porque pensei que o senhor não...

Kamran lançou-lhe um olhar ameaçador, e o menino recostou-se, fechando a boca. Que inferno! Era como arrebanhar vacas.

Sarra voltou seu olhar para Omid.

— Como você se chama, querido?

A criança assustou-se, mexendo de novo nos talheres.

— Omid Shekarzadeh, senhora. Sou da província de Fesht.

— Sim, foi o que me disse.

Ele assentiu.

— Quantos anos você tem, Omid?

— Doze anos, senhora.

— E qual é a sua ligação com o príncipe herdeiro de Ardunia?

Kamran estremeceu visivelmente.

— Ah... — soltou Omid, estufando o peito. — Eu sou o ministro do interior, senhora. É meu trabalho manter o príncipe em segurança.

Sarra iluminou-se como se tivesse sido atingida por um raio, e seus olhos brilharam de prazer. Ela então projetou toda a força desse prazer para Kamran, que, naquele momento, não queria nada além de explodir em chamas.

— É mesmo? — ela murmurou, encarando os olhos do príncipe. — Doze anos... acha que há colheres demais... e seu trabalho é manter o governante seguro. De todos os candidatos que o grande império de Ardunia poderia ter considerado para tal posição... — Ela voltou-se novamente para Omid. — O cargo foi dado a você. Meu Deus, você deve estar muito orgulhoso.

— Ah, eu estou. — Ele assentiu com vigor. — Muito orgulhoso, senhora.

Kamran beliscou a ponta do nariz e quase gemeu.

— Isso é o que acontece quando você não me escuta — Hazan murmurou baixinho. — Idiota.

O príncipe olhou para ele.

— E qual é o *seu* papel aqui? — Sarra voltou o sorriso enjoativo para Deen, que pareceu encolher-se sob seu olhar.

— Eu sou... Sou um boticário, Majestade.

Como ela sustentou o olhar, ele ficou nervoso e pôs-se a divagar.

— Eu possuo uma botica na praça real. Em Setar. Isto é, em Ardunia. Aprendi o ofício com a minha mãe quando ainda era menino. Sou altamente recomendado. Recebo excelentes críticas. Os clientes ficam satisfeitos.

Sarra recuou, emitindo um "hum" ao refletir sobre isso, e pareceu decidir que ele era, de fato, uma escolha sensata para uma comitiva real.

— E você? — ela disse, voltando-se para Huda. — Qual é o seu propósito?

Huda empalideceu.

Espiou ao redor, incerta, com seus olhos castanhos arregalados de medo e, pela primeira vez, Kamran a estudou com atenção. Seu horrível vestido amarelo estava gasto e empoeirado, com marcas de sujeira visíveis ao longo das mangas, nos babados e na gola alta, que naquele momento parecia sufocar sua garganta. Ela parecia não ter pescoço. Não usava joias, exceto um brinco pequeno de brilhantes, e apenas em uma orelha. Seu cabelo estava penteado para trás em um coque sem adornos que não a favorecia em nada e, na verdade, dava à sua cabeça a infeliz aparência de um ovo. Kamran nunca passara muito tempo pensando em Huda, pois nunca sentira que houvesse muito a considerar. Não se surpreendeu, entretanto, ao se ver observando-a agora, pois era seu hábito fazer uma avaliação completa de seus adversários... E era seguro dizer que aquela garota irritante o transformara em seu inimigo.

Ela tinha alguns encantos, porém.

Em outra ocasião, ele notara sua elegante estrutura óssea, mas agora via também que ela tinha olhos profundos e escuros sempre lânguidos, como se estivessem prontos para dormir. Era o tipo de olhar semicerrado que o lembrava, com uma pontada de consciência, que a mãe biológica dela era uma cortesã.

— *E então?* — Sarra insistiu.

Huda encolheu-se.

Foi um gesto mínimo — a maneira como ela se contraiu, apertando um pouco os olhos — e Kamran não teria percebido se não a estivesse fitando. Ele franziu a testa ao testemunhá-lo, pois parecia a reação involuntária de alguém que se prepara para a violência. Isso o fez se perguntar se ela havia apanhado quando criança, e ficou chocado com a faísca de raiva que sentiu ao cogitar tal ideia. Huda apertou as mãos trêmulas antes de escondê-las; ele a observou respirar fundo antes de sorrir, como se estivesse reunindo coragem.

— Eu... Bem, isto é... Não sei se uma pessoa deva ser reduzida a um único propósito — disse ela —, pois o coração humano é conhecido por conter uma diversidade de sentimentos e expressões...

— Ela está aqui pela rainha — Hazan anunciou, categoricamente. Kamran olhou para ele. — A srta. Huda é a dama de companhia de Alizeh.

Huda afundou-se na cadeira com alívio, olhando com gratidão para Hazan.

— Dama de companhia da rainha? — Sarra repetiu, intrigada. Ela se endireitou, depois apoiou o queixo sobre as mãos. — É ela quem exige que você use roupas tão horríveis, querida? Que você diminua sua beleza na presença dela?

Kamran quase engasgou-se. Como se a beleza sobrenatural de Alizeh pudesse ser ameaçada por Huda, que continuava a parecer um ovo envolto na implausível mistura de sua própria gema. Esforçou-se como nunca para reprimir uma risada, mas Huda dirigiu-lhe um olhar tão assassino que era praticamente uma traição contra o futuro rei. Porque, pelos anjos, Kamran seria nada menos que o *rei*.

Homens já tinham sido executados por ofensas menores.

Ele lhe retribuiu o olhar furioso, brevemente cego por um desejo ultrajante de jogá-la por cima do ombro, atirá-la em um barco e soltá-la no mar.

— Uma terrível pena — Sarra continuou. — Sua aparência está tão ridícula quanto a de um bobo da corte. Esse tom medonho de amarelo não combina com sua tez! É quase um crime. Mas... — Ela sorriu. — A realeza pode ser odiosamente presunçosa. Sei bem disso.

— Perdoe-me, mas a senhora está completamente enganada — disse Huda, o rosto pegando fogo. — Este vestido foi escolhido por minha mãe.

— *Sua mãe?* — Sarra a encarou. — Pelos céus. A mulher deve odiar você.

Huda ignorou a observação e falou, com um leve sorriso:

— Alizeh... Isto é, a rainha Alizeh... — Kamran estremeceu. — É extremamente gentil. Não consigo imaginá-la me forçando a usar uma roupa feia. Aliás — continuou Huda, entusiasmada com a ideia —, ela mesma é uma costureira excepcional. Há poucos dias eu a contratei para fazer um vestido muito bonito, mas infelizmente não houve tempo para terminar o trabalho, e não tive escolha a não ser usar um dos meus vestidos mais antigos nesta viagem.

Hazan praguejou baixinho e Kamran ficou tentado a fazer o mesmo. Sarra permaneceu imóvel, olhando para Huda como se a garota tivesse enlouquecido.

— Você a *contratou*? — retomou a mulher. — Você contratou uma rainha para fazer um vestido para você? Está maluca, garota? Diga-me que não está falando sério.

Huda olhou em volta, nervosa, e mordeu o lábio.

— Não? — Ao olhar de advertência de Hazan, ela pigarreou. — N-Não. Certamente que não — ela disse com calma. — Eu não estava falando sério.

Sarra perdeu então a paciência.

— *Você* — ladrou, virando-se para Hazan. — Você parece ser a peça com maior probabilidade de terminar este quebra-cabeça. Diga-me o que sabe sobre a garota.

— O que eu sei sobre ela não é da sua conta.

Omid engasgou-se; Deen empalideceu. Kamran quase abriu um sorriso. A rainha-mãe endireitou-se na cadeira, avaliando Hazan agora como se pudesse devorá-lo. Lançou um olhar fugaz para os lacaios alinhados na parede dos fundos, fazendo um gesto com os dedos, e eles se dispersaram de imediato. Ouviu-se o barulho de uma porta se fechando antes que ela lhes dirigisse um sorriso irritado.

— Não é da minha conta? — repetiu, com os olhos faiscando de fúria. — Não sei nada sobre suas origens, nada sobre seus pais... A menina será minha nora, e só recentemente descobri seu título...

— Sua nora? — Kamran a interrompeu, alarmado. Ele quase se levantou da mesa. Pelos infernos, ele quase perdeu de vez a cabeça. — Quer dizer... Que é verdade? Eles irão se casar...

— Não — Hazan disse bruscamente. — Não é verdade.

— Claro que é verdade — rebateu Sarra. — E é por isso que vocês estão aqui, é claro. Para presenciar as núpcias como convidados da noiva de meu filho. Para forjar a paz entre os nossos impérios depois de toda aquela feiura recente. Para evitar a guerra. — Ela lançou um olhar carregado para Kamran. — Certamente, não por qualquer outro motivo.

O coração do príncipe disparou.

— Isso é intolerável — disse, virando-se para Hazan. — Ela vai se casar com ele? Você sabia disso?

— Ela consentiu em se casar com aquele homem imundo? — disse Huda, como se fosse passar mal. — Não pode ser verdade.

— *Não*. — Omid estava balançando a cabeça. — Alizeh é uma boa senhora, e ele é um horrível, horrível, assassino... *Ai!* — O garoto franziu a testa para Deen. — Por que me chutou?

— Você não pode insultar o rei em seu próprio palácio, garoto...

— Kamran, escute-me. Não é verdade, ela ainda não o aceitou...

— *Ainda?!* — ele explodiu. — O que você quer dizer com ela *ainda* não o aceitou?

Por um momento, Kamran poderia jurar ter ouvido Sarra rindo; mas, quando a espiou, ela parecia totalmente composta.

— Cá estava eu pensando ter entendido as motivações de sua visita... — Ela se dirigiu a ele, com um sorriso ainda maior. — Mas agora entendo por que de fato veio.

— A senhora espalha mentiras infundadas — protestou Hazan.

— Mentiras? — Os olhos de Sarra arregalaram-se. — Pergunte a qualquer criado do palácio o que tem ocupado seu tempo no momento. Eles lhe dirão que estão se preparando para a chegada da noiva do rei.

— Não significa que ela vá se casar com ele...

— Então por quê, diga-me, eu a interceptei saindo do quarto de meu filho ontem à noite?

Ao som dessas palavras, uma dor percorreu o peito de Kamran, irradiando por sua garganta. Ele sentiu como se não conseguisse respirar.

— A senhora parece se divertir plantando sementes de discórdia — disse Hazan, com raiva. — Minha rainha não está noiva do rei de Tulan. Entrar em um quarto não prova nada.

— É bastante contundente — disse Huda, mordendo o lábio. — Por mais que eu odeie admitir. Que outra razão ela poderia...

— Você se rebaixaria a ponto de presumir o pior sobre Alizeh com base em uma afirmação sem fundamento de uma mulher claramente deleitada com nossa destruição? — Hazan estava furioso. — Onde está o seu bom senso?

— Eu não quis dizer isso... — Huda apressou-se a dizer, balançando a cabeça. — Na verdade, eu não... Eu só... Ora, por favor, estou muito cansada...

— Ela está mentindo, Kamran. Perguntei a Alizeh esta manhã se ela estava noiva do rei tulaniano, e ela me disse enfaticamente que não. Apesar de ter recebido uma oferta de casamento, ela ainda está considerando suas opções...

— Considerando suas opções? Que ela chegue a *considerar a possibilidade* de se casar com o homem que matou meu avô... Que quase me matou... Que assassinou nossos Profetas...

— E quem é você — Sarra disse a Hazan, com os olhos endurecidos — para me chamar de mentirosa? Que propósito você tem aqui, em meio a esta corte real de desajustados? — Ela ergueu um dedo. — Não, espere, deixe-me adivinhar. As coisas estão ficando mais claras... A princípio pensei que você, o mais ousado desses simplórios...

— *Simplórios?* — Deen recuou, ofendido. — Estudei na Academia Real... Minha botica já foi elogiada no *Daftar* inúmeras vezes...

— ... tinha viajado para cá a serviço do príncipe. O único companheiro capaz, o único com um cérebro funcional...

— Se me permite...

— Tomei você por um cavaleiro. Só agora percebo que sua lealdade é, de fato, para com a garota... E adoraria saber por quê. Quem é você? — Ela inclinou a cabeça para Hazan. — Tão ferozmente apaixonado. Tão leal. Não me diga que também está apaixonado por ela?

Huda respirou fundo.

— Céus — Deen disse, baixinho, depois olhou para Omid, que balançava a cabeça, horrorizado.

Kamran, que nunca havia considerado tal possibilidade, ficou visivelmente abalado. Ele se virou devagar para encarar o amigo. Passou-se um longo e torturante momento antes de Hazan responder, com um sussurro letal:

— *Como ousa...*

Com isso, toda a sala prendeu a respiração, enquanto Sarra pareceu florescer.

— Ora, acho que gosto de você — declarou. — Suponho que deixarei sua trupe viver o suficiente para ver a noiva em toda a sua glória.

— Mas eu pensei... — Huda estava boquiaberta. — Pensei que a senhora já tivesse decidido nos deixar viver. Na verdade, pensei que viríamos aqui para tomar café da manhã.

— Tenho tendência a mudar de ideia — disse Sarra com desdém, antes de olhar para o príncipe. — Acho que pode ser interessante ver como todo esse drama terminará. Eu adoro uma história de amor trágica.

Com uma raiva controlada, Kamran disse:

— *Não* estou apaixonado por ela.

Hazan virou-se bruscamente em seu assento.

— O quê?

Aquilo vinha incomodando o príncipe: as alfinetadas casuais, as sugestões grosseiras de que ele havia percorrido toda aquela distância por uma mulher que não o queria. O orgulho de Kamran não suportava mais tais insinuações de fraqueza. Ainda era verdade que ele se importava com ela; era verdade que ela o comovia profundamente...

Aliás, como poderia não se comover com ela?

Ela personificava a eminência, atravessava um mundo cruel com graciosidade e era possuidora de uma beleza de tirar o fôlego. Alizeh inspirava nele uma riqueza de sentimentos que ele nunca imaginou que pudesse experimentar. Se ela retribuísse seu afeto, Kamran poderia conhecer a verdadeira felicidade. A despeito disso, nunca imporia suas atenções sobre uma mulher, e Alizeh o recusara duas vezes, afastando-se dele em ambas as ocasiões em que implorara para que ela ficasse. Além disso, suas doces lembranças dela haviam perdido o brilho sob a mancha das desilusões recentes e, pior, Kamran nem tinha certeza se podia confiar nela... Afinal, ela havia arriscado a vida tentando salvar seu inimigo.

Dadas essas incertezas, Kamran teria de ser um total idiota para se declarar apaixonado por ela.

Ele não faria isso.

Suas próximas palavras foram dirigidas a Sarra.

— Parece ter a impressão de que vim aqui em uma missão de amor não correspondido. Isso simplesmente não é verdade.

— Kamran...

— Só quero deixar claro — ele continuou, erguendo a mão — que, embora eu a admire muito, não estou apaixonado por ela.

De alguma forma, a honestidade pareceu irritar Hazan.

— Você me disse que queria se casar com ela!

— O quê? — Huda congelou em um estado de choque quase cômico. — Queria se casar com ela?

— Sim — disse Kamran a Hazan, ignorando a explosão. — Acho que ainda quero. Mas cada minuto que passa parece trazer ainda mais confusão, e cada revelação torna o caráter dela mais complexo. Estou percebendo que não tenho a menor ideia de quem ela seja. Foi um vínculo muito fraco que nos uniu se ela já está considerando uma aliança com a pessoa responsável por destruir minha vida.

— Mas... O livro... A inscrição...

— Preciso vê-la de novo — disse o príncipe, balançando a cabeça. — Muita coisa aconteceu durante o tempo em que estivemos separados. Não estou mais familiarizado com minha própria mente. Nem com a dela.

— Não posso acreditar... — Huda ainda estava piscando. — Eu não tinha ideia de que pretendia torná-la sua rainha...

Kamran voltou-se brevemente para ela, pois estava resistindo ao impulso de fazer algo tão mal-educado quanto revirar os olhos. Temia que, caso se permitisse a indulgência de revirar os olhos para Huda, eles acabariam se soltando da cabeça devido ao uso excessivo.

Ela se virou para Omid.

— Você sabia que ele queria se casar com ela?

Omid abanou a cabeça de forma determinada.

Então, para Deen:

— E você, sabia?

— Certamente, não. — Foi a resposta seca de Deen. — O príncipe não tem o hábito de me envolver nas reviravoltas emocionais de seu coração. Embora precise admitir que essa é uma reviravolta interessante do destino, considerando a maneira como ela falou dele uma vez na minha loja.

— Ela falou de mim? — Kamran o encarou imediatamente. — Quando? O que ela disse?

Sarra riu.

— Ainda assim, ele afirma que não está apaixonado por ela.

Kamran encarou a mulher.

— A senhora presume conhecer meus sentimentos melhor do que eu?

— Não foi de todo lisonjeiro, senhor — disse Deen, confuso. — Nem deveria ter mencionado...

— O que ela disse sobre mim? — Kamran insistiu.

O boticário enrijeceu em sua cadeira, seus pequenos olhos escuros movendo-se.

— Ela... Bem, ela parecia questionar, senhor, se sua falta de envolvimento com o povo demonstrava uma arrogância, ou presunção, em seu caráter...

— *Arrogância?*

Huda soltou uma risada aguda e horrível antes de tapar a boca com a mão.

— Sinto muito. — Ela ofegou. — Eu só... Céus, eu já sabia que a adorava, mas agora...

— É claro que discordo disso com veemência — Deen logo acrescentou. — Para ser justo com a jovem, não acredito que ela o conhecesse quando fez esse discurso, pois falou do senhor como se fosse um desconhecido...

— Eu o avisei... — Foi Hazan quem falou agora. — Avisei que era um erro ignorar seus deveres públicos. Cada evento a que faltava, cada cerimônia que evitava... Eu lhe disse que isso refletiria mal em seu caráter. Era preciso aparecer de vez em quando para acalmar o coração e os medos das pessoas comuns...

— *Já chega* — disse Kamran em tom ameaçador.

Ele nunca se considerara arrogante, e o fato de Alizeh ter escolhido, em algum momento, defini-lo como tal foi um golpe inesperado. Kamran não fazia nenhum esforço intencional para ser presunçoso em seus deveres; simplesmente abominava as funções ridículas que eram exigidas da coroa. Detestava a aristocracia e os chefes pomposos das sete casas; estava cansado dos plebeus atônitos e desesperados para vê-lo de relance; ele se ressentia dos espetáculos que o exibiam como se fosse um cavalo em uma feira. Aliás, nunca entendia o que queriam dizer. Como um jovem príncipe na linha de sucessão ao trono, Kamran fora ensinado a se considerar muito superior e raramente encorajado a olhar para além da própria gaiola de ouro. Tinha sido somente com a interferência de Alizeh que ele se vira inspirado a examinar as estruturas podres que causavam o sofrimento de tantas pessoas. Ela fora a razão pela qual ele questionara, pela primeira vez, as ações e motivações de seu avô, o rei Zaal. Fora também a razão pela qual questionara, pela primeira vez, os salários e benefícios insuficientes dos funcionários. Fora a razão pela qual seus olhos tinham sido abertos para a miséria das crianças de rua em seu império. A perspectiva dela — seu olhar atencioso para com a angústia dos outros — tinha voltado sua perspectiva para os menos afortunados, inspirando-o a ver não só as fraturas sociais de seu reino, como também as formas com as quais poderia enfrentá-las.

No entanto, a triste verdade é que Kamran nunca tinha pensado em examinar os próprios preconceitos até que sua vida desmoronasse à sua volta. Nunca lhe ocorrera que uma crença inabalável em sua própria grandeza pudesse revelar-se uma fraqueza. Na verdade, nunca lhe ocorrera perder um único privilégio.

Talvez, pensou ele com angústia, essa fosse a própria definição de arrogância.

Kamran sufocou um suspiro.

Alizeh conseguira dar-lhe uma lição brutal. Sem alarde, ela caíra dos céus nas águas tranquilas de sua vida, e ele se perguntou, inquieto, se sentiria as reverberações de seu impacto para sempre.

— Quanto mais descubro sobre aquela jovem — disse Sarra —, mais desejo recebê-la em minha família.

— Então ficará terrivelmente desapontada — disse Hazan. — O casamento não acontecerá.

— Acontecerá, sim — rebateu Sarra.

— Por que a senhora se importa com quem ela se casará? — Kamran perguntou, com os olhos escurecidos ao se virar para ela. — Que interesse tem na união dela com seu filho?

— Não sei se tenho interesse — ela declarou, calmamente. — Mas apenas suponho que uma garota desejada tão ardentemente pelos governantes de dois reinos poderosos, uma garota capaz de comandar uma multidão de seus iguais... Bem, ela deve valer de alguma coisa, e agora estou curiosa para saber o quê. Afinal, gosto de cuidar dos meus interesses.

— Comandar uma multidão? A que a senhora...

— Ela não é mágica nem nada — disse Omid, confuso. — Nós simplesmente gostamos muito dela.

— Um endosso retumbante — ironizou Sarra.

— Na verdade... — disse Deen, inclinando-se para a frente. — O corpo dela tem uma capacidade de cura natural...

— Estou falando sério — insistiu Omid. — Não há no mundo pessoa mais gentil. Uma vez tentei matá-la na rua e, em vez de me entregar aos magistrados, ela me ofereceu pão. Aposto que a senhora nunca tentou matar alguém e depois ganhou um pão.

Os lábios de Sarra entreabriram-se, em um espanto silencioso. Ela piscou rápido, primeiro para Omid, depois para Kamran e, parecendo um pouco sem fôlego, disse:

— Receio que você tenha levantado mais perguntas do que respostas, criança.

— Ela pode não ser mágica agora — interrompeu Hazan —, mas ela terá magia. E, quando ela a possuir, o mundo inteiro reconhecerá seu poder.

— É mesmo? — Uma centelha de desconforto perpassou os olhos de Sarra. — E que tipo de magia ela possuirá?

— Eu não... Ainda não sei.

— Entendo — disse ela, ironicamente. — Parece formidável.

Hazan dirigiu-lhe um olhar sombrio, mas Sarra virou-se, estudando o príncipe com um interesse renovado.

— Então o príncipe veio porque busca o suposto poder dela, não o coração?

— Vim aqui para matar seu filho — declarou Kamran, categoricamente. — Pouca coisa além disso desperta meu interesse no momento.

Sarra bateu palmas.

— Nesse caso, você deve ficar até o final da temporada, no mínimo. Embora, caso consiga matar Cyrus, imploro que faça com que pareça um acidente, pois detesto guerras e não desejo derramamento de sangue entre nossas terras.

Todos os cinco olharam para ela.

Com gentileza, Huda perguntou:

— Está brincando, Majestade?

— A qual parte se refere, querida?

Escolhendo ignorar aquilo, o príncipe olhou para Hazan antes de anunciar, com grande resignação:

— Ficaremos apenas tempo suficiente para descobrir onde ela está. Sabe-se lá o que ele fez com ela. — Ele se sentiu atordoado de repente; exausto. — Pelos infernos, ela pode nem estar viva.

Sarra enrijeceu, a cor desaparecendo de seu rosto.

— O quê?

— Ah, não diga isso — disse Huda. — Não devemos perder a esperança...

— Ela se feriu — explicou Omid. — Hoje cedo, senhora.

Sarra agarrou-se à mesa, em busca de apoio.

— Feriu-se? O que quer dizer com isso?

— Perdoe-me — disse Deen. — Mas a senhora não viu o momento em que ela e Cyrus caíram do penhasco? Quando estávamos lá fora?

— Seu tolo! — Sarra retrucou, levantando-se tão rápido que a cadeira caiu com um baque surdo. — Se eu tivesse visto algo assim, acha que teria perdido meu tempo com vocês? O que aconteceu com ela?

Hazan, que parecia tão desconcertado diante daquela erupção quanto Kamran, falou com cautela:

— Ela foi pega por uma flecha perdida.

Sarra emitiu um som gutural e triste.

— Atirada por quem?

— Por que isso é importante?

— É de extrema importância! — ela gritou. — Se Cyrus tiver algo a ver com isso... — Ela balançou a cabeça. — Ah, eu vou matá-lo, desta vez vou mesmo matá-lo. Pelos anjos, eles irão se revoltar! Atearão fogo ao palácio...

— Quem? — Deen perguntou, correndo os olhos ao redor. — Quem ateará fogo ao palácio?

— Quando estou chateado — disse Omid, solícito —, gosto de dar um passeio e procurar moedas extras nas ruas...

Huda apertou a mão do menino.

— Agora não, querido.

— Fui eu — disse Kamran em voz baixa. — Eu atirei nela por acidente.

— *Você*. — Sarra endireitou-se com óbvio alívio, pressionando a mão contra o peito. — Foi você. Sim, diremos a eles que foi você que fez isso. Seu império assumirá a culpa. Foi tudo culpa sua...

— Do que a senhora está falando? — questionou Hazan. — A quem está se referindo?

— Aos jinns! — ela exclamou. — Milhares e milhares deles! Eu juro que eles matariam todos nós!

— Jinns? — repetiu Kamran, baixinho, atordoado.

Hazan levantou-se devagar da mesa, com o semblante visivelmente alterado. O velho amigo de Kamran parecia abalado, os olhos ardendo de sentimento.

— Que jinns? — perguntou.

— Ontem à noite, eles invadiram o palácio — ofegou Sarra. — Nossa população jinn costuma ser muito gentil, pois, ao contrário da maioria dos impérios, permitimos aos jinns certa liberdade para exercerem suas habilidades sem penalidade. Mas ontem... Ontem eles foram aterrorizantes e violentos. Ameaçaram incendiar o palácio. Ameaçaram destruir a cidade. Queriam uma prova de que ela estava viva, de que estava ilesa...

— Preciso que seja mais clara — disse Hazan a Sarra, com um leve tremor na voz. — Quer dizer que ela foi descoberta? Que ela foi revelada publicamente como a herdeira há muito perdida do reino jinn?

O estômago de Kamran revirou-se.

— Então é *isso* que ela é?! — Huda exclamou. — Eu sabia que ela era membro de uma realeza esquecida, mas ela nunca me contou sua verdadeira identidade, apenas que estava fugindo para se salvar...

— Não é apenas um título de cortesia? — Deen perguntou. — Ela é uma verdadeira rainha, então? Todo esse tempo eu pensei que ela era uma criada... E aquela governanta horrível, a maneira como foi tratada...

— *Criada*? — Sarra congelou. — Criada? O que diabos quer dizer com isso?

— Minha rainha esteve escondida por quase duas décadas — explicou Hazan. — Ela usou um disfarce desde a morte prematura de seus pais — ele tocou dois dedos na testa e depois no ar —, fazendo o que podia para permanecer viva.

— Como esse dramalhão se desenrola... — Sarra respirou, levando a mão ao pescoço. — Mas por que ela precisaria se esconder?

— O trono arduniano está ameaçado por sua existência há algum tempo — disse Hazan, friamente. — Seus pais, assim como quase todos os outros que a conheceram na infância, morreram em uma série de incidentes misteriosos e calculados. Ela vive escondida desde então.

Kamran sentiu uma onda de vergonha à menção. Foi Zaal, seu falecido avô, quem caçara Alizeh quando criança. Os Profetas previram a morte de Zaal, previram que seu fim seria orquestrado por um inimigo formidável com gelo nas veias. E Zaal, que rastreava qualquer boato sobre tal inimigo, localizara-a havia muito tempo e passou os anos seguintes pensando tê-la assassinado. Kamran não tinha dificuldade de imaginar que Zaal também desempenhara um papel na morte de outras pessoas em sua vida. Havia coisas sobre seu avô que ele não conseguia conciliar nem tolerar.

— Então ela viveu como *snoda*? — perguntou Sarra. Recolhera a cadeira caída e estava se sentando quando olhou para Huda. — E costureira?

— Sim — ela e Hazan disseram juntos.

— E agora ela é rainha — a mulher disse em voz mais baixa, com olhos sonhadores. — E tem os soberanos de dois impérios disputando sua mão. Agora ela... Espere... — Sarra virou-se bruscamente para o príncipe. — Se o trono arduniano estava ameaçado por sua existência — raciocinou ela —, significa que foi seu avô quem assassinou a família dela?

Todas as cabeças se viraram para encará-lo.

— Teoricamente... — ele confirmou. — Embora não haja provas.

Sarra riu.

— Você espera se casar com a jovem cuja família foi inteira massacrada por seu avô?

— Como disse, não é uma certeza...

— Majestade — Hazan interveio, com uma voz urgente —, temo estarmos desviando o assunto. A senhora pode confirmar que a identidade dela foi revelada?

Sarra encontrou o rosto de Hazan e, nas profundezas febris de seus olhos, pareceu encontrar um foco.

— Sim — disse, enfim. — Não sei como ela foi descoberta. Só sei que vieram buscá-la ontem. Milhares deles. Gritando por horas. E só se acalmaram depois que eu implorei para que ela se dirigisse a eles...

— Ela apareceu diante deles? — Hazan perguntou, empalidecendo. — Ela reconheceu, em voz alta, ser a rainha deles?

Sarra hesitou.

— Foi a coisa errada a se fazer?

— Não. — Hazan piscou. — Não, se ela sentiu que era a hora certa, então, é claro... Mas, pelos anjos, agora isso não tem como ser desfeito. As consequências... — Ele ergueu a cabeça, parecendo de repente nervoso. — A senhora deve se preparar. A esta altura, a notícia já deve ter se espalhado por metade do globo. Jinns virão atrás dela de todos os cantos do mundo. Provavelmente, já começaram suas peregrinações...

— O quê? — Sarra disse, aterrorizada. — Quantos virão?

Hazan balançou a cabeça.

— Não será de uma vez só... Terão de atravessar as fronteiras em revezamento...

— Quantos? — ela gritou.

— Milhões — Hazan sussurrou.

CATORZE

چهارده

Cyrus caiu em um poço de escuridão sem fim, em um sono tão intenso que, a princípio, nem teve certeza de estar sonhando. Pareceu despencar de uma grande altura durante séculos, com faixas de fumaça o envolvendo como se fossem de aço. Seu peito se contraía enquanto ele se lançava em direção a um horrível infinito, experimentando um terror tão opressor que mal conseguia respirar ao atravessar as rendas da noite. A grotesca tapeçaria desfez-se apenas para enredá-lo, tornando seu corpo uma bobina enquanto fios escuros como alcatrão o prendiam pela cabeça, pelas pernas, pelo torso. Então, quando parecia que morreria asfixiado, ele conseguiu libertar os braços e arrancar a membrana gordurosa do rosto, ofegando freneticamente antes de despencar no chão com um estalo medonho.

Seu crânio fraturou-se ao atingir a pedra, e a dor explodiu por todo seu corpo. Cyrus emitiu um som de angústia quando o esmalte esmagado de seus dentes encontrou a língua, formando uma areia viscosa enquanto o sangue se acumulava em sua boca. Era difícil determinar a extensão total dos danos, mas ele suspeitava de que suas costelas estavam quebradas e, ofegando, percebeu que um pulmão havia sido perfurado. Um dos braços estava quebrado, pois uma protuberância de osso atravessava a lã escura de seu suéter, e suas pernas... Suas pernas pareciam erradas de uma forma que ele não conseguia decifrar.

Mas nada daquilo era novidade.

Por oito meses seus pesadelos seguiam a mesma sequência, as mesmas regras. Sempre se iniciavam com a escuridão, que era sempre seguida de agonia. A tortura imaginada lhe era tão real quanto o ódio de sua mãe, e o sofrimento continuava ecoando mesmo quando estava acordado, com uma verossimilhança assombrosa.

Como um animal ferido, Cyrus arrastou seu corpo pelo chão daquele inferno desconhecido, procurando em vão por uma saída. O cheiro de enxofre invadia sua cabeça, e ele cuspiu, com dificuldade, o estranho coquetel de sangue e areia de sua boca, sobressaltado então pelo ruído de um molar caindo no chão. Sentiu a mandíbula quebrada. Um de seus joelhos estava rasgado. Respirava com dor, a cabeça lutando em busca de oxigênio. De alguma forma, sabia que estava sonhando; de alguma forma, sua consciência era capaz de quebrar a quarta parede enquanto tentava içar seu corpo das profundezas assombradas de sua imaginação. Saber que estava sonhando não lhe dava nenhum conforto, pois ele nunca podia ter certeza de que um pesadelo não seria capaz de matá-lo.

Por fim, encontrou um obstáculo.

Com a mão que ainda estava inteira, ele agarrou o que parecia ser uma barreira oleosa, e seus dedos enfiaram-se na substância espessa e gelatinosa que se recusava a ceder. Em desespero, ele se livrou da gosma, com o coração batendo forte e a cabeça latejando. Cyrus respirava em arquejos frenéticos, com uma tontura imobilizadora que não lhe deixava outra escolha a não ser se render. Despencou de costas, com tudo. Estava se afogando — seus pulmões iam se enchendo de líquido enquanto ele olhava para a escura turbidez —, quando, então, a Morte o pegou pelo pescoço, agarrando sua alma. E, depois...

Ela apareceu como o amanhecer: um brilho lento, que logo se encheu de cor e quase o cegou. A visão dela era sempre milagrosa. O corpo de Cyrus sempre tremia de antecipação.

Desta vez, ele já sabia.

Ele sabia quem ela era; sabia seu nome; sabia, acima de tudo, que aquelas visões tinham sido projetadas para arruiná-lo... Aliás, já estava arruinado. Cyrus não podia mais ceder à doçura dela, nem mesmo ali, na privacidade de sua mente. Em meio a toda aquela incoerência, ele lutou para desviar o olhar, recolhendo-se sobre si como se pudesse apagá-la de sua imaginação. Foi inútil.

Ela veio até ele como sempre fazia, sem medo.

— Cyrus — sussurrou, vinda das profundezas da escuridão. — Onde você está?

— Não... — Ofegou, chutando o chão para se afastar dela. Com os dentes quebrados, mal conseguia formular palavras, saboreando o sangue em sua boca ao tentar falar. — Não, por favor, fique longe de mim...

Ela se aproximou e o tocou... Uma simples carícia em seu braço. E ele gritou, sentindo a onda de euforia percorrê-lo inteiro, revigorando seu corpo com um alívio tão intoxicante que quase o fazia chorar.

— Por favor — ele implorou. — Por favor, não faça isso comigo... Não agora, nem nunca...

— Não tenha medo — ela disse, inclinando-se para olhá-lo nos olhos. — Só quero ajudá-lo.

— Não... Não...

— Olhe para você — ela sussurrou. — Olhe como está sofrendo.

— Por favor, não se aproxime de mim — ele implorou, odiando a rouquidão patética de sua voz. — Não demonstre compaixão... Deixe-me aqui para morrer...

— Abandonado — ela disse baixinho. — Rejeitado. Desprezado...

— Não...

— Quanta injustiça.

Ela caiu de joelhos diante dele, e pegou as mãos ensanguentadas nas suas. Ele gritou, e sua cabeça pendeu para trás quando a euforia elétrica tomou conta de seus pulmões, permitindo-lhe respirar fundo pela primeira vez. Com o peito palpitando e o corpo tremendo, entregue à sensação, o alívio foi tão extraordinário que ele se esforçava para lembrar por que era errado. Ela beijou suas têmporas com uma delicadeza excruciante, e depois sua testa. Lágrimas quentes escorreram dos olhos dele, fechados, enquanto soluços silenciosos chacoalhavam seu corpo.

Ela sempre o curava com o seu toque; seus dedos eram capazes de remendar ossos e lacerações e de apagar toda a dor. Ele gritava a cada vez, um sentimento inexplicável preenchendo seu coração e sua mente. A proximidade dela o lançava em uma espiral de desejo tão desesperado que ele mal conseguia se reconhecer. Cyrus logo se entregou por completo ao toque dela, inclinando-se sobre suas mãos conforme ela as arrastava devagar por seu corpo. As sensações eram tão maravilhosamente torturantes que ele se perguntou, por um momento delirante, se teria morrido.

— *Anjo* — ele murmurou. — Meu anjo.

Com cuidado, ela retirou os restos da roupa ensanguentada dele, jogando-os para longe antes de plantar um beijo gelado sobre seu peito febril. O corpo dele sacudiu como se voltasse à vida e, quando voltou a se dar conta, descobriu, chocado, que estava nu e todo curado. Seus dentes se recompuseram, o osso do braço voltara ao lugar. Não havia mais dor. Porém, em sua ausência, ele se sentia fraco, imundo e desesperadamente sedento.

Ela puxou o corpo frágil em seus braços e, com cuidado, posicionou a cabeça dele contra o peito dela, retirando o cabelo de sua testa e sentindo-o tremer junto de si.

Ele engoliu em seco repetidas vezes, sentindo sua garganta áspera como areia, e, quando ele achou que fosse de fato morrer de sede, ela tocou em seu pescoço. Aquele pequeno gesto pareceu aplacar de vez sua sede, e o poder extraordinário dela o deixou maravilhado. De repente, ela começou a passar um pano limpo e úmido em seus braços e pernas, removendo a imundície com uma delicadeza quase inacreditável. Onde ela arranjara a água, ele não sabia. Queria lhe perguntar, queria entender, mas estava perdendo a batalha com sua consciência... Sua mente precisava de descanso. Logo, ele já estava restaurado por inteiro; seu corpo reluzia sob o olhar dela como se ela fosse a lua sobre sua interminável escuridão.

Ela acariciou-lhe o cabelo com dedos parecendo tão delicados e frios em seu couro cabeludo febril.

— Conte-me o que aconteceu — ela falou, baixinho. — Quem fez isso com você?

Cyrus lutou para manter os olhos abertos.

— O diabo — disse ele. — Sempre o diabo.

— Descanse — ela sussurrou, beijando-lhe a testa. — E deixe que eu cuido do diabo. Vou me certificar de que ele nunca o machuque de novo.

Cyrus exalou audivelmente, aliviando a tensão que sentira por tanto tempo. Partia seu coração saber que ela entendia a profundidade de seu sofrimento e que dera fim à sua dor.

Ninguém nunca se importara com ele assim.

Por fim, seus olhos fecharam-se. Ele foi tomado por uma onda de tranquilidade, o que lhe permitiu descansar como nunca conseguiria na ausência dela. Ele estava seguro ali. Com ela, estava seguro.

Quando abriu os olhos de novo, eles estavam na cama.

Ela estava nua em seus braços, e o toque sedoso de suas curvas exuberantes suavizava os músculos rijos do corpo dele. Ela sorria, traçando o formato de sua clavícula. O coração de Cyrus doeu ao vê-la. Que ela existisse já era um milagre; que ela se importasse com ele parecia impossível. O que ele fizera para ganhar o amor e o carinho de um anjo?

Quando ele expressava esses sentimentos em voz alta, ela com frequência ria, aceitando sua adoração como um terno exagero. Ela não tinha ideia de quanto na verdade ele se continha, de quanto mais ele gostaria de dizer. A verdade é que ele estava tão encantado por ela que perdia o fôlego com sua presença. Quando ela cutucou seu queixo com o nariz, de modo brincalhão, plantando então um beijo sob sua mandíbula, ele pensou que um buraco se abriria em seu peito.

— Você está acordado — disse ela, recuando para olhar para ele.

— Você está aqui — ele sussurrou.

Ela riu disso, depois mordeu o lábio, e seus olhos estavam tão lindos e alegres que vê-los causava dor física a ele. Ela notou essa mudança nele, e sua felicidade diminuiu.

— O que há de errado? — ela perguntou.

— Nada — disse ele, mesmo sentindo a ascensão de algo febril dentro de si, como se o coração ameaçasse pular para fora do peito.

Com muito cuidado, ele pegou o rosto dela em suas mãos e se maravilhou ao senti-la, ao vê-la em toda sua glória. Tudo nela o encantava: não apenas seus olhos profundos e límpidos, mas os arcos delicados de suas sobrancelhas, o formato bem-feito de seu nariz, seus lábios um pouco carnudos. E o mais extraordinário é que sua beleza era apenas um veículo, uma manifestação física forjada para uma alma tão delicada que desafiava qualquer tentativa de descrição.

— Quando você está aqui — ele disse —, nunca há nada de errado.

O sorriso seco dela indicava que não acreditava nele, mas foi piedosa o suficiente para não questionar. Devagar, ela virou a cabeça, beijando a palma da mão dele, o que lhe provocou um prazer tão agudo como uma alfinetada.

— Menino triste — ela murmurou. — O que devo fazer com você?

Ele fitou sua boca, a linha delicada de sua mandíbula, seus seios contra o peito dele. A proximidade dela despertava-lhe uma euforia tão profunda que ele se sentia zonzo. Ele ergueu o olhar para encontrar os olhos dela sentindo um desejo que lhe despertava medo.

— *O que quiser.*

Ela quase riu.

Mas Cyrus estava abalado, observando-a com uma voracidade que não conseguiria colocar em palavras.

— Você poderia me matar que eu agradeceria.

Ela enrijeceu e recuou.

— Não diga isso — pediu com firmeza. — Não é engraçado.

— Não estou brincando.

— Cyrus...

— Eu quero tudo, meu anjo. Não apenas a sua alegria, mas a sua tristeza. Não apenas a sua esperança, mas o seu medo. Quero sua raiva e seu desdém, sua irritação e seu desprezo...

Ela exalou um ofego.

— Eu *nunca* o trataria com desprezo.

— Eu sei — ele disse, passando o polegar pela maçã de seu rosto, e seus olhos seguiram o gesto. Ele mal conseguia controlar o tremor de seus dedos e sua voz. — Mas sei também que fará o que for justo. Não me desprezaria a menos que eu merecesse e, caso eu seja tolo o suficiente para despertar sua raiva, também ficarei honrado em recebê-la.

Ela ficou imóvel, e seus lábios se abriram um pouco de surpresa. Pareceu de repente vulnerável ao balançar a cabeça, os olhos brilhando ao evidenciar um sentimento que poderia cavar um buraco nele.

— Eu amo você — ela sussurrou.

Como sempre, isso o deixava sem palavras.

Por fim ela sorriu, primeiro um pouco, depois com malícia, e logo se posicionou por cima dele, sobre seus quadris. Ele gemeu do fundo da garganta e fechou os olhos ao sentir o peso dela sobre ele. Em seguida, ela passou as mãos ao longo de seu peito e ele prendeu a respiração com um prazer tão agudo que beirava a agonia.

Ela se inclinou para beijar sua testa, e ele fechou os olhos. Ela passou a ponta do dedo por seu nariz, e ele abriu os olhos a tempo de ver que ela estava corada.

— Tão lindo — ela falou, baixinho.

As palavras não causaram nada nele além de angústia. Ele a observou, e sua mente foi se tornando irracional conforme ele assimilava a visão do corpo nu dela. Ele queria morar ali, com o rosto pressionado contra ela, respirando apenas na sua atmosfera. Ele percorreu as costas dela com as mãos trêmulas, aterrorizado pela tempestade de emoções que se formavam dentro dele.

Ele se sentia *louco*.

Ela se ajustou sobre ele e ele enrijeceu, cerrando os dentes ao soltar um palavrão. Ela riu, mas ele podia senti-la, podia sentir o desejo dela se acumulando entre eles. Ele estava incrivelmente tenso, com medo de se mover um centímetro que fosse em sua direção, e ela ofegou, de repente, quando ele a virou sobre a cama, posicionando seu corpo lânguido debaixo do dele. Ela era pura suavidade por toda parte, com sua pele sedosa pressionada contra as bordas duras do corpo dele, e ele ajeitou-se, tomando cuidado para não a esmagar com seu peso. Seus lábios ainda estavam entreabertos, seus olhos escurecidos de desejo ao fitá-lo. Ele sentiu o calor do olhar dela ao longo de seu corpo, depois o som que ela fazia quando ele a tocava, roçando sua pele sensível com uma carícia leve. O gemido baixo dela incendiou suas veias.

Ele a amava por inteiro: o formato de seus lábios, dos quadris, as mãos delicadas e a sarda na base de seu pescoço. Ele beijara aquela sarda milhares de vezes; passara inúmeras horas observando-a, amando-a, descobrindo os desejos de seu corpo. Não importava quantas noites passasse em seus braços. Sempre, na presença dela, ele se sentia sucumbir, tomado por uma necessidade muito próxima da loucura.

Ele se dedicou então a beijar seu pescoço, depois rumou para baixo, passando por suas curvas pronunciadas, primeiro com as mãos, depois com a boca. O corpo dela tremeu sob a atenção cuidadosa e concentrada até que ela gritou, e o som de seu prazer ilimitado produziu faíscas dentro dele, levando-o à beira da perda total de controle. Ele pressionou o rosto no pescoço dela, lutando para se conter enquanto seu coração batia, violento, contra as costelas.

Ele podia sentir o desespero crescente dela, seu próprio desejo insaciável. Mal se reconhecia daquela forma, tão embriagado, que pensava que poderia morrer se não a provasse por completo.

— Cyrus — ela arfou.

Ela estendeu a mão entre eles, tentou segurá-lo, e ele emitiu um som estrangulado, tomado demais para se importar com o tremor de seu corpo.

— Por favor — ela disse sem fôlego.

Seu coração ainda batia em ritmo perigoso, e sua própria aflição física abafava a capacidade de formar pensamentos coerentes. Ainda assim, ele se forçou a se mover lentamente, passando as mãos pelas pernas dela com uma reverência silenciosa, deixando beijos ao longo de suas panturrilhas e tornozelos enquanto gentilmente as afastava. Ele deslizou as mãos sob as coxas e depois colocou as pernas dela sobre seus ombros.

A visão dela assim, vulnerável e trêmula... Pronta para ele...

Seus olhos estavam radiantes, seus seios se erguiam enquanto ela lutava para respirar. Ela era tão linda que ele mal suportava olhar para ela.

— Cyrus...

— Ainda não — disse ele.

Ele abaixou a cabeça para o calor dela, e ela quase gritou, agarrando os lençóis enquanto ele a saboreava, seus gritos suaves rasgando o silêncio repetidamente. Ela o tinha escolhido, confiava nele o bastante para que ele a conhecesse assim, para proteger e dar prazer para seu coração e seu corpo, e essa ideia o enchia de um êxtase ofuscante. Ele adorava vê-la desmoronar, adorava o modo como ela se entregava a ele por inteiro. Ele adorava poder senti-la entregue, quase enlouquecida...

— Eu quero você — disse ela, estendendo a mão para ele. — Por favor, eu quero você agora, quero sentir você...

Ele recuou com um cuidado torturante, dando um beijo final em seu ventre aquecido enquanto se afastava, sua voracidade só se intensificando enquanto seus olhos devoravam as linhas sensuais de seu corpo flexível.

Ele a tocou onde a havia provado, sentiu a evidência de seu desejo e gemeu, enterrando o rosto em seu ombro.

Ela tinha muito poder sobre ele. Era assustador o modo como ela possuía sua alma. Quando ele enfim conseguiu encontrar o olhar dela, seu coração pareceu detonar no peito. E então os olhos dela, pesados de desejo, brilharam brevemente com diversão.

— Você está... — Ela mordeu o lábio, lutando contra um sorriso. — Cyrus, você está evitando me olhar?

Ele respondeu sem fôlego.

— Sim.

— Por quê? — Seu sorriso se alargou.

— Você já sabe por quê.

Ela riu abertamente desta vez, e ele inclinou a cabeça para o corpo dela e a beijou, em todos os lugares, até que seus olhos já não estivessem achando mais graça. Sua respiração ficou rápida e superficial à medida que seu desespero atingia o pico, e ela estendeu a mão para o ponto em que ele mais precisava, a sensação de seu toque oferecendo um alívio que só multiplicava a angústia. De repente — com urgência — ela disse seu nome, e ele ergueu os olhos, imobilizado, preso no fogo cruzado.

— Sabe o que eu mais amo em você? — ela sussurrou.

Ela ainda o tocava, e ele foi embalado por um leve tremor.

— Não — murmurou.

Ele nunca conseguia acreditar que aquilo estava acontecendo. Que ela olharia para ele assim, que o desejaria desta maneira. Ela era a rara combinação de coração e beleza que só era encontrada em sonhos. E aquilo... Ele piscou, depois hesitou, parecendo tomado por uma confusão mental... Aquilo...

Sem aviso, sua cabeça se anuviou; seus pulmões se contraíram no peito. Ele sentiu como se estivesse caindo para a frente, caindo para fora de seu corpo. Não entendia, não conseguia organizar seus pensamentos... Do que estava se lembrando? Ofegante agora, recordou...

Isto era um sonho.

Sim, um sonho, mas ele sabia disso, não sabia? Ele sabia que estava sonhando, sabia que ela era uma invenção de sua imaginação, uma manipulação de sua mente, uma corrupção instalada em sua cabeça...

— Não — arquejou. — Não...

Ele ia vomitar. Sua perna gritava de dor, sua mão ardia, sua cabeça latejava, ele não conseguia respirar, ele não conseguia respirar e ele sabia... É claro que ele sabia que ela não era real, sabia que ela não o amava de verdade, que ela nunca... *nunca...*

— Cyrus...

— NÃO — ele gritou, afastando-se dela. — Não... *não...*

— *Cyrus...* — Ela estendeu a mão para ele, alarmada, mas ele a afastou, seus membros emaranhados nas roupas de cama.

— Não... Por favor... — Ele baixou a cabeça entre as mãos. — Oh, Deus... de novo não... não posso, não vou conseguir sobreviver a isso...

— O que está acontecendo? — ela disse, em pânico. — O que há de errado...?

— Não... não... *NÃO!* — ele gritou, caindo da cama. — Isto não é real, não é real... Acorde, seu idiota! Acorde, acorde, *acorde, ACORDE!...*

QUINZE

پانزده

— Milhões — Hazan repetiu, ele mesmo perplexo.
Kamran processou essa revelação como se fosse algo distante, ao mesmo tempo impressionado e horrorizado. Seu avô talvez não estivesse certo sobre Alizeh — não exatamente —, mas também não estava de todo errado.

Como um vento frio, ele sentiu a voz de Zaal. As palavras dos últimos dias do homem foram ganhando vida em sua mente...

Se não acha que há outros à procura dela neste momento, você não está prestando atenção o suficiente ao que se passa. Há comunidades de jinns que continuam a perturbar nosso império. Entre eles, há muitos iludidos o suficiente para pensar que a ressurreição de um mundo antigo é o futuro.

Kamran engoliu em seco.

Durante todo esse tempo, ele considerara o título real dela algo simbólico; nunca pensara que ela seria de fato reconhecida como uma rainha. Mas agora — agora que milhares de pessoas tinham invadido o castelo para vê-la, e outros milhões poderiam em breve jurar lealdade a ela...

Ele percebeu, em choque, que não conhecia Alizeh. Tinha se apaixonado pela miragem de uma garota. Uma versão dela que nunca existira de verdade.

Sarra estava atordoada e sem palavras, e Kamran sentia o mesmo.

— Quantos milhões? — Deen perguntou, piscando.

— Eu não sei — disse Hazan sem perder a calma. — É apenas uma estimativa. Existem muito poucos impérios que vivem em paz com o meu povo. Muitos jinns vivem e morrem sem documentos, forçados a viver em campos de prisioneiros. Outros continuam a viver escondidos. Somos um povo sem nação, expulsos da própria terra, que foi roubada pelos reis de Argila. Há muito tempo esperamos pela herdeira de nosso império, aquela que irá proteger e unificar nosso povo. Não tenho como saber com certeza quantos virão — ele balançou a cabeça —, mas, acreditem, aqueles que puderem, virão. A pé, de caravana, de navio ou de dragão. Se tiverem que se arrastar a cada centímetro por terra para chegar a ela, eles o farão.

Sarra emitiu um som frenético, a pele agora exangue de medo. Ela murmurou palavras entrecortadas e bobagens, algo sobre como a cidade não tinha sido feita para acomodar tantas pessoas ao mesmo tempo, que não havia banheiros suficientes, "e onde elas irão *dormir?*".

Omid começou a chorar.

— Eu não queria a machucar — deixou escapar com um arquejo. — Honestamente, eu nunca a teria matado... Eu só estava... Estava com tanta fome que não conseguia pensar com clareza...

A srta. Huda aproximou a cadeira em que estava o menino e puxou-o contra si, alisando seu cabelo e acalmando-o enquanto ele chorava.

— Está tudo bem, querido — sussurrou. — Ela já o perdoou, não foi?

— Ela demonstrou misericórdia, senhorita... — Ele ergueu a cabeça, os olhos injetados enquanto fungava. — Mas eu não merecia...

— Controle-se — Deen sussurrou, parecendo desconfortável. — Você está passando vergonha.

— Não seja tão severo...

Kamran observou essa estranha cena com uma distância fria; ele se sentiu congelado em seu assento, surpreso com seu próprio medo, o pulso acelerado, quando de repente foi atingido por outro golpe de memória.

Seu avô tentara avisá-lo.

Se a garota reivindicasse seu lugar como a rainha de seu povo, é possível, mesmo com os limites dos Tratados de Fogo, que uma raça inteira lhe jurasse aliança com base apenas em uma antiga lealdade. Os Tratados seriam esquecidos tão rápido quanto o acender de uma tocha. Os jinns de Ardunia formariam um exército; o restante dos civis se revoltaria. Um levante iria causar estragos por toda a nação. A paz e a segurança seriam arruinadas por meses, anos, até, na busca de um sonho impossível.

Quando conhecera Alizeh, ela era apenas uma humilde *snoda*, esfregando o chão do casarão de sua tia e apanhando de uma governanta cruel. Era vulnerável e franzina. Kamran não conseguia imaginá-la como algo além da criada impotente que de início parecera ser. Mas descobriu, mais tarde, quando ela conseguiu derrotar os agressores que seu avô havia enviado para matá-la, que ela era perfeitamente capaz de se defender. Ainda assim, não possuía contatos importantes, nem riqueza, nem tinha interesse em ser reconhecida. Ela vivia nas sombras.

Que alguém na posição dela tivesse recusado o que ele lhe oferecera — seu poder, sua riqueza, sua coroa — e que ela *continuasse* a se recusar mesmo depois de eles terem estabelecido uma clara ligação física, cujas brasas ainda queimavam dentro dele...

Não fazia sentido.

Não existe ponte entre as nossas vidas, ela dissera. *Nenhum caminho que conecte os nossos mundos.*

Ele fora um tolo.

Em questão de dias, ela encontrara um reino para coroá-la, um povo para apoiá-la. Sua ascensão já havia inspirado a morte do avô dele e devastado sua própria vida. Enquanto ele era destruído, ela se fortalecia, e agora também abalaria as fundações de seu império.

O que aconteceria ao seu reino, aos seus exércitos, se os jinns ardunianos jurassem lealdade a uma soberana estrangeira?

Ele deslizou a mão pela boca. *Seriam arruinados.*

Tudo isso passou por sua mente em instantes, e foi arrastado de volta ao presente pelo som de um gemido terrível. Sarra pôs-se a andar.

— Que os céus nos ajudem! — gritou. — Se eles descobrirem que ela foi ferida...

— Sim... — Hazan estava bastante sóbrio. — É de fato um problema.

— E vocês disseram nem saber onde ela está? Ela partiu ferida? Se ela *morrer*...

— Ela não morrerá — interrompeu Hazan, com dureza.

— Cyrus a mandou embora nas costas de um dragão — disse Kamran. — O rei é o único que sabe para onde ela foi e, como ele se encontra indisposto no momento, não temos como saber o que ele fez com ela.

Com isso, Sarra teve um lampejo de seu nervosismo, sua raiva.

— Então ela não caiu de um penhasco e desapareceu. Meu filho mandou embora a garota ferida.

Kamran semicerrou os olhos ao ouvir o tom dela.

— De fato.
— E ainda assim vocês dizem que não tem como saber o que ele fez com ela? A sua imaginação é mesmo tão fraca?
— Eu não sou um leitor de mentes, senhora.
— E você? — ela se dirigiu a Hazan. — Não consegue imaginar nenhuma explicação para as ações dele?
Hazan olhou para ela com mais preocupação.
— Acha que ele usou magia das sombras nela? Ou que talvez a tenha envenenado?
Sarra pareceu quase desapontada com Hazan, balançando a cabeça enquanto dizia:
— Todas as suas teorias presumem que ele quer machucá-la. Você fez uma péssima avaliação do caráter do meu filho.
— Discordo — respondeu Hazan, sua preocupação substituída por raiva. — O rei Cyrus só provou ser violento, agressivo, assassino e manipulador. Em uma única noite, exterminou o rei e todos os Profetas de Ardunia, sem mencionar a destruição que causou a um dos palácios mais antigos da história, ao permitir que um dragão...
— Sim, está certo — disse ela, com um suspiro. — Suponho que não esteja errado em tirar tais conclusões. Confesso que a princípio pensei que ele pretendia machucar a garota também. Mas não acredito mais que ele causaria sofrimento a ela. Pelo menos não de propósito.
— O que a senhora quer dizer? — Kamran retrucou. — Como pode ter certeza?
Sarra abriu a boca para responder, mas depois pareceu pensar melhor, dizendo apenas:
— Não percebeu o jeito com que ele olha para ela?
— Não — ele rebateu, seu humor piorando. — Não percebi.
Ela lhe dirigiu um sorriso fraco.
— Bem. Imagino que verá por si mesmo em breve.
— O que quer dizer com isso?
Sarra olhou então para Kamran como se ele não fosse o herdeiro iminente do maior império do planeta, mas uma criança bobinha.
— Eu apostaria minha vida — ela disse, voltando os olhos para Hazan — que ele apelou a um de seus malditos dragões para que a

ajudasse. Se a garota estava gravemente ferida, só há um lugar para onde ele...

— Os Profetas... — disse Hazan.

— Claro.

— É mesmo? — A srta. Huda franziu a testa. — Acha que ele estava tentando ajudá-la?

Omid esfregou as bochechas manchadas de lágrimas.

— Eu estava me perguntando, senhorita, por que ele a abraçava tanto. Pareciam abraços demais para pessoas que nem se gostam.

— Ele a abraçou? — Os olhos da srta. Huda se arregalaram.

— Ele a estava *segurando* — corrigiu Deen. — Provavelmente para evitar que ela caísse do dragão. Embora... — Ele hesitou. — Imagino que, se quisesse matá-la, poderia simplesmente tê-la deixado cair no oceano.

Kamran sentiu-se cada vez mais irritado, sem conseguir articular o porquê. Não percebeu que o que sentia era um ciúme distorcido. Sua mente se recusava a admitir que fora *ele* quem a machucara e que Cyrus poderia tê-la salvado. Foi com puro veneno que disse:

— Se a intenção era ajudá-la, por que mandá-la embora sozinha? Por que não a entregar pessoalmente aos Profetas?

Omid fez uma careta:

— E por que ele a pediu em casamento, se tudo o que ele queria era matá-la?

— Bem, eu não sei — disse Huda —, mas meus pais são casados há quase trinta anos, e minha mãe fica o tempo todo falando sobre como gostaria de matar meu pai, e às vezes me preocupo, porque ele não parece levá-la a sério...

Kamran inclinou-se para a frente, insistindo:

— Isso não faz sentido. O rei também foi ferido... Se eles tivessem ido juntos aos Profetas, ele poderia ter recebido cuidados para seus ferimentos. Faz mais sentido que ele a tenha amaldiçoado, ligando-a ao dragão antes de enviá-la para o desconhecido, tudo para que nunca a encontremos...

— Ele não tem permissão para colocar os pés no templo — disse Sarra, com palavras banhadas em condescendência. — Cyrus está proibido até de andar pelo terreno sagrado dos Profetas. Desde que ele assassinou meu marido, sua entrada está vetada.

Kamran enrijeceu.

Foi a maneira casual com que ela descrevia algo tão horrível que fez um breve silêncio mortal pairar sobre a sala. Era o lembrete de que todos precisavam: a verdade sobre quem o rei Cyrus de fato era, de como sua alma era corrompida. Kamran não conseguia acreditar que Alizeh consideraria a possibilidade de se casar com um criminoso desses. Se ela estava tão desesperada por uma coroa, por que não aceitara a dele? Ele praticamente havia se oferecido a ela... E, ainda assim, ela escolhera se aliar àquele monstro?

Mesmo naquele momento, mesmo com a cabeça e o coração confusos para além da razão, Kamran sentiu uma emoção dolorosa ao pensar em apelar para ela, convencê-la a unir forças com *ele*. Na verdade, quanto mais sabia sobre a influência dela, mais percebia que um entendimento entre eles daria fim a seus receios de um levante no império arduniano; se uma rainha Jinn e um rei Argila pudessem se unir pacificamente, talvez o povo também pudesse viver em harmonia.

A ideia criou raízes dentro dele.

Seu interesse por ela não seria mais considerado impraticável ou sentimental; casar-se com ela seria apenas a proteção perfeita contra a rebelião popular. Ele tinha certeza de que até seu avô concordaria, pois não seria um casamento nascido de um desejo instintivo, mas uma aliança feita pelo bem do povo.

Algo parecido com alívio começou a se espalhar por seu peito.

Talvez fosse *isso* que os Profetas o tinham orientado a fazer. Talvez, provar seu valor como rei estivesse vinculado à busca por sua rainha. Talvez a magia em seu corpo tivesse se transformado porque ele não deveria ser o único governante de Ardunia.

Ele sentiu então uma clareza purificadora, uma sensação de tranquilidade livrando-se de semanas de tensão. Kamran estava perdido e confuso, experimentando um emaranhado de dor, um receio pelas maquinações de Zahhak e uma pressão pelas exigências dos Profetas.

Mas, enfim, tinha entendido.

Sua presença ali, naquele maldito império, tornou-se de súbito tolerável. Ele encontraria uma maneira de permanecer. Precisava conversar com Alizeh na primeira oportunidade que tivesse e deixar claras suas intenções. Afinal, ele nunca lhe fizera nenhum pedido formal. Por certo, o pedido a atrairia agora; ela veria as vantagens de uma união daquelas e seria sensata o suficiente para abandonar ao seu lado aquela paisagem infernal, juntando-se a ele rumo a um futuro em que ambos pudessem ter exatamente o que queriam.

— Mas... Ele é o rei — disse Huda, quebrando o silêncio e o devaneio de Kamran. — Os Profetas são obrigados a servir o legítimo soberano. — Ela olhou em volta. — Não são?

— Eles fazem o que querem.

Kamran sentiu um arrepio penetrar na sala, seus instintos despertando como uma onda de desprezo por aquela voz. Aquele *rosto*.

Omid gritou baixinho.

O rei Cyrus posicionou-se em frente à porta fechada. Sua aparência abatida e ensanguentada não prejudicava em nada o brilho azul de seus olhos. Como ele havia se recuperado com tanta rapidez, Kamran não conseguia nem imaginar; talvez tivesse algo a ver com o diabo. A magia das sombras corria pelas veias daquele ser perverso. Talvez ele não pudesse ser morto enquanto fosse aliado de Iblees. Talvez fosse esse o acordo entre eles.

— O que quer que esteja pensando — disse Cyrus, calmamente —, está equivocado. Agora saia da minha casa antes que eu o mate com minhas próprias mãos.

DEZESSEIS

— Isso não é maneira de falar com nossos convidados — disse sua mãe, perdendo a compostura. Ela olhava de um lado para o outro, revezando-se entre ele e o príncipe desagradável, e pôs-se a caminhar depressa para o outro lado da sala, para longe dele.

Como se ele fosse machucá-la.

Não importava quanto ela tentasse disfarçar, sempre ficava claro para Cyrus que sua mãe tinha medo dele. Medo do próprio filho. Quando a consciência disso não estava partindo seu coração ao meio, ele tinha vontade de bater a cabeça contra a parede. Entendia os motivos dela, é claro, mas essa compreensão não diminuía a dor. Não era tarefa fácil separar os sentimentos, viver todos os dias sabendo que sua mãe o queria morto.

— Eles vieram para o casamento — ela falou. — Você deve convidá-los para ficar pelo menos para o Festival Wintrose.

— Vocês celebram Wintrose aqui também? — Deen animou-se. — Quando eu era menino, era minha época favorita do ano.

— Eles não vão ficar — esbravejou Cyrus. — Não haverá festival...

— Quando meus pais eram vivos, dormíamos ao ar livre, entre as rosas — acrescentou Omid, sonhador. — As pétalas formavam pilhas de metros de altura! Era como o aroma do paraíso.

— Oh, sim! — ajuntou Huda. — Minhas irmãs e eu viajávamos aos campos de rosas na terceira semana do festival, quando as flores ficam ainda mais perfumadas. Roubávamos uma cesta da mamãe, e elas eram legais comigo...

— O que há de errado com vocês? — perguntou Cyrus, com raiva. Seu peito estava arfando. Suas mãos tremiam. — *Fora daqui!*

— Perdoe-me. — Ouviu-se uma voz solene. — Mas deixarei estas instalações apenas sob duas condições: com minha rainha ou com sua cabeça, e nem um minuto antes.

O pronunciamento descarado veio do jovem ao lado do príncipe, que se levantou para lançar um olhar ameaçador para Cyrus. Em resposta, o rei semicerrou os olhos.

Aquele, claro, era Hazan. O que Alizeh considerava um *amigo*. Cyrus dedicou um instante para olhar com atenção o visitante indesejado, percebendo agora que se tratava de um personagem mais importante do que imaginara. O rosto sardento; o trio de adagas de cristal penduradas em um cinto em sua cintura. Sua postura também era interessante: ele fingia simplicidade, mas Cyrus não se deixou enganar. Era como uma pantera à espreita; se provocado, o jovem certamente tentaria matá-lo.

— Direto ao ponto: como é que o senhor já se recuperou? — Hazan continuou. — Estava praticamente morto quando eu o trouxe para dentro, e isso foi somente há pouco mais de uma hora.

— E nos prometeram um café da manhã — acrescentou a criança.

— Sim. — Cyrus engoliu em seco, odiando a lembrança de ter sido levado ao palácio por um daqueles imbecis. — Ouvi dizer que lhe devo minha gratidão.

Hazan o encarou.

Cyrus o encarou de volta.

O jinn então cruzou os braços.

— Não vai me agradecer, então?

— Não.

Hazan não riu, embora uma sombra de sorriso tenha cruzado seus lábios. Sem alarde, Cyrus disse:

— Agora saia da minha vista.

— Não sem minha rainha.

— Ela não lhe deve nada — respondeu Cyrus. — E você não é bem-vindo aqui.

— Sua criatura vil. — O príncipe levantou-se devagar. — Você a manteria aqui contra a vontade dela?

Um lampejo de diversão animou por um momento os olhos de Cyrus, e ele se virou, com prazer, para encarar o idiota.

— Ela não está aqui contra sua vontade. Ela escolheu ficar.

— *Mentira!* — Kamran gritou.

— Acredite no que quiser — disse Cyrus, sentindo de repente o peito palpitar enquanto falava. Procurou a parede atrás de si e, encontrando apoio, recostou-se. Estava lutando para permanecer acordado, odiando a fraqueza de seus membros, a emoção torturada que lhe revirava as entranhas. Como se fossem eletrocussões intermitentes, ele experimentava lampejos das sensações de seu pesadelo: os sons que ela fazia; a visão dela limpando o corpo dele; o gosto dela... *Deus,* o gosto dela...

Era surpreendente que ele estivesse de pé, vivo e desperto. Nunca fora capaz de acordar a si mesmo de seus pesadelos. Se soubesse que seria possível, poderia ter tentado antes. O fato de ter acordado em sua cama, com um sobressalto violento — a visão de tantos rostos fervilhando ao seu redor, como fantasmas amorfos —, era nada menos que um milagre.

Era ao mesmo tempo comovente e desconcertante ver membros preocupados de sua equipe reunidos ao seu redor e, embora o rei estivesse perplexo com as atenções recebidas, agradeceu-lhes por seu cuidado e se levantou, com o corpo ainda instável. Houve um breve clamor ao insistirem que ele voltasse para a cama; mas, quando ele recusou — mentindo que sua saúde estava em perfeitas condições —, eles tomaram aquilo como uma permissão para bombardeá-lo com perguntas. Queriam saber o que se passara com ele, o que estava acontecendo no palácio, quem eram os convidados e...

— Tudo não passou de um espetáculo, senhor? Foi uma manhã tão estranha...

— ... tentou pegar uma flecha com a mão, senhor? Posso ter a ousadia de perguntar por quê?

— Certa vez ouvi falar de um rei que tentou pegar uma adaga entre os dentes! Ele nunca mais disse uma palavra depois disso...

— É uma pena que tenha se machucado, senhor, um terrível azar...

— ... durante toda a minha vida. Nunca sonhei que veria Simorgh...

— Céus, o príncipe deles é bem bonito, não é? Vai dar trabalho evitar que as criadas desmaiem ao vê-lo...

— Devemos começar a preparar os quartos, senhor?

— O cozinheiro vai querer saber se...

— Que espetáculo foi aquele! Estamos muito gratos!

— ... vão disputar pela chance de servi-lo, com certeza!

— Os filhotes de Simorgh também! Ainda estou arrepiado, senhor, olhe...

— Se me permite... Para onde foi sua noiva, senhor? Ela saiu ainda mais cedo do que os criados esta manhã...

— É verdade que eles vieram para negociações de paz? Será que as coisas serão diferentes...

— ... então eles simplesmente voaram para longe! Os cinco, como um raio de luz!

— Senhor?

— *Senhor?*

— Aonde está indo, senhor?

— Oh, o senhor não deveria...

Foi um grande esforço driblar de maneira educada tantas perguntas, ao mesmo tempo que sintetizava algumas revelações pertinentes. Como a indigna comitiva de Kamran conseguira a lendária Simorgh e sua família como meio de transporte era de fato algo fabuloso. E saber disso tinha um lado bom: era reconfortante saber que apenas um milagre fora capaz de permitir que os arduanianos violassem suas fronteiras.

Cyrus agradeceu mais uma vez aos criados, prometendo respostas antes do final do dia. Sua mão e perna machucadas, ele notou, haviam sido lavadas e recebido ataduras; a pomada fria sob as bandagens lhe oferecia um alívio considerável. Ele pretendia tratar os ferimentos com magia; mas, quando o mordomo lhe informou que sua mãe estava tomando café da manhã com os estrangeiros na sala de jantar, ele soube que seus ferimentos teriam de esperar.

Agora Cyrus sentia-se cedendo um pouco mais contra a parede forrada com um tecido de ouro e seda de lótus, um presente recebido havia quase cem anos do império Shon. Ele se sentia como se seu cérebro estivesse balançando dentro do crânio e como se estivesse sobrevivendo a uma sucessão de pequenos ataques cardíacos.

— Se não saírem daqui por vontade própria — disse ele, com dificuldade —, mandarei remover todos vocês à força. Caso algum se recuse, será jogado nas masmorras para ser executado logo em seguida.

Terá, no entanto, permissão para escolher seu método preferido de execução...

— Você é covarde a ponto de deixar minha morte para os outros? — interrompeu o príncipe. — Tem medo de lutar comigo?

A srta. Huda engasgou-se. Os olhos de Sarra arregalaram-se.

Cyrus não teve o bom senso. Sabia que não deveria, mas acabou mordendo aquela isca boba, empurrando-se furiosamente para longe da parede enquanto uma explosão de adrenalina turvava sua capacidade de raciocínio.

— Não, você está certo — disse Cyrus, tocando a bainha ainda pendurada na cintura. — Seria melhor matá-lo agora, não é? Melhor fazer o que deveria ter feito naquela noite e poupar este mundo de seu peso inútil e patético.

Outra onda de lembranças, de sensações... Alizeh rindo, sorrindo para ele... Cyrus se encolheu, erguendo os olhos a tempo de ver Kamran se afastar pulando de seu lugar. Hazan se esticou para segurar o príncipe e o conteve pelo peito com uma força dolorosa, mas Kamran o afastou, respirando com dificuldade. Olhou de modo furioso para Cyrus.

— Que motivação alega para tal ataque flagrante? Age como se já nos conhecêssemos, como se tivesse algum motivo para nutrir tanto ódio por mim, quando foi você quem assassinou meu *avô*...

— *Eu tenho meus motivos!* — explodiu Cyrus.

Kamran tentou atacá-lo de novo e, mais uma vez, Hazan agarrou o príncipe, puxando-o para trás.

— *Você é incapaz de pensar por conta própria* — Kamran praticamente rugiu. — Não passa de um joguete do diabo...

— Não preciso de um motivo para detestar você — disse Cyrus, esforçando-se para conter a raiva. — Nem preciso de um motivo para matá-lo, pois já é provocação suficiente que você exista. Mesmo assim, basta relembrar os acontecimentos desta manhã para reavivar as chamas do meu desprezo...

— Você me negaria o direito à vingança? Depois de tudo que você...

— Eu falo de suas ações em relação a Alizeh! — Cyrus gritou. — Refiro-me à sua absoluta arrogância! Você espera ser o rei do maior império do planeta, responsável pelas tantas necessidades de seus muitos cidadãos, e ainda assim exibe de forma imperiosa um cérebro que só funciona a serviço de si mesmo, colocando a vida de súditos *inocentes* em risco, tudo para saciar a sede da sua vingança. Você só precisava perguntar se eu o enfrentaria em um duelo, e eu teria prontamente aceitado...

— E quem é *você* — trovejou Kamran —, além de um rei assassino e bárbaro, para me ensinar a cuidar da vida de inocentes?

Cyrus parou, a fúria já bem conhecida queimando-o por dentro.

— O rei Zaal não era inocente.

Kamran começou a falar antes de refletir, com a mandíbula visivelmente cerrada enquanto lançava um olhar furtivo para o ex-menino de rua. Omid permanecia imóvel em seu assento, com seus grandes olhos arregalados de medo. Quantos jovens órfãos o falecido rei assassinara para manter-se vivo? Quantos crânios quebrara para obter a matéria cerebral que havia dentro deles? Quantos anos aquele homem passara alimentando as serpentes em seus ombros em troca de mais tempo para governar aquela nação decadente? Matar Zaal fora a única tarefa que Cyrus tinha realizado com prazer.

— Você admirava muito seu avô — Cyrus disse, enfim, sem se exaltar —, apesar dos horrores de sua alma. Se recebeu orientações deste homem, sem dúvida poderá ouvir um conselho meu. — Cyrus olhou-o nos olhos. — Seu comportamento estúpido e hipócrita é incompatível com o trono. Se você não aprender a se colocar de lado e servir aos outros, nunca merecerá sua coroa.

Kamran recuou ao ouvir aquilo, e a raiva em seus olhos se dissolveu em algo parecido com choque. Ele olhou rapidamente para Hazan antes de dizer com urgência:

— Por que você diz isso?

Cyrus franziu a testa.

— Achei que tinha deixado meus motivos claros.

— Quem lhe disse para falar isso? — insistiu o príncipe. — O que você sabe sobre minha coroa...

— *Kamran.* — Hazan balançou a cabeça bruscamente.

O rei do Sul encarou os dois, vendo os olhos selvagens do príncipe e o aviso tácito de Hazan, mas não entendeu. Kamran parecia perturbado, com uma confusão genuína desmascarada em sua expressão, quando por fim se virou para Cyrus e disse:

— Por que você não me matou? Na noite do baile, teve todas as oportunidades de se livrar de mim. Por que se deixar vulnerável às consequências de suas ações e à retribuição que enfrentaria no futuro?

Em resposta, Cyrus apenas se virou.

De tempos em tempos, voltava a ter vislumbres de Alizeh; e a resposta verdadeira à pergunta do príncipe estava enredada naquela fraqueza. Pior ainda, as acusações anteriores do príncipe não eram infundadas: Cyrus tinha motivos para não gostar do príncipe, sim, mas havia pouca lógica para apoiar o seu ódio desenfreado pelo arduniano.

Na verdade, as informações que ele reunira sobre Kamran eram, em geral, favoráveis; segundo todos os relatos, tratava-se de um membro da realeza decente e um soldado formidável. Além disso, quando Cyrus encontrou o jovem pela primeira vez no baile, não sentiu nenhuma animosidade em relação a ele. Foi só quando percebeu que Kamran havia conquistado o afeto de Alizeh — que eles se conheciam com alguma intimidade, que ela se importava com ele o suficiente para protegê-lo...

Foi só então que passou a odiar o príncipe.

De alguma forma, não importava que Alizeh não passasse de uma personagem de sua imaginação. Não importava que nunca tivessem se conhecido fora das ilusões de sua mente. Não importava que ela não lhe devesse nada.

Ele a *amava*.

Eram alucinações, fantasias. Ele sabia disso, mas suas emoções não lhe permitiam raciocinar. Ficção ou não, ela se incorporara a ele, substituindo o ar em seus pulmões. O fato de ela ser real, e ainda mais requintada do que ele sonhara, e desconhecer quem ele era, parecia mais do que ele podia suportar. Descobrir, então, que ela havia entregado seu coração a outro... Saber que ele a conhecia de uma forma que Cyrus nunca a conheceria... Era quase impossível sobreviver àquilo. E, no entanto, era a única razão pela qual ele não matara Kamran naquela noite.

Porque suspeitou de que ela gostava dele.

Em resposta ao silêncio prolongado de Cyrus, o príncipe emitiu um som de descrença.

— Sabe, estou começando a pensar que você pode estar perturbado — disse. — Devia estar trancado em uma torre, com os olhos devorados por escaravelhos...

Sem alarde, Cyrus desembainhou a espada, o som cortante do aço interrompendo o discurso do príncipe enquanto toda a sala prendia a respiração. Deen soltou um suspiro fraco e fulminante, e o rei do Sul, que sentia seu coração atrofiando dentro do peito, não conseguia se importar com mais nada além daquele momento.

— Insulte-me assim novamente — sussurrou ele de forma sinistra — e não serei misericordioso.

Os olhos de Kamran brilharam de fúria, e Cyrus quase o respeitou por se manter firme. O príncipe recorria à própria arma quando Hazan o empurrou com força contra a parede.

— *Basta!* — ele gritou. — Já estou farto de vocês, seus dois idiotas!

Então, virando-se, concentrou sua ira em Cyrus:

— Não entendo por que arrastou Alizeh até aqui, nem entendo sua aparente necessidade de se casar com ela, mas sei que fez um grande esforço para orquestrar todo esse caos. O fato de ter lhe permitido uma escolha em matéria de casamento indica que o senhor deve se importar, no mínimo, com a vontade dela de fazer esses votos. Assim, permita-me deixar uma coisa bem clara, seu tolo: se Alizeh descobrir que o senhor assassinou seus amigos, pode ter certeza de que ela se recusará a se casar.

Cyrus parou; o fato óbvio neutralizou sua raiva em um instante. Ele piscou, embainhou a espada e, com o peito arfando, estendeu a mão mais uma vez para a parede atrás de si.

Ele não estava, na verdade, em condições de assassinar ninguém. E então ele a ouviu de novo, sua voz sem fôlego de tanto desejo...

Sabe o que eu mais amo em você?

Cyrus sentiu os joelhos cederem antes de se recompor. Ele não conseguia se lembrar se a experiência já fora tão ruim assim antes; talvez fosse pior agora que ele a conhecia, depois que ela estivera em seu quarto na noite anterior, depois que ele houvesse vislumbrado algo parecido com afeto em seus olhos.

Talvez este último episódio o levasse, enfim, à loucura.

— Como você é facilmente controlado — Kamran disse em tom ácido. — Como deve estar desesperado.

Devagar, Cyrus ergueu a cabeça.

— Você não tem ideia.

Essa admissão pareceu surpreender o príncipe, cujo olhar foi escurecendo aos poucos.

— Por quê?

— Por que o quê?

— Por que você deve se casar com ela?

— Uma pergunta perspicaz — Cyrus refletiu. — Eu não tinha percebido que você era capaz de pensamentos inteligentes.

O olhar furioso voltou ao seu rosto. O príncipe abriu a boca, e ia fazer um comentário mordaz, quando a mãe de Cyrus os interrompeu.

— Devo contar a eles? — indagou ela, com um sorriso açucarado. — Ou você gostaria de explicar tudo sozinho?

Cyrus fechou os olhos e fez uma careta.

— Ele afirma que está sendo forçado a se casar com ela — anunciou sua mãe, dirigindo-se à sala. — Ele diz que Iblees exige isso dele.

Ele ouviu o menino ofegar, depois abriu os olhos e viu que a moça havia tapado a boca com as duas mãos, enquanto o boticário se recostava na cadeira, surpreso. O horror de Kamran foi tão completo que ele pareceu de fato doente. A visão desse desconforto geral foi tão agradável que Cyrus quase não percebeu a fúria no rosto de Hazan.

— Como isso pode ser verdade? — Hazan questionou.

— Muitas coisas terríveis são verdade.

— Mas por quê? Por que ele ia querer que ela se casasse com você...

— Então foi isso que você quis dizer — o príncipe falou devagar, a tensão em seus olhos substituída pela compreensão. — Na noite do baile. Ouvi você lhe dizer que Iblees queria que ela governasse. Você disse: "Uma rainha Jinn para governar o mundo. A vingança perfeita".

— Você não me contou isso. — Hazan virou-se para o príncipe, alarmado. — Por que não me falou sobre isso?

— Esqueci. — Kamran balançou a cabeça, como se estivesse atordoado. — Em todo o caos daquela noite... Tanta coisa aconteceu que foi difícil manter o controle...

— Então ela tem de se casar com o senhor? — a criança perguntou. — Ela tem de se casar com o senhor porque o diabo quer que ela se case? Mas por que ela tem que fazer o que o diabo quer? Eu não entendo.

— Nem eu — Huda e Deen falaram ao mesmo tempo.

— Ela não precisa fazer o que o diabo quer — disse Cyrus, irritado. — Sou eu que preciso.

— Mas por quê? — insistiu o menino.

— Porque tenho uma dívida com o diabo.

— Então você, de fato, fez um acordo com Iblees — disse Hazan, calmamente, olhando para o rei com renovada suspeita. — E é isso que ele quer em troca?

— Em parte.

— E o que ele tem a ganhar com o reinado dela? Ela nunca agiria em favor do interesse dele, nem concordaria com suas exigências.

A expressão de Cyrus ganhou um ar sombrio.

— Não sei. Iblees, como você pode imaginar, não me confidenciou suas esperanças e seus sonhos.

— Então ela poderia estar se colocando em perigo ao se casar com o senhor — apontou Hazan.

— E que incentivo ela teria para fazer um acordo desses — acrescentou Huda —, quando a única pessoa que pode ganhar alguma coisa com isso é o senhor?

— Uma excelente pergunta — disse Deen, acenando para ela.

— Pelos céus. — Cyrus suspirou com raiva e encarou todos. — Basta disso. Levantem as mãos os aqui presentes que me querem morto.

— Se isso é algum tipo de piada para você... — Kamran começou a praguejar, interrompendo-se quando o menino, a moça e o homem mais velho começaram a levantar as mãos devagar.

— Você — disse Cyrus, acenando para o príncipe — não precisa votar, visto que já tentou me matar duas vezes hoje. — Depois, para a mãe: — E seus sentimentos sobre o assunto nunca foram velados.

Sarra pareceu chocada.

— Mas e você — disse Cyrus, virando-se para Hazan —, que motivo teve para me ajudar?

— Quer dizer por que salvei sua vida?

— Você não salvou minha vida — Cyrus retrucou. — Eu teria resolvido as coisas de uma forma ou de outra.

O olhar de Hazan era duro.

— Você está iludido.

— E você não respondeu à minha pergunta.

— Alizeh não queria que você morresse. — Foi sua resposta fria.

Ao se lembrar do sacrifício que Alizeh fizera por ele, Cyrus sentiu uma cratera dolorosa no peito e cerrou os dentes.

— Excelente — disse ele a Hazan. — Essa é a sua única razão?

— Sim.

— E você não lamentaria a minha perda se eu caísse morto sem cerimônia a seus pés?

Hazan lançou-lhe um olhar de desdém.

— Sem dúvida, não.

— Então todos vocês têm motivos para se alegrar. — Cyrus respirou fundo antes de se dirigir a eles. — Não temam uma união entre mim e sua rainha. A razão subjacente pela qual ela se dignou a considerar a minha proposta é que, como incentivo para que ela aceite, ofereci a ela o meu reino.

— Isso não é novidade — disse Kamran, irritado. — Ao assumir o trono, ela naturalmente teria influência no império...

— Quero dizer que ofereci a ela meu reino *sem* o meu envolvimento — disse Cyrus. — Ela seria a única governante.

— *O quê?* — Sarra quase gritou.

— O quê? — ecoou o príncipe, que não conseguiu esconder o choque.

— Oh, meu Deus! — exclamou Huda, piscando sem parar.

— Mas como? — perguntou o boticário. — O senhor não pode simplesmente renunciar. Na melhor das hipóteses, seria expulso da sociedade, destituído de seus títulos... Na pior, poderia ser julgado por traição...

— Pelos anjos — Hazan disse, baixinho, com faíscas de choque e admiração no olhar —, o senhor está disposto a morrer.

— Uma vez que minha dívida com o diabo estiver paga — Cyrus disse sem emoção —, Alizeh pode se livrar de mim quando desejar. Meu império será dela, para que governe como desejar.

— Então é por isso que ela o quer vivo — disse o jinn, de modo discreto. — Foi por isso que ela tentou salvá-lo.

— Cyrus. — Sua mãe arfava, encarando-o com algo que parecia ser um sentimento real. — O que é que está pensando? Você simplesmente passaria o império para essa garota? Perdeu de vez a cabeça?

— Eu ainda não entendo — continuou Hazan, franzindo o cenho. — O que o motivaria a agir de forma tão irresponsável...

Cyrus virou-se para longe de todo aquele barulho. A reação do príncipe, que o observava em silêncio, era a que mais lhe interessava.

— Não se pode confiar em você — declarou Kamran, por fim. — O que o impediria de quebrar o acordo após o casamento?

— Eu ofereci um pacto de sangue.

Todos, exceto a criança, prenderam a respiração.

— Cyrus! — sua mãe gritou mais uma vez. — Você não pode estar falando sério!

— Que nojo — Omid murmurou.

— Sim, é nojento — disse Hazan, parecendo perturbado. — Pactos de sangue foram proibidos em Ardunia há séculos.

— Por quê? — perguntou o menino.

Foi o príncipe que falou sem grande alarde:

— Trata-se de uma magia violenta e perigosa.

— Enquanto tiver uma dívida com ela — Hazan explicou, sem tirar os olhos de Cyrus —, ele não poderá se afastar fisicamente. Quase não disporá de livre-arbítrio. Pactos de sangue foram responsáveis por períodos sombrios em nossa história. — Ele hesitou. — São inquebráveis. Não podem ser desfeitos.

— Está mesmo tão desesperado? — Kamran também estava examinando Cyrus, embora não parecesse incomodado com o radicalismo do pacto. — Você passaria o seu legado, ao qual tem direito por nascimento, por uma única noite como marido dela?

— Não — disse Cyrus. — Não por uma única noite. Ela não poderá me descartar até que o diabo considere minha dívida paga.

— Isso é absurdo — gritou Hazan. — Kamran, não pode achar que... Isso não passa de um golpe, e ele com certeza a forçaria a consumar o casamento...

— Eu *nunca* faria isso — Cyrus o interrompeu com grosseria. — Pense o que mais quiser de mim, mas nem eu sou tão baixo assim. Ela não corre nenhum risco.

— O senhor colocaria isso no pacto? — Hazan estava pasmo. — Que não colocaria um dedo nela?

Cyrus controlou a raiva. Condenado como estava, ele sabia que não podia esperar que outros presumissem alguma decência de sua parte, mas tal acusação o insultava.

— Sim, deixarei claro que não a tocarei, a menos que ela assim deseje.

Hazan expressou aversão.

— Como se essa possibilidade existisse.

— Senhorita — sussurrou o menino. — O que significa consumar?

— Ah... — Huda corou. — É melhor não se preocupar com isso agora. Eu explico depois.

— Mas...

Enquanto isso, Kamran ainda estudava Cyrus de maneira calculista.

— Que barganha foi essa que você fez com o diabo?

Cyrus apenas o encarou.

— Ele se recusa a dizer — Sarra esclareceu. — Já lhe perguntei mil vezes, e ele nunca revelou a verdade.

— Entendo. — Kamran não desviou o olhar. — E quanto tempo levaria para você pagar a dívida?

— Não tenho como saber — Cyrus respondeu. — Meses, talvez.

O príncipe inspirou fundo e exalou devagar, processando essa última declaração.

— Interessante.

— *Não*. — Hazan balançou a cabeça. — De jeito nenhum. Esse é um plano vago e traiçoeiro...

— Eu discordo — disse o príncipe, com tranquilidade. — Aliás, acho que será uma boa vingança. — Ele encarou Cyrus. — Você morrerá, ela herdará o seu império, e aí... Eu me casarei com ela.

Hazan recuou, tão forte foi seu estranhamento. Os outros também bufaram de choque, mas Cyrus manteve-se, de alguma forma, indiferente a essas reações, concentrado apenas no caos que borbulhava dentro de seu corpo. Aquela declaração o atingiu como um chicote. Foi preciso todo o seu autocontrole para permanecer impassível, sem demonstrar seu horror. Ele não esperava uma tática manipuladora por parte do príncipe, mas deveria.

— Isso exigirá muita paciência da minha parte — prosseguiu Kamran, com os olhos brilhantes de triunfo enquanto encarava o rei. — Mas sou capaz de uma tolerância extraordinária, sobretudo em nome de uma recompensa tão grande.

Uma grande recompensa, de fato.

Que golpe de mestre para os ardunianos seria, que vitória herdarem o império tulaniano. Os reinos do norte e do sul haviam travado muitas guerras históricas pelo acesso aos recursos; em particular, ao rio Mashti. Cyrus sabia como Ardunia estava desesperada pelo acesso direto à água doce, e o plano de Kamran resolveria a maior fraqueza do império com um único movimento pacífico. Não haveria necessidade de perder vidas nem de travar guerras; Kamran se casaria com Alizeh e, assim, casaria as duas nações, herdando todos os recursos naturais valiosos de Tulan, incluindo as riquezas de suas montanhas repletas de recursos mágicos.

Isso tornaria Ardunia um império quase invencível. Com o coração palpitando no peito, Cyrus não conseguia acreditar que havia cometido tal passo em falso e não sabia como consertar a situação. O fato é que Alizeh não se comprometera ainda a se casar com ele. Se ele retirasse sua promessa de lhe entregar Tulan, ela certamente o recusaria. Era um risco que ele não podia correr. Por mais horrível que fosse pensar em perder seu império, Cyrus consolava-se com a ideia de que o entregaria a alguém como Alizeh; ele tinha certeza de que, em sua ausência, ela cuidaria de seu povo com incontestáveis compaixão e senso de justiça. Mas pensar que os ardunianos poderiam se beneficiar disso, que poderiam ocupar as suas terras e saqueá-las, usando os seus preciosos recursos para expandir o império deles...

— O que o faz ter tanta certeza de que ela se casará com você? — Cyrus ergueu os olhos bruscamente, chocado ao descobrir que, de todas as pessoas ali, foi sua mãe quem veio em sua defesa. — Por que a garota escolheria compartilhar uma coroa, quando poderia liderar sua própria nação sozinha? — Sarra questionou Kamran. — Que necessidade ela teria de se casar com você?

Kamran estreitou os olhos, preparando-se para responder, mas foi Hazan quem falou, parecendo ao mesmo tempo angustiado e confuso. Ele balançou a cabeça.

— A necessidade não a motivaria — disse ele. — O dever, talvez. Pelo bem da profecia, pelo bem do povo... Sim, acredito que ela poderia ser convencida de que uma união com o império arduniano...

— Que profecia? — disse Huda, olhando em volta. — Há uma profecia?

— Afinal, ela é arduniana — acrescentou Deen. — Talvez ela queira ir para casa...

— Que profecia? — insistiu Huda.

Kamran observava Cyrus ao responder de forma sombria:

— *Derreta o gelo no sal, una os tronos no mar. Neste reino de intrigas, haverá Fogo e Argila.*

Cyrus enrijeceu.

Aquilo já era demais. Ele estendeu a mão mais uma vez para a parede atrás dele, com seu estado físico piorando a cada segundo. Kamran citara a inscrição do Livro de Arya, um volume antigo conhecido por manter o mapa do mundo atualizado graças a um poder extraordinário. Ele vinha lutando havia dias para convencer o livro a revelar seus segredos, mas sem sucesso.

Ninguém além de Alizeh deveria saber do livro. Cyrus só tinha ouvido falar de sua existência por Iblees. Assim, uma de suas tarefas era descobrir a natureza da suposta magia de Alizeh, e ele recebera a ordem de roubar a relíquia do pequeno quarto dela na Casa Baz.

— Como ficou sabendo disso? — Cyrus perguntou, lutando para reprimir o pânico.

Kamran apenas sorriu.

— Ela já deve suspeitar que seu império será unido a outro... E sabemos que não será o seu — disse ele de modo implacável. — Na verdade, ficou claro para mim agora, mais do que nunca, que eu e ela estamos fadados a ficar juntos. Foi praticamente previsto.

— *Como ficou sabendo disso?* — Cyrus repetiu, desta vez perdendo o autocontrole. Sentiu que poderia sufocar com a própria fúria, tão confusa estava sua mente. O diabo o convocara naquela manhã para celebrar sua derrota, e agora parecia óbvio que tudo desmoronaria... Ele estava demasiado fraco, demasiado ferido, demasiado exausto para suportar aquilo.

— É do Livro de Arya — disse Hazan, que agora olhava para o rei com alguma preocupação. — Encontramos entre os pertences de Alizeh.

— *Pelos infernos* — exalou Cyrus. Ele fechou os olhos, seu corpo deslizando lentamente pela parede. Por fim, jogou-se sentado sobre o tapete grosso e passou as mãos pelo rosto. — Você encontrou a isca.

— Isca? — Kamran questionou. — Que isca?

— O que você encontrou foi uma imitação — disse Cyrus, levantando a cabeça. — Trata-se de um livro fisicamente idêntico, pelo menos por fora, ao original.

— Onde está o original? — Hazan perguntou com urgência.

— Comigo.

— O quê? Por quê? Como...

— Não — disse Cyrus com veemência, balançando a cabeça. — Não vou suportar mais nada disso. Comecei minha manhã sendo alvejado quase até a morte, então, se me derem licença, acho que preciso me afastar dos muitos deleites da sua companhia. — Ele os examinou. Então, com um suspiro: — Se não posso matá-los e todos vocês se recusarem a ir embora...

— Enfim tomaremos o café da manhã? — Omid animou-se.

— Vou acomodá-los todos em quartos! — Sarra bateu palmas. — Oh, não recebemos convidados há séculos! Será muito bom sair da rotina. — Ela sorria com tanto carinho que, por um momento, Cyrus se perguntou se o entusiasmo da mãe era genuíno. — Vocês ficarão bastante confortáveis; eu cuidarei disso pessoalmente.

Omid abriu a boca para falar de novo, e Cyrus murmurou um palavrão antes de dizer:

— Sim, pelo amor de Deus, vamos lhe dar o café da manhã...

Neste mesmo instante, houve uma batida forte na porta da sala de jantar.

— Entre — Cyrus ordenou com raiva.

O mordomo, Nima, entrou e curvou-se apressadamente.

— Majestade — disse ele. — Um trio de Profetas chegou para vê-lo.

A cabeça de Cyrus ergueu-se, e sua adrenalina disparou.

— O quê?

— Eles solicitaram uma reunião imediata, senhor.

Cyrus levantou-se do chão. Sentiu-se atordoado; havia meses que os Profetas se recusavam a falar com ele. Na verdade, já fazia tanto tempo que ele não se comunicava com um de seus antigos professores, que seu coração se encheu de alegria e medo ao mesmo tempo. Se eles próprios tinham vindo entregá-la, a notícia devia ser terrível. Cyrus estava paralisado, lutando para processar aquilo, quando ergueu os olhos e encontrou Hazan parado ao seu lado.

— Se for sobre minha rainha — disse —, eu o acompanharei.

PARTE DOIS

NO INÍCIO

در آغاز

O sol de verão brilhava, inclemente, no céu azul. O calor estava tão forte que parecia atravessar a pele e agarrar-se aos ossos. Uma mistura de zumbidos enchia o ar, e os insetos voavam em frenesi. Havia o cheiro de grama, o bater ocasional de asas e o farfalhar de tecido quando Cyrus se mexia na grama alta. Pelo menos uma dúzia de vezes ele vira mosquitos pousarem em várias partes do seu corpo, e pelo menos uma dúzia de vezes ele lutara para se lembrar de que não deveria matá-los, apenas afastá-los com delicadeza. O método não era infalível.

Coçando distraidamente uma picada no braço, ele olhou para o sol e depois para o horizonte. Encontrava-se no centro de uma campina, com extensões de grama saliente ao redor, interrompidas apenas por uma variedade selvagem de papoulas vermelhas, cujos caules às vezes se curvavam com a brisa fraca e bem-vinda. Cyrus encostou-se na borda de um favo de mel em escala humana; tratava-se de uma enorme recriação em madeira das icônicas câmaras hexagonais, uma das várias situadas no extenso campo traseiro das terras dos Profetas. Cyrus não sabia bem quando os outros retornariam e já começava a perder a compostura. Tamborilou de modo impaciente os dedos na coxa e depois puxou a gola da pesada capa preta.

— Inquieto demais. — Ele ouviu uma voz firme e profunda.

Cyrus parou e depois virou-se com cuidado para encarar seu professor.

O homem mais velho, Rostam, permanecia inabalável sob aquele calor de derreter, com o capuz puxado para trás revelando a cabeça raspada, a pele bronzeada e a calma imperturbável de alguém que parecia estar parado na sombra. Rostam não se perturbava. Nem se mexia.

Cyrus, entretanto, não sabia quanto mais poderia suportar. Havia pouco tempo que o segundo filho da realeza tulaniana tinha comemorado seu décimo quarto aniversário, e ainda não se sentia totalmente à vontade em seu corpo. Também ainda não controlava sua mente e não dominava a arte da comunicação silenciosa; por isso, sua voz era uma das poucas que ressoavam pelo campo.

— Estamos esperando há três horas — disse Cyrus, tomando cuidado para que seu tom não registrasse a declaração como uma reclamação.

Rostam inclinou a cabeça.

— Três horas — repetiu ele. — E tudo que você fez foi esperar?

Cyrus sentiu uma pontada de desconforto.

— O que você estava esperando, pequenino?

Mesmo sabendo que a pergunta devia significar mais alguma coisa, ciente de que havia algo que ele não estava entendendo, Cyrus sentiu-se compelido a responder com honestidade.

— Estou esperando os outros chegarem.

Isso não provocou nenhuma resposta por parte de seu professor, por isso ele acrescentou:

— Eles devem retornar das montanhas com uma nova produção de cristais. Devemos limpar e separar a colheita antes de extrair a magia.

Rostam fixou no jovem príncipe um olhar penetrante, e Cyrus ficou cada vez mais apreensivo. O professor repetiu, de novo em voz baixa:

— O que você estava esperando?

Desta vez, Cyrus não respondeu de imediato.

Ele já estava no templo havia tempo suficiente para saber quando estava sendo desafiado e, embora tivesse murchado sob o olhar implacável de Rostam, não tirou os cachos crescidos do rosto, molhados do suor que escorria pela linha do cabelo. Ele não vacilou, apesar da criatura zumbidora que pousara em sua mão. Canalizou toda a sua energia para manter o fingimento de calma quando, mais do que tudo, Cyrus queria arrancar sua capa e jogá-la no chão. Queria correr para casa e mergulhar nas cataratas, queria nadar com seus dragões até a lua subir alto no céu.

Cyrus queria voar naquela noite.

Queria adormecer nas costas de Kaveh, abrir os olhos e admirar as estrelas. Queria que já fosse o dia seguinte, quando aquela tarefa infernal estivesse concluída, e os cristais estivessem prontos para extração, pois assim ele poderia tentar de novo libertar a magia e colocá-la em suas mãos e... E, então, ele entendeu. Como uma lâmpada bruxuleante, ele se iluminou e depois ajustou a claridade.

— Eu estava esperando — disse Cyrus — que isso acabasse.

Uma centelha de aprovação acendeu-se nos olhos de Rostam.

— E onde você estava nessa espera?

Com toda calma, ele disse:

— No futuro.

— Três horas de sua vida perdidas.

— Perdoe-me — disse o jovem príncipe, abaixando a cabeça. — Fui consumido por pensamentos sobre meus desejos e meu conforto, quando vim aqui hoje para estar presente para os outros.

Houve um momento de silêncio antes de Rostam erguer o queixo do menino. Cyrus aos poucos encarou o olhar de seu professor.

— Você não precisa de perdão. Precisa de perspectiva.

Cyrus piscou para ele, sem fazer a pergunta.

Rostam recuou e abriu as mãos, deixando as palmas paralelas ao chão. Lentamente, ele fechou uma das mãos, e uma brisa suave soprou em direção a eles. Cyrus sentiu a lufada de ar fresco envolvendo seu pescoço, levantando seus cabelos úmidos, deslizando sob seu manto queimado de sol. O prazer foi tão instantâneo que cambaleou um pouco quando Rostam ergueu a outra mão, virando a palma para o céu, onde uma nuvem apareceu, lançando-os de repente sob a sombra.

O jovem príncipe aproveitou essa pausa por vários segundos antes que Rostam dissesse gentilmente:

— Você não deve resistir à vida quando ela se torna inconveniente. Não pode fugir do medo. Não deve ignorar a dor. Você não sobreviverá à morte.

Cyrus teve uma estranha sensação de mau pressentimento.

— O que quer dizer com isso?

— Você passou três horas em estado de angústia, focado apenas em uma emoção, na esperança de descartar essas horas de sua vida como se seus desconfortos pudessem desaparecer com elas. Mas a vida não pode ser experimentada com uma emoção de cada vez. É uma tapeçaria de sensações, uma corda trançada de sentimentos. Devemos permitir a reflexão mesmo quando sofremos. Devemos buscar a compaixão mesmo quando triunfamos. Se você passar os dias esperando pelo fim de suas tristezas para que você possa finalmente viver... — Ele balançou a cabeça. — Você morrerá sendo um homem impaciente.

Cyrus apenas olhou para ele com o coração batendo forte. Rostam estalou os dedos e a brisa desapareceu; a sombra evaporou. Mais uma vez, Cyrus sentiu o sol impiedoso recair sobre ele, um calor tão opressivo que ele começou a transpirar na mesma hora. Mas, em vez de lutar contra o sentimento, ele se rendeu.

Fechou os olhos e procurou a brisa. Gotas de suor escorriam por suas costas. Exalava com quietude, liberando a tensão de seu corpo. Enfim, sentiu a carícia suave de uma corrente, a grama alta balançando contra suas pernas. Ouviu o zumbido áspero de uma vespa. O ar estava abafado, seu manto era sufocante. Ele abriu as mãos para pegar mais vento nas palmas e ouviu o borbulhar de uma pequena fonte ao longe. Havia pássaros, o suave bater das asas de uma borboleta.

Aos poucos, o mundo ao seu redor pareceu se acalmar, e seus espinhos se retraíram. Embora estivesse queimado de sol e sedento, Cyrus enfim se sentiu presente. Quando, depois de um tempo, abriu os olhos, descobriu Rostam observando-o com curiosidade e um odre de água na mão estendida. O príncipe aceitou essa oferta com profunda gratidão antes de dar um longo gole.

— Você não está pronto para suportar o calor sem água — disse seu professor. — Mas demonstra grande coragem para alguém tão jovem.

Cyrus prendeu a respiração, abaixando um pouco a cabeça enquanto limpava a boca.

— Obrigado, senhor — disse. — Estou muito agradecido.

Rostam desviou o olhar enquanto Cyrus tomava outro gole e, quando olhou para trás, disse:

— Você sabe por que precisamos nos dominar primeiro, antes de dominar a magia?

— Sim, senhor.

Cyrus devolveu o odre vazio e, como um aluno ansioso, repetiu a antiga frase Fesht:

— Bel nekan nostad, nektoon bidad.

Se não confiar, não virá.

— A magia não será liberada para uma pessoa de coração e mente doentios — explicou o príncipe. — Os Profetas atuam como intermediários entre o reino extraordinário e o comum, liberando a magia de seus cristais para que seu poder possa existir com segurança em nosso mundo.

— O que você disse está correto — afirmou Rostam, cujo semblante não mudara. — Mas você ainda não respondeu à minha pergunta. Mais uma vez: por que precisamos nos dominar primeiro, antes de dominar a magia?

Cyrus, que tinha certeza de ter dado uma resposta suficiente, nesse momento vacilou.

— Eu não... Não tenho certeza, senhor.

— Você ainda não viu como um homem pode ser destruído pela fraqueza da carne — disse Rostam, seu timbre baixo e firme. — Desejo, poder, riquezas, imortalidade. Você ainda é jovem e puro de coração, e o mundo ainda não lhe parece um lugar disforme. Mas saiba disto: a magia deixou em seu rastro uma galáxia de estrelas mortas. Nem mesmo os Profetas são imunes ao fascínio do poder.

Como que em resposta a isso, houve uma onda de comoção ao longe, e uma tempestade de patas de dragão atingiu o chão provocando uma série de pequenos tremores. Cyrus foi brevemente distraído pela visão de duas dúzias de Profetas sujos, que acabavam de voltar das minas. Desmontaram das feras em perfeito silêncio, com a estática da magia ainda não refinada estalando ao redor deles enquanto descarregavam suas colheitas. Seu coração disparou com essa visão. Ele só queria poder correr até eles. Rostam pousou as mãos pesadas nos ombros de Cyrus, trazendo o menino de volta ao momento presente. Os olhos de seu professor eram urgentes e, quando ele falou, as palavras trovejaram no silêncio entre eles.

— Domine a si mesmo para que nunca seja dominado. Conheça a si mesmo para poder viver com convicção. Viva com convicção para que seus passos nunca vacilem. — Ele fez uma pausa. — O domínio de si significa nunca temer as consequências de fazer o que é certo.

Rostam soltou seus ombros, e Cyrus sentiu-se estranho ao dar um passo para trás, como se o mundo ao seu redor tivesse ficado embaçado.

Ele piscou repetidamente, com o coração batendo forte em seu peito enquanto um dragão distante soltava um rugido cansado. O príncipe era autoconsciente o bastante para compreender, mesmo naquele momento, mesmo quando não conseguia compreender a magnitude do que seu professor estava dizendo, que precisava prestar atenção.

— Diante do sofrimento — continuou Rostam —, você pode escolher entre suportar ou superar. — Ele gesticulou para o entorno, para a vasta extensão da campina. — Aqui, mesmo em meio ao seu desconforto, existiam elementos de alívio, se você tivesse se dado ao trabalho de procurar.

DEZESSETE

A princípio, havia só perfume.

A fragrância inebriante de flores impregnava o ar e invadia sua mente, e Alizeh, desorientada demais até para saber que estava dormindo, aspirava profundamente o aroma exuberante. Ela lambeu os lábios para sentir o gosto da ambrosia na pele, como se fosse um elixir para seu espírito adormecido. Mesmo durante o sono, sua cabeça estava pesada; seus pensamentos, turvos. Ela não sabia há quanto tempo seus olhos estavam fechados, nem conseguia se perguntar sobre seu paradeiro. Na verdade, Alizeh tinha consciência de pouca coisa além do perfume que a havia despertado de seu estupor; tanto que ela até se esqueceu de ter medo.

Na verdade, era a primeira vez em muito tempo que ela se mexia, esticando os dedos, procurando algo, voltando devagar à consciência. Sentiu o colchão ceder um pouco com o movimento de seu corpo. Então fez uma pausa, pois percebeu o veludo das pétalas sob suas mãos e, ao virar a cabeça com cuidado, seu rosto experimentou a mesma sensação.

Estranho.

Em todos os lugares, seu corpo parecia tocar em flores. Flores roçavam sua nuca, adornavam seus seios, torso e pernas, por toda parte. Com um sobressalto, Alizeh tomou consciência de sua própria nudez, do toque escorregadio e sedoso das pétalas em sua pele, pequenos montes se acumulando nas curvas de seu corpo. Seus sentidos pareciam indicar que ela estava toda submersa em um leito de flores, uma possibilidade tão absurda que só podia significar uma percepção equivocada. Ela então passou a mão pelo corpo e ficou aliviada ao descobrir que não estava tão exposta quanto temia, ainda que mais vulnerável do que gostaria, vestindo uma simples camisola de seda e nada mais. O material delicado, solto e esvoaçante, era o suficiente para que as pétalas encontrassem uma maneira de se juntar, como uma segunda peça de roupa, sobre sua pele.

Foi a descrença que enfim forçou seus olhos a se abrirem.

Uma queimação de lágrimas seguiu-se a essa simples ação e, conforme piscava com a visão embaçada, uma névoa cor-de-rosa tomou conta de sua vista. Cada movimento de seus olhos ia trazendo ao foco uma visão tão surreal que agora tinha certeza de que só podia estar sonhando.

Virou-se para assimilar a situação e engasgou-se. Alizeh estava em uma sala circular de uma altura tremenda, com paredes envelhecidas cor de creme quase obscurecidas por cascatas de grossas e gloriosas rosas cor-de-rosa. O teto distante também era repleto de adornos pesados: mais flores, mais vinhas, mais beleza. Grandes flores voltavam-se para a luz iridescente que penetrava através de par de vitrais antigos. Esses eixos oblongos de cor etérea destacavam, em particular, uma parede curva na qual havia sido construída uma série de estantes do chão ao teto. As estantes desgastadas ostentavam apenas alguns volumes esfarrapados, e, embora em outra situação uma biblioteca tão mal abastecida pudesse ter inspirado alguma melancolia, ali era mais uma fonte de deleite, pois as estantes estavam repletas de flores exuberantes, tão encantadoras que ver tudo aquilo fez o coração de Alizeh disparar.

Ela se forçou a sentar-se, mesmo com a cabeça girando. Pétalas soltas choviam lentamente, fazendo piruetas enquanto caíam, trazendo consigo aquela fragrância deliciosa. Uma pousou sobre seu nariz, e ela pegou a coisinha acetinada, esfregando-a distraidamente entre o polegar e o indicador, maravilhada com tudo ao seu redor.

Nuvens de rosas cor-de-rosa se estendiam pelo chão e desciam por uma escadaria de pedra rústica, que se estendia em direção a uma imponente porta de madeira desgastada. Tudo indicava que ali era a saída. Havia poucas outras pistas sobre sua localização; a cama que ela ocupava era o único artigo independente no quarto. Velha e entalhada, seu acabamento estava desbotado em alguns lugares, desgastado em outros. E a roupa de cama estava, como ela suspeitava, inteiramente coberta de pétalas de rosa. Ela mesma estava inteiramente coberta de pétalas de rosa.

Por *toda* parte. Onipresentes.

Há quanto tempo ela estava deitada ali, sob aquela suave chuva de beleza? Tinha de ser magia, um exímio encantamento, pois não havia espinhos nas videiras, nem sinais de decomposição entre as flores caídas. Ora, mas que magia peculiar era aquela? Para que servia? Ela notou que as cobertas da cama tinham pelo menos dois centímetros de espessura de pétalas caídas; dada a agitação lenta lá de cima, ela suspeitava que devia estar ali, naquele curioso lugar, há pelo menos alguns dias. O mais estranho de tudo: Alizeh percebeu, em choque, que não sentia frio.

A sensação gélida em seu corpo era sempre tão forte que ela só conhecia a existência com o incômodo físico. Estava sempre tensa, com frequência rígida. Em algum grau, tal dor persistira nela desde seu nascimento; na infância, ela lutara contra o frio, mas ainda não tinha experimentado a agonia completa até seus pais morrerem e o gelo tomar conta dela. Levara muito tempo para aprender a viver com aquele sofrimento constante, e Alizeh nunca se atrevera a esperar que um dia se livraria dele. Mas, agora, ela se sentia confortável no próprio corpo pela primeira vez desde a morte de seus pais. Nunca imaginara que sentiria de novo o calor morno correndo em suas veias.

Ela tentou, então, reunir suas memórias; precisava entender como tinha chegado ali. Porém, a mente de Alizeh parecia confusa e empoeirada; irregulares, seus pensamentos custavam a ganhar forma. Ela tentou organizar as informações, mas sua cabeça, desordenada como estava, apenas fez emergir um golpe doloroso e impiedoso de emoção. Em uma rápida sequência, vislumbrou sua mãe em vários estágios de tristeza, com os sons e as sensações tão vívidos que ela quase se curvou de dor. As cenas iam se modificando, mas agonia aumentava em um crescendo:

Alizeh aos seis anos, descobrindo sua mãe chorando no chão da cozinha com uma carta amassada entre os dedos;

aos oito anos, acordada no meio da noite por batidas na porta, Alizeh andando na ponta dos pés até o corredor, onde vira a mãe chorando nos braços de seu pai;

aos onze anos, depois da descoberta do corpo de seu pai no fundo de um poço, e a dor do luto persistindo em seus corpos independentemente de quanto chorassem;

aos doze anos, com tudo em chamas, sufocando por fumaça, sua mãe gritando, e ela conseguia sentir o cheiro; o cheiro da carne chamuscada de sua mãe, pegando fogo ainda viva em seus braços...

Alizeh emitiu um som como se tivesse sido atingida, como se o ar tivesse sido arrancado de seus pulmões. A dor era tão extraordinária que a chocou. Lágrimas haviam corrido de forma silenciosa por seu rosto, e ela as enxugou com os dedos trêmulos enquanto tentava respirar. Essas memórias involuntárias do luto eram cruéis e reconfortantes ao mesmo tempo, porque Alizeh não queria esquecer. Às vezes ela sentia como se seus pais tivessem desaparecido para todos, exceto para ela. É verdade que não podia mais vê-los, mas parecia carregar seus ossos em suas costas, sua dor em seus ombros, sua esperança em seu coração.

Com frequência, ainda pensava ouvi-los sussurrando.

Ali mesmo, naquele momento, ela achou ter ouvido sua mãe, as palavras dela como uma carícia em sua face...

Não tema, minha querida, a queda

... e foi aí que as janelas se abriram de repente. Rangeram, depois bateram na esquadria com violência, fazendo com que flores caíssem por todos os lados. Outra rajada de vento fechou de novo as janelas com um estranho ranger, e um instinto faiscou dentro de Alizeh. Trêmula, ela saiu da cama com uma energia que não tinha.

Pétalas de flores rodopiavam ao redor dela como em um pequeno ciclone enquanto ela se firmava sobre o chão de pedra. Depois, apoiou-se na cabeceira da cama para estabilizar o corpo. Mesmo em meio à confusão, não estava cega à beleza do momento, ao fluxo etéreo de rosas que a envolviam, à rajada de vento que havia deixado tudo em frenesi. Ela ficou ali, presa naquele redemoinho que se instalava lentamente, quando sua mente enfim sacudiu uma camada de poeira. Com o coração batendo forte no peito, ela foi bombardeada pela clareza.

Hazan.

Seus primeiros pensamentos se voltaram para ele. Ela sabia que havia mais a lembrar, mais para desvendar em sua mente; mas, por enquanto, a imagem de Hazan serviria como sua Estrela do Norte. Ele viera atrás dela, ela se lembrou. O que significava que ele devia estar em algum lugar por perto, em Tulan... Mas... Onde estava *ela*?

Ainda estava em Tulan?

Ela se virou, procurando mais uma vez qualquer indicação de seu paradeiro. As janelas eram altas demais; mesmo que ela movesse a cama, não alcançaria o parapeito. Ela mordeu o lábio, refletindo. Se subisse nas estantes, poderia pegar um daqueles livros, e o conteúdo talvez lhe desse alguma pista. Ela semicerrou os olhos para ver as poucas lombadas legíveis, mas pareciam ser tomos antigos, escritos em um idioma que ela não reconheceu. Franzindo a testa, estudou suas óbvias rotas de fuga mais uma vez: havia uma porta e uma janela.

Mas para onde ela iria? Como poderia encontrar Hazan? E havia outros, não havia? Os amigos dela, sim... Onde eles...

Ela levou a mão à boca.

Ela se lembrou, com uma pontada de medo, da raiva nos olhos de Kamran. Ela se lembrou do terror que havia nos de Cyrus, ela se lembrou... Céus, ela se lembrou de tudo. Do caos. Do horror.

Da *dor*.

Kamran a havia atingido com uma flecha destinada a Cyrus. Ela a sentira perfurar suas costas, sentira o ardor insuportável, a paralisia na parte inferior do corpo, a queda para uma morte certa.

Não tinha morrido?

Desse evento final ela não tinha nenhuma lembrança forte, nem conseguia se lembrar do que viera depois. Mas, de repente, ficou desesperada por respostas.

O que acontecera depois de ela despencar pelos céus?

O sol, ela notou, parecia ter mergulhado na tarde, mas ainda havia luz no céu suficiente para meio dia de viagem. Poderia abrir a porta ou escalar a parede; qualquer um dos caminhos poderia se mostrar terrivelmente complicado. Ela ainda estava tentando decidir entre os dois, quando, de repente, ouviu uma batida delicada na porta.

Alizeh congelou; seu coração batendo ainda mais forte.

Muito lentamente, ela se virou para encarar o barulho. Sempre esperava pela paz, mas nunca temera a batalha. Mesmo naquela camisola leve, ela lutaria se necessário.

Alizeh plantou os pés descalços firmemente no chão e ergueu o queixo. Quando falou, sua voz soou suave e clara na sala cavernosa.

— Pode entrar — disse.

DEZOITO

Houve um rangido de madeira e metal quando a porta foi aberta, e através da fresta estreita apareceu primeiro uma mão delicada, depois um pé calçado e, enfim, um rosto familiar.

— Aliz... Quero dizer, Vossa Majestade! Está acordada? Disseram-nos que estava, e, ah, espero sinceramente...

— Srta. Huda? — perguntou Alizeh, assustada. — É você?

A jovem deu um gritinho estranho, semelhante ao de um pássaro, bateu a porta atrás de si, tapou a boca com as duas mãos, depois subiu correndo as escadas de pedra e praticamente atacou Alizeh, finalizando a série de comportamentos nada refinados. Alizeh riu daquilo, depois enrijeceu ao ser abraçada com força, pois não estava usando nenhuma roupa íntima e não sabia como se desvencilhar do abraço sem ferir os sentimentos da jovem.

Por fim, a srta. Huda recuou, com o rosto brilhando de emoção.

— Você está acordada! — exclamou. — Não tem ideia de como estávamos preocupados! E você não deve mais me chamar de *senhorita*, apenas Huda está ótimo, e, de qualquer forma, somos amigas agora, não somos?

— Sim — balbuciou Alizeh. — Sim, claro que somos amigas.

A mente de Alizeh estava tumultuada. Seus medos eram tão emaranhados, e sua confusão tão grande, que ela mal conseguia escolher qual pergunta fazer primeiro. Mas então algo a distraiu. Havia algo diferente em Huda, algo vívido e belo, e Alizeh se viu observando a amiga, tentando entender aquela transformação antes de perceber que a explicação era bastante clara e direta.

— Huda — ela disse, suspirando —, você está encantadora!

O rosto da jovem ruborizou-se enquanto ela pressionava, nervosa, as mãos contra a barriga. Huda estava radiante em um deslumbrante vestido de veludo, cuja costura Alizeh não pôde deixar de admirar. O tecido azul-escuro era do mais alto calibre, com detalhes requintados e pontos indetectáveis. A peça acentuava suas curvas de uma maneira tão elegante que Huda parecia ser da realeza. Era exatamente o tipo de roupa que Alizeh poderia ter desenhado para ela se tivesse tido oportunidade. Huda possuía uma silhueta escultural demais para ser sobrecarregada com as últimas modas, e agora, liberta das amarras dos estilos atuais, ela era uma nova pessoa. Até mesmo seu cabelo escuro, muitas vezes preso para trás em um coque severo, estava agora penteado em um coque baixo e mais solto, com mechas habilmente escolhidas emoldurando as feições graciosas de seu rosto. Seus olhos pareciam maiores, e sua tez bronzeada mais viçosa. Tudo em seu conjunto permitia que suas melhores características se destacassem, mas...

Mais do que isso, Huda parecia *feliz*.

— Você acha mesmo? — ela disse, passando a mão pela saia. — Sarra diz que o vestido combina comigo, embora eu não esteja inteiramente... Meu Deus, veja só como me desconcentro facilmente! — Ela balançou a cabeça e pegou as mãos de Alizeh. — É a sua cara, não é mesmo, superar uma horrível dificuldade e ser tão bondosa comigo. — Huda sorriu. — Por mais que eu adore discutir questões do meu guarda-roupa com você, querida, devo primeiro dizer-lhe quanto estou contente de vê-la acordada. Não acreditei quando me disseram que você tinha despertado, não no começo, já que esperamos semanas e semanas sem nenhuma palavra, e estávamos todos terrivelmente angustiados, e os Profetas, sabe, não facilitaram as coisas, sempre nos mandando avisos com aquele jeito estranho, dizendo que só conseguiriam manter a paz por certo tempo...

— Semanas? — Alizeh empalideceu. — Quantas semanas? E o que você quer dizer com "Profetas"? E Sarra... — Ela franziu a testa. — O que você sabe sobre Sarra?

Foi a vez de Huda empalidecer.

— Oh, céus. Eu a mencionei, não foi? *Por favor*, não me diga que sou a primeira a ver você?

Alizeh mal conseguia respirar devido à confusão em seu peito.

— Sim — ela disse. — Você é a primeira.

— Ah, querida... — Huda sussurrou.

— O que está acontecendo? — Alizeh perguntou, recuando. — Onde estou? Onde está Hazan? Onde estão... Todos os outros?

Huda ficou imóvel, com os lábios hesitantes. Ela então contorceu as mãos, olhando ao redor, nervosa, e saltou quase trinta centímetros no ar quando ouviu uma batida repentina na porta. Houve o ranger da madeira velha, então...

— Senhorita... Podemos entrar também? Eles disseram que ela está...

— Ainda não! — Huda girou rápido demais, falando muito alto. — Preciso de mais um momento a sós com ela; mas, depois disso, vocês podem aparecer para dizer olá...

— Mas... Senhorita... Deen e eu realmente...

— Feche a porta, Omid! — ela praticamente gritou.

Ouviu-se o som de um suspiro sofrido, depois outro ranger antes que a porta se fechasse de modo pesado.

Huda olhou para Alizeh e, então, com um terrível sorriso, disse:

— Talvez você devesse se sentar.

— Eu prefiro não fazer isso.

— Sim, bem, então talvez eu deva me sentar — disse, largando-se pesadamente sobre a cama. Huda fechou os olhos, respirou fundo e depois tossiu, o rosto azedando quando os olhos se abriram. — Meu Deus, como você consegue respirar aqui dentro? Mal consigo pensar direito com todo esse perfume.

De todas as coisas que Huda poderia ter dito, aquela foi a observação mais indesejável.

— Acho tão gostoso — disse Alizeh, franzindo as sobrancelhas. — Você não gosta do cheiro de rosas?

— Um pouco, talvez, desde que não seja tão ofensivo para os sentidos — respondeu Huda, olhando ao redor da sala com repulsa. — Mas temo que este seja forte demais.

— Eu gosto — disse Alizeh, que se sentia estranhamente na defensiva. Ela balançou a cabeça. — Por que estamos falando das flores?

— Não sei, querida — disse Huda, magoada. — Estou tão nervosa.

— E como você imagina que estou me sentindo?

— Melhor, espero? — Huda ergueu as sobrancelhas. — Melhor que com a flechada nas costas, com certeza. Não consigo imaginar que tenha sido muito confortável.

Ela riu; Alizeh, não.

— Sim, bem... — Huda apressou-se. — Não conheço *todos* os detalhes, é claro, pois não costumo ser convidada para as reuniões importantes, sabe... — Ela ergueu o queixo. — Todo mundo é tão odiosamente metido por aqui, como se eu não fosse confiável! Como se eu fosse revelar todos os segredos do império!

Alizeh lançou-lhe um olhar significativo. Huda cruzou os braços.

— E daí se eu às vezes divulgo minhas descobertas? Um pequeno segredo compartilhado entre amigos não é algo tão horrível, é? Se compartilhassem mais comigo, eu não ficaria tão inclinada a bisbilhotar!

— Você esteve bisbilhotando?

Ela deixou cair os braços.

— Só um pouquinho, de forma totalmente inocente!

— Huda...

— Talvez mais tarde possamos conversar sobre todas as cartas discretas que o príncipe Kamran tem escrito... — Ela arqueou as sobrancelhas. — E sobre todas as viagens misteriosas que o rei Cyrus tem feito...

— Você tem *mesmo* bisbilhotado.

Os olhos de Alizeh se arregalaram. Huda deu um sorriso reluzente.

— Eu não sou tão inútil, sou? Não me importo com o que mamãe diga sobre mim. De qualquer forma, para responder a uma pergunta importante: estamos na Residência dos Profetas de Tulan. Acontece que a razão pela qual você estava se sentindo tão mal naquela manhã... — ela fez aspas no ar — ... "desagradável" era porque você estava envenenada por uma magia das sombras. — Huda mordeu a unha. — E é por isso que você demorou tanto para se curar. Você está aqui no templo há quase quatro semanas...

— *Quatro semanas?* — Alizeh gritou. — Estive dormindo por quase um mês?

— Oh, tem sido uma tortura para todos nós, posso garantir! Certamente não mais torturante do que foi para você... — Ela se apressou para acrescentar. — Não quero dizer que tenhamos sofrido mais do que você! Quero apenas dizer que sofremos bastante, pois, mesmo com a intercessão dos Profetas, não foi um tratamento simples. Ninguém tinha certeza de quanto tempo sua cura levaria, e essa incerteza tornou tudo ainda mais difícil. Eles tiveram que, hum... — Ela mordeu mais uma cutícula. — Sangrar a magia ruim do seu corpo...

Alizeh respirou fundo.

— Sim, é nojento! Grotesco, até! Embora eu não saiba se eles *de fato* a fizeram sangrar, na verdade... Mas parece horrível, simplesmente horrível... E, de qualquer maneira, querida, ninguém consegue descobrir por que você estava com aquele veneno no corpo e, bem... — Ela se encolheu. — Naturalmente, todos têm brigado por causa disso...

— Entendi... — O coração de Alizeh tinha disparado.

Huda suspirou, tirou os dedos da boca e olhou para Alizeh.

— Os meninos têm sido horríveis. Eu os odeio agora! Não Deen e Omid, é claro, mas os outros vivem brigando, confabulando, resmungando e sendo *ridículos*. E pensar que quase desmaiei quando vi Kamran pela primeira vez! — Ela apertou o peito. — A maneira como ele se comportou diante da multidão naquele baile horroroso! Pensei que morreria ali, naquele círculo de fogo e, de repente, lá estava ele... Caminhando em minha direção como um herói, chamando-me de dama! Pelos céus, Alizeh, pensei que nunca tivesse visto ninguém mais magnífico em toda a minha vida. — Huda baixou a mão e fez uma cara de nojo. — Acredita que, como fui criada na cidade real, sempre sonhei em conhecê-lo?

Alizeh ergueu as sobrancelhas. Ela ainda estava tentando digerir o fato de que estivera meio morta por um mês quando disse, fracamente:

— Sim, acredito que seja bastante comum ser apaixonada pela realeza.

Huda riu.

— É generoso da sua parte pensar dessa maneira. Meu estômago revira-se quando me lembro dos sonhos bobos da minha adolescência... Toda vez que minha mãe era horrível comigo, ou quando minhas irmãs eram cruéis, ou eu descobria que meus travesseiros estavam cheios de entranhas de rato...

— Entranhas de rato?

— Sim, entranhas de ratos era o truque menos original — disse ela, franzindo os lábios. — De qualquer forma, toda vez que alguma coisa terrível acontecia, eu me trancava no meu quarto, depois no meu armário e depois na minha cabeça, onde morava o mais estúpido de todos os meus sonhos... Eu imaginava que um dia conheceria o magnífico príncipe, e ele seria tudo de bom e de glorioso e... — Ela hesitou, parecendo de repente assombrada pela memória. — Bem, suponho que pensei que ele seria diferente. Mais gentil do que todos os outros.

Ela ficou quieta por um momento, lutando contra uma explosão de emoção antes de voltar seu olhar para Alizeh.

— Que bom que está tudo resolvido, não é? — ela disse com um sorriso forçado. — Aliás, você se lembra de ter sido envenenada? Acho que resolveria muitos dos nossos problemas se você conseguisse se lembrar se alguém a envenenou.

Alizeh piscou para a jovem e depois se sentou na cama, ao lado dela. Sentia-se atordoada; sua mente estava agitada, *sem rumo*. Tinha sido envenenada? Não sabia. Não conseguia lembrar. Estivera mesmo dormindo por quatro semanas? O que acontecera ao mundo em sua ausência? E quanto ao seu povo, ao qual tinha feito promessas?

Seu coração estava acelerado, seu pânico se multiplicava. Sem pensar a respeito, Alizeh colocou um braço em volta do ombro de Huda e a apertou, mantendo-se firme enquanto a jovem senhorita cedia a esse conforto. Alizeh ouviu Huda fungar profundamente, retraindo os sentimentos que haviam escapado. As duas estavam olhando para a janela em silêncio quando Alizeh disse, baixinho:

— Se alguém colocar entranhas de rato em seus travesseiros de novo, eu o mato.

Huda sufocou uma risada chocada e solta. Alizeh sabia que não tinha sido fácil para Huda ser criada na alta sociedade como a filha indesejada de uma mulher malvista; não ajudava em nada o fato de Huda ter herdado as curvas de sua mãe, o que a distinguia com facilidade de suas irmãs. A silhueta de Huda era voluptuosa de uma forma que poderia deliciar os piores abutres predadores, ao mesmo tempo que levava sua madrasta à loucura e à crueldade. Alizeh prestava atenção suficiente a Huda para saber que sua fachada barulhenta e irritante escondia uma dor esmagadora... E também uma profunda ternura inexplorada.

Por que outro motivo a garota a teria seguido até ali?

— Nunca a agradeci por ter vindo me salvar — disse Alizeh, com um sorriso fraco. — Considere isso um reembolso por sua gentileza.

Huda riu de novo, desta vez mais alto. Ela enxugou os olhos e disse:

— Meu Deus, não sei por que me transformei em um regador. Tudo isso é um pouco demais para mim, suponho. Um mês de preocupação, depois um grande alívio, e agora uma oferta generosa de assassinato...

— Para que servem as amigas, senão para matar nossos inimigos?

Huda teve um ataque de riso.

— Oh, não seria ótimo se pudéssemos escolher nossas irmãs? Eu trocaria todas as minhas cinco por apenas uma de você.

Alizeh recuou.

— Você tem *cinco* irmãs?

Huda assentiu enquanto seus ombros tremiam e sua risada diminuía lentamente.

— Eu sou a caçula, acredita? As filhas mais novas deveriam ser muito mimadas, não é? Mas mamãe diz que nasci podre e não precisei de nenhum mimo para acabar assim.

Huda ainda sorria enquanto falava, mas Alizeh enrijeceu. Ela se virou com cuidado para encarar a amiga, pois estava se lembrando de uma conversa alarmante que tinham tido uma vez... De algo que Huda havia lhe dito...

Se mamãe descobrir que eu a contratei para fazer um vestido, serei reduzida a pouco mais do que um saco ensanguentado e contorcido na rua, pois ela literalmente arrancará todos os membros do meu corpo.

O *nosta* não tinha ficado nem quente nem frio diante daquela horrível declaração, levando Alizeh a acreditar que Huda não sabia de fato se sua mãe poderia agir com tamanha violência. Alizeh estava começando a se preocupar com o fato de a vida doméstica de Huda ser muito pior do que sua língua afiada e seu ar imperturbável levavam os outros a acreditar. Ela pensou em testar o *nosta* de novo agora, em fazer a Huda uma pergunta direta sobre sua mãe. Mas então percebeu, com uma nova onda de pânico, que não tinha mais nada em seu corpo além da camisola de seda. Todos os pertences de Alizeh haviam desaparecido: o manto, o vestido, as botas, o espartilho...

O *nosta*.

Será que teria caído de suas roupas naquela queda mortal? Ou será que os Profetas o tinham confiscado enquanto cuidavam de seus ferimentos? Como ela poderia saber? Talvez pudesse perguntar a um dos sacerdotes? Sua mente espiralava, e suas incertezas aumentavam...

— De qualquer forma, querida, seria ótimo se você pudesse tentar se lembrar. Você ao menos acha possível que alguém a tenha envenenado?

A cabeça de Alizeh disparou ao ouvir isso. Ela mal conseguia pensar direito, muito menos lembrar de algo útil. Aquela conversa havia lhe causado tantos desafios emocionais que agora se esforçava até mesmo para passar de um pensamento a outro, e, ainda assim... Por mais triste que fosse... Um possível atentado contra sua vida era a menos chocante das preocupações de Alizeh. Ela quase fora assassinada tantas vezes que um evento desses não era mais motivo de surpresa. Na verdade, estava se tornando bastante rotineiro.

— Sim — ela disse, piscando. — Sim, suponho que seja possível.

— Nesse caso, devo dizer, por mais relutante que eu esteja em concordar com o terrível humor de Kamran, que Cyrus *parece* ser o suspeito mais provável de tal crime, não importa quantas demonstrações dramáticas ele tenha feito por toda a cidade. — Huda gesticulou com desdém.

Alizeh tornou-se lentamente eletrificada.

Ela sentiu o tremor da consciência primeiro em seus dedos, depois em seu peito e em outros lugares, seu corpo ganhando vida com uma vibração aterrorizante de sentimentos. Seu coração batia rápido enquanto ela olhava ao redor, para as flores infinitas; a beleza imensurável e devastadora. Suas palavras saíram suspiradas quando ela disse:

— Cyrus fez isso?

DEZENOVE

Cyrus sentava-se no topo do velho telhado coberto de musgo de um anexo bem no limite da fronteira com a Residência dos Profetas, e a umidade da esponja embaixo dele ia lentamente penetrando em seu manto. Ele puxou os joelhos até o peito, reprimindo um arrepio sob o sol fraco lá em cima. Enormes nuvens pairavam sobre Cyrus, circundando o terreno com tamanha densidade esbranquiçada que ele mal conseguia ver o templo lá embaixo — embora pouco importasse. Ele conhecia aquela propriedade melhor do que sua própria casa. Bastava-lhe fechar os olhos para imaginar o quarto em que ela se encontrava, para imaginar detalhadamente suas dimensões e contornos. Quantos anos ele vivera ali em sua adolescência? Quantas vezes — *incontáveis* — correra livremente para os braços de seus professores? Antigamente, sua vida não passava de orações e mágica, silêncio e contemplação.

Agora...

Agora ele era apenas uma sombra atormentada do que tinha sido um dia. Sua alma estava desfigurada; suas mãos, chamuscadas pela escuridão.

Ele olhou para o jornal que segurava, de onde a manchete parecia gritar para ele:

**ALERTA EM TODO O MUNDO COM
A IMINENTE REVOLUÇÃO JINN**

Era um exemplar do *Daftar*, o jornal mais importante de Ardunia. Cyrus vinha recebendo cópias dessa e de outras publicações havia meses, pois era seu costume manter-se atualizado sobre as notícias internacionais. Nutria um interesse particular nas manchetes do norte, pois Ardunia era há muito tempo sua maior ameaça, mas o próprio Cyrus não fora o foco do interesse estrangeiro até seu primeiro e tenebroso mês como rei, um período de sua vida tão sombrio que quase seria capaz de eclipsar a era atual.

Quase.

Em quatro semanas, cerca de setenta mil jinns já haviam se reunido em Mesti, a cidade real, e nas províncias próximas. A cada dia, esse número crescia. Apesar dos temores justificados de sua mãe, os jinns vinham em missão de paz, pois não sabiam do estado de saúde de sua rainha. Que Cyrus tivesse conseguido esconder esse fato era nada menos que um milagre. Os Profetas haviam consentido em permanecer em silêncio no que dizia respeito a Alizeh, pois isso garantiria a paz. Mesmo assim, não deixava de ser um risco, pois sacerdotes e sacerdotisas eram incapazes de falar mentiras e não mentiriam se lhes fizessem uma pergunta direta. A magia que ligava os Profetas à verdade era a mesma que lhes permitia detectar uma falsidade. Este último era um talento que Cyrus também possuía até certo ponto, embora sua educação no sacerdócio tivesse sido incompleta e, por isso, suas habilidades fossem imperfeitas.

Ainda assim, ele sabia que não deveria tentar enganar um Profeta. Eles o interrogaram naquela terrível manhã. Com Hazan à espreita, encontrara o trio de Profetas em uma sala de recepção, e a visão de suas lendárias capas pretas e líquidas despertou ondas de pavor e de saudade nele. Em outra vida, ele teria sido um deles, teria abandonado a posição e o prestígio para ocupar os espaços liminares da existência, em que o ego era negligenciado em favor da alquimia e da profecia. Era o que ele sempre havia desejado: dedicar a vida à destilação do *ser*.

Ele olhara para eles, para o rosto encapuzado deles, sua quietude perfeita. Eles emanavam uma energia calma e fortemente blindada, com um pulso constante de magia pulsando dentro deles como um segundo coração. Poderosos e sem nome, os Profetas eram um enigma para a maioria das pessoas; muitos os julgavam assustadores. No entanto, Cyrus sabia que aqueles que eram atraídos pelas profecias eram muitas vezes reservados e apaixonados, satisfeitos em passar a vida fazendo perguntas sobre a terra e o céu. Mesmo assim, já fazia tanto tempo que ele não se via na presença de um Profeta que ficara nervoso.

O rei do Sul os cumprimentou como antes, baixando a cabeça enquanto pressionava as mãos contra o peito. Mas, embora eles tivessem retribuído o gesto, sua desaprovação era palpável.

Ele não era mais um deles.

Mesmo naquele momento, Cyrus não desejava nada além de raspar a cabeça e fugir do mundo; ansiava pela liberdade dos Profetas. Ansiava pelas horas que antes passava em um silêncio sociável, pelas manhãs cansativas escavando magia nas montanhas, pelas noites ensolaradas de verão limpando e separando a colheita de cristais.

Cyrus havia aprendido anos atrás como refinar o material precioso, como conjurar suavemente a magia da pedra, sussurrando encantamentos quando era ainda inexperiente demais para fazer isso em silêncio. Milhares de vezes ele se machucara, quase decepando o braço direito ao invocar o poder rápido demais. Convencer a magia a deixar seu cristal e entrar neste mundo caótico era como domar um dragão selvagem, algo brutal e aterrorizante, e exigia não apenas um autocontrole incomensurável, mas também um coração imenso, pois o poder era sábio e não se deixaria libertar pacificamente nas mãos de uma pessoa que considerasse indigna.

Bel nekan nostad, nektoon bidad.

Uma vez liberada, a magia provava ser uma presença gentil. Tinha a energia de um gato em repouso, o peso de uma rajada de vento que se enrolava no pescoço do seu tratador, cantarolando de prazer.

Cyrus era um raro rei na terra que havia conhecido aquela sensação.

A maioria dos membros da realeza passava a vida como soldado, ou então envolvida em diversão e frivolidades. Tradicionalmente, os nobres recebiam doses de magia dos Profetas como presente, muitas vezes na forma de alimentos, armamento reforçado ou roupas encantadas. Os anos de Cyrus no sacerdócio lhe haviam rendido uma rara autoridade e independência como soberano. Ele tinha acesso a grandes estoques de magia sem precisar da intercessão de um Profeta; por isso, não havia quem interrogasse as formas como ele usava o seu poder. Na verdade, ele era tão habilidoso no manuseio da matéria preciosa, que vivia como os Profetas: sempre pronto para lançar um feitiço.

E ainda havia estoques de magia intocados.

Os cristais mais poderosos eram tão voláteis que eram quase impossíveis de manusear; quanto mais potente o núcleo, mais difícil era extrair a pedra. Algumas variedades eram tão temperamentais que explodiriam se fossem tocadas pela pessoa errada, causando o colapso de uma mina inteira. Ao longo dos anos, milhares de pessoas tinham morrido tentando escavar as veneradas minas... E Cyrus suspeitava, havia já algum tempo, de que a magia de Alizeh era dessa origem intocável. Mesmo os maiores Profetas de Ardunia não conseguiam acessar os cristais das montanhas Arya, e, caso as histórias fossem verdadeiras, se Alizeh fosse de fato capaz de desenterrar tal poder, ela seria reconhecida por todas as ordens sagradas da Terra como a maior Profeta de seu tempo. Sua supremacia seria incomparável.

O mundo se curvaria a ela.

A cada dia, essa teoria improvável ganhava força. Jinns de todos os lugares iniciaram um êxodo em massa. Aqueles que podiam deixavam seus lares, percorrendo grandes distâncias para chegar até sua rainha. Cyrus já havia recebido avisos velados de aliados vizinhos e ameaças diretas de ataque de nações distantes... Simplesmente por abrigá-la.

A existência de uma rainha jinn era praticamente uma promessa de revolução. Alizeh era uma ameaça para os sistemas de opressão em vigor, para a exploração da mão de obra barata de jinns que os impérios mantinham encarcerados, para a ordem social estabelecida na Terra durante milênios. Poucos outros reinos concediam aos seus jinns alguma forma de liberdade. A maioria deles era terrivelmente perseguida, caçada nas ruas, sujeita a sistemas de castas que lhes negavam direitos humanos básicos, ou, então, forçada a trabalhar em campos de prisioneiros onde seus poderes eram controlados por algemas mágicas e um estado sistemático de desidratação. Assim, eles eram explorados para se obter lucro; ali, eles viviam, morriam e tinham seus filhos.

Os impérios do mundo não poderiam permitir que alguém como Alizeh ascendesse ao poder. E, embora o rei do Sul soubesse que a sua trégua com Ardunia era pouco mais do que uma farsa, o resto do mundo a via como uma manobra política. O casamento iminente de Cyrus com uma líder insurgente somada a sua recente aliança com uma força tão poderosa quanto Ardunia, tornavam seu humilde reino um alvo para todo tipo de maldade e ganância.

Ele não sabia por quanto tempo poderia evitar o ataque de algum império enfurecido, mas o pacto entre Tulan e Ardunia provara ser um problema e uma proteção. Afinal, embora a aliança tivesse causado tremores de desconforto em todo o mundo, também era o poder silencioso do lendário exército de Ardunia que atualmente mantinha Alizeh segura em Tulan.

Tornara-se mais claro para ele, naquelas semanas angustiantes, por que os pais dela a mantiveram escondida e por que o diabo tinha sido tão inflexível em relação ao casamento. Desde o nascimento, ela estivera marcada. Sem um aliado, sem um exército, sem um império e recursos — em forma de magia ou *água* —, Alizeh não resistiria sozinha àquelas forças externas. Grandes e necessárias mudanças sempre nasciam da calamidade.

Sua vida estaria sempre em perigo enquanto ela vivesse. Ele estava ruminando sobre esse fato naquela triste manhã, imaginando o alvo real e figurativo nas costas dela enquanto se apresentava diante dos Profetas, com seu corpo vibrando de apreensão.

Por que ele está aqui?

Cyrus ouvira a voz em sua cabeça com um sobressalto, pois ele a reconhecia. O sacerdócio exigia a renúncia à vida material e aos seus títulos mortais — com o tempo, até os nomes próprios eram perdidos —, mas um homem que ele conhecia como Mozafer adiantou-se para falar.

— Ele insistiu em me acompanhar — explicou Cyrus. Ele se virou para Hazan, cujo olhar foi quase violento. — Ele está preocupado com sua rainha.

Não há tempo para isso foi a resposta.

De súbito, a sala de recepção desapareceu. Eles se viram submersos em uma escuridão enfumaçada, na qual nada além de quatro formas eram iluminadas por uma fonte de luz invisível. Hazan não teve permissão para se juntar a eles.

Mozafer não se prendeu a delongas.

A situação é grave, ele disse em silêncio. *A menina não está sarando.*

Cyrus, que já esperava notícias terríveis, ainda assim sentiu uma dor lancinante ao ouvir aquelas palavras.

— O que quer dizer com isso?

O sacerdote avançou e, depois, abriu a mão pálida, sobre a qual brilhava uma camada de pó azulado.

Cyrus ficou visivelmente rígido.

A magia das sombras era a única que deixava resíduo. Esse era o custo de se apelar à escuridão, de agir por egoísmo: os restos tóxicos eram um subproduto da substância impura filtrada para o mundo na forma de um leve veneno. Cada ataque que Cyrus já recebera do diabo fora desferido por meio desse tipo de magia, mas seus restos sempre evaporavam; nunca antes haviam manchado suas roupas.

Encontramos isto no bolso interior do manto dela. Mozafer puxou seu capuz alguns centímetros para trás, revelando a pele muito pálida, para estudar melhor os olhos de Cyrus. *Trata-se de um manto emprestado.*

— É meu — ele confirmou, com o coração disparado. — Mas eu não entendo... Não deveria ter sobrado nenhum vestígio...

Você infligiu a ela um ferimento grave.

— Eu preferiria morrer a machucá-la!

Não importa se você quis fazer mal a ela ou não. Mozafer puxou totalmente o capuz para trás, expondo a cabeça raspada. Seus olhos castanhos eram inabaláveis, mas não cruéis. *O gelo em suas veias a impede de absorver tal veneno. Enquanto em outros seu efeito é leve, nela desencadeia uma reação incomum. Parece que seu corpo prefere se destruir a metabolizar uma magia contaminada.*

Outro golpe de dor, direto no peito.

— O que vai acontecer com ela?

— Não sabemos. Nunca tratamos alguém como ela antes.

— Mas ela vai viver? — Cyrus perguntou, em desespero.

Mozafer hesitou. *Seu corpo parece ter um mecanismo natural de cura, que acreditamos que irá acelerar sua recuperação. A exposição foi mínima. Ela tem grandes chances de reabilitação. Mas pode levar algum tempo.*

— Quanto tempo?

Mozafer balançou a cabeça. *Semanas. Talvez meses.*

Cyrus entrou em uma espiral.

Perdeu a compostura como não perdia desde que era garoto. Ele se curvou, lutando para respirar, e emitiu um som de angústia tão grave que até mesmo os Profetas, que não tinham permissão para tocá-lo, avançaram, em um gesto de solidariedade.

Havia tanta coisa para arruiná-lo. Sua culpa, sua vergonha, seu medo. Saber que o mal em sua vida havia se espalhado e a atingido; que, como resultado, ele com certeza deixaria de cumprir as suas obrigações para com o diabo; que esse fracasso destruiria tudo. Sua vida estava se desfazendo ao seu redor, os tendões de seu corpo cedendo a cada dia, esfarrapando-o aos poucos, deixando pouco mais que carne e osso.

— O que irá acontecer, Mozafer? — Ele caiu de joelhos e apoiou a cabeça nas mãos. — O que acontecerá quando eu falhar?

Não temos permissão para falar sobre isso, foi sua resposta gentil.

— Os Profetas continuarão a me evitar?

Sim.

— Será que algum dia poderei voltar ao templo?

Não enquanto você estiver amarrado a ele.

Cyrus ergueu a cabeça, lutando contra as lágrimas.

— E vocês não podem me oferecer uma única palavra de orientação, quando estou tão desesperado por seu conselho?

Mozafer ajoelhou-se diante dele, e o coração de Cyrus apertou-se ao ver isso, ao sentir o calor nos olhos do homem mais velho. Ele disse:

Durma.

E, então, eles desapareceram.

A fumaça se dissipou. Cyrus foi devolvido à sala de recepção de joelhos, quase cego com a luz brilhante do meio-dia. Ele foi imediatamente atingido pela intensidade dos protestos furiosos de Hazan, mas voltou o olhar para o chão, ignorando a explosão enquanto sua mente rodopiava e seu coração disparava. Ele precisava se recompor.

Precisava fazer planos.

Logo foi até a mãe, informando-a em voz alta que sua futura noiva havia solicitado um período de calma e reflexão antes do casamento, durante o qual ficaria na companhia dos Profetas e não deveria ser incomodada. Essa fofoca, prontamente captada pelos funcionários do palácio, espalhou-se de forma rápida e eficiente por todo o país, reforçando o mistério em torno da chegada da rainha jinn.

Quanto aos peregrinos, estes começaram a chegar no mesmo dia.

A princípio, alguns poucos, depois em massa, mas não pediam nem água nem abrigo. Não queriam nada além de espaço, e os Profetas então abriram seus vastos terrenos para eles. Ali eles se reuniam em grupos bem-organizados, enquanto o excedente se espalhava pelas ruas, pelos parques, pelas colinas e pelas montanhas. Dormiam onde estavam, independentemente do clima.

Em resposta aos muitos pedidos para vê-la, os Profetas emitiram uma única palavra, uma declaração excepcionalmente rara:

Paciência. E, então, os jinns esperaram.

Cyrus os estudava todos os dias. Observava-os crescer em número, via-os ficarem inquietos e irritados e, enfim, conformados, e logo o ciclo se repetia todo de novo. Em pouco tempo, eles nomearam uma líder: uma mulher pequena e idosa que, depois de dias assumindo a responsabilidade de apaziguar brigas e resolver discussões, tornou-se sua intermediária. O nome dela era Dija, de Sorral.

Cyrus a estava observando agora. Com o rosto enrugado coberto por finas camadas de cabelo branco como leite, Dija estava em pé em um galho alto de uma imponente árvore de magnólia, seu corpo tão franzino que quase era levado pelo vento. Com um físico fraco, mas um espírito feroz, ela se agarrava a um galho próximo para se apoiar e, de seu posto, conduzia o coro de vozes. Com os olhos fechados, Dija colocou a mão livre sobre a cabeça enquanto gritava:

Pela terra que já foi nossa
Pelos milhões de corpos
Por nosso sangue em poça
Pelos séculos mortos

Justiça!
Justiça!

Pelos povos sem nações
Pelos pais sem esperança
Por doces mãos e corações
De nossas falecidas crianças

Justiça!
Justiça!

A multidão seguia seu exemplo, com as mãos postas sobre a cabeça e os olhos fechados enquanto entoavam. As vozes começaram a assombrá-lo ao longo do dia. Se antes o tamanho da multidão tinha sido uma fonte de preocupação, agora ele não sentia nada além de espanto.

Era tudo por *ela*.

E ela, ainda assim, não abria os olhos.

No curso geral das coisas, Cyrus não era do tipo que se entregava às suas mágoas. Mas ele fora autorizado a ocupar aquele espaço nos limites da propriedade dos Profetas precisamente porque seus ataques piegas de emoção vinham se mostrando lamentáveis. Contanto que seus pés nunca tocassem o solo sagrado, ele tinha permissão para se sentar ali e observá-la de longe. Durante o tempo que estivera ali — exatamente uma hora —, ele se deixava abater pela melancolia.

Era um comportamento tão diferente de seu usual que ele passou a se ressentir dele.

Ele se mexeu um pouco, erguendo a cabeça para olhar mais uma vez para a massa de pessoas, quando um gafanhoto se materializou como se viesse do nada, uma faísca verde brilhante pousando levemente em sua mão. O inseto firmou as asas e olhou para ele com seus olhos misteriosos.

Olá, amigo, Cyrus disse silenciosamente.

O gafanhoto saltou em resposta, pousando em seu ombro. Eram criaturas fascinantes, conhecidas por ouvirem profundamente e falarem quase nada como resposta.

Você a viu?, Cyrus perguntou.

O gafanhoto apenas ajustou as pernas e mexeu a cabeça.

Você pode ir verificar? Depois me contar se tiver havido alguma mudança?

Mais um movimento de cabeça, e o gafanhoto saiu voando e desapareceu nas nuvens.

Cyrus observou-o partir enquanto guardava o jornal amassado que ainda segurava na mão. Todas as noites, durante quase quatro semanas, ele sonhou com Alizeh. Com o corpo forte, mas com o espírito fraturado, Cyrus estava tão embriagado com as experiências estonteantes e sensoriais que tinha com ela que mal conseguia ver, através da névoa de sua própria mente, o que era ou não real. Contra seus próprios instintos, fez o que Mozafer havia instruído: dormiu. Foi um bom conselho, pois nenhuma magia poderia substituir as propriedades curativas do sono, e Cyrus logo sentiu a diferença, pois seu corpo ficou mais estável. Ainda assim, a agonia e a felicidade daqueles estranhos pesadelos eram um preço alto a pagar por um aumento na resistência física. Ele acordava todos os dias dolorido e sem fôlego, o corpo tenso de desejo, o coração batendo tão forte que o assustava. Cyrus se sentia como um viciado em ópio, desesperado por aqueles sabores de êxtase, mesmo sabendo que eram venenosos. Ele parara de resistir. Afogava-se de bom grado na sensação, intoxicado pelo gosto dela. Era uma tortura que achava difícil definir. Todas as noites, dormia com o rosto pressionado na pele dela. Todas as noites, uma nova faceta de sua alma morria por ela.

Ele se sentia mal o tempo todo.

Ficava elétrico de impaciência, de ansiedade. Às vezes era como se tivesse engolido o sol, como se estivesse lutando para conter um fogo que o mataria antes mesmo de se apagar.

Enfim, Cyrus esticou o pescoço e balançou a cabeça.

— Já se passaram dias e dias disso — falou. — Já estou farto. Certamente *você* deve estar também.

Houve silêncio a princípio; depois, por fim, o lento esmagamento da vegetação sob um calçado. Passaram-se vários segundos até que o jovem enfim se mostrasse, embora Cyrus não tivesse se virado para encará-lo. Uma rajada de vento empurrou um monte de nuvens em sua direção, e ele gentilmente pressionou os dedos na massa branca.

— Você sabia — disse Hazan, com cuidado.

— Que você estava me seguindo? — Cyrus quase riu. — Claro que sabia.

— Então por que não disse algo antes?

Cyrus não respondeu de imediato. Estava ajuntando os dedos através do vapor das nuvens quando por fim disse:

— Suponho que estivesse curioso.

Hazan pairou sobre ele por mais um momento, depois se acomodou no telhado a uma pequena distância, estudando o rei do Sul.

— Curioso sobre o quê? — perguntou.

— Você.

O jovem se irritou.

— Por quê?

Cyrus enfiou a mão no bolso e depois abriu a palma, onde estava o *nosta* que os Profetas haviam encontrado escondido no corpo de Alizeh. Semanas antes eles tinham entregado aquele objeto mágico a Cyrus e, embora a descoberta tivesse sido um choque, também o confortara saber que, de posse dele, ela saberia que ele era confiável.

Ele enfim olhou para Hazan.

— Ela ganhou isto de você, não foi?

Hazan ficou imóvel, embora o pânico cruzasse seus olhos.

— Onde conseguiu isto?

— Posso fazer a mesma pergunta — disse Cyrus. — Considerando-se que isto é *meu*.

VINTE

Alizeh ainda estava observando a visão surreal em cor-de-rosa ao seu redor, o choque ainda atravessando seu coração como um trovão.

— Cyrus fez isso — ela repetiu, desta vez sem emoção.

Pronunciar o nome dele já a deixava com uma sensação estranha, como se estivesse fora de seu corpo. Alizeh sentiu-se de repente desesperada para vê-lo, um desejo dentro de si como uma dor física.

É claro que tinha sido ele.

Como ela não tinha chegado logo a essa conclusão?

— Como eu disse, considero um exagero — disse Huda. — Ele está agindo como uma criancinha magoada... Enchendo a cidade de flores, como se estivesse planejando um funeral...

— Onde ele está?

— Quem? — Huda assustou-se. — Cyrus? Ah, não tenho a menor ideia. Ninguém tem, na verdade, e ele nunca contaria *a mim* quais são seus planos. Só sei que não se pode confiar nele.

— Por quê? — perguntou Alizeh, arregalando os olhos. — O que foi que ele fez?

— Você quer dizer além de todos os seus pecados explícitos e declarados? — Huda riu. — Ele não matou ninguém ainda, se é isso que quer saber. Mas ele é muito, muito misterioso e esquisito. Imagina que eu já o flagrei, várias vezes, conversando com todo carinho com um *dragão*?

Alizeh fez uma careta.

— Mas isso não é assim tão esquisito, é? Pessoas conversam com animais o tempo todo.

— Sim, mas quem fala com *dragões*? — ela disse, exasperada. — Suas orelhas ficam a um quilômetro do topo da cabeça, que, por sua vez, fica a um quilômetro do chão! Imagine uma pessoa falar com um dragão achando que ele consegue ouvir. Só pode estar louca.

A careta de Alizeh só se intensificou.

— Certamente você deve ter outra razão para não gostar dele, não? Essa parece um pouco injusta.

— Ah, eu tenho *muitas* razões para achar que ele é louco, não se preocupe. — Huda fez um gesto com a mão. — Não preciso listar todas.

Ao ouvir isso, Alizeh sentiu como se algo tivesse se apagado dentro dela, carregando toda a sua energia consigo.

— Não — disse, baixinho. — Não precisa listar todas.

— De toda forma, como eu estava dizendo, *deve* ter sido Cyrus que a envenenou, se ao menos você conseguisse lembrar...

— Huda — ela pediu, olhando para as suas mãos, tentando desesperadamente canalizar um pouco de calma.

— Sim, querida?

— Eu gostaria de sair deste quarto... De encontrar Hazan... Estou me sentindo um pouco fraca e acho que um pouco de ar fresco me faria bem. Talvez possamos terminar esta conversa mais tarde, de preferência quando eu estiver vestida.

Huda emitiu outro gritinho de pássaro, depois deu um salto da cama como se esta a estivesse queimando. Ela olhou ao redor e disse:

— Sim! Claro, eles *me disseram* para lhe trazer roupas... Já volto!

— O quê? Quem são *eles*?

Huda estava na metade da escadaria quando olhou sobre o ombro:

— Os Profetas, é claro! Eles tiveram de botar fogo nas roupas que você estava usando, sabe... — Ela pegou a maçaneta. — Por causa da contaminação. Mas eu não lamentaria muito a perda, porque estavam cobertas de sangue...

— Huda... Espere...

Mas Huda já havia aberto a porta e chamado Omid, trocando com ele algumas palavras apressadas, pegando algo e depois voltando para dentro, batendo a porta com o quadril. A madeira pesada fechou com tudo às costas de Huda, que sorriu para Alizeh com grande alegria. Em seus braços, ela estava carregando uma linda mala de couro nobre e macio, azul com abotoaduras e cantoneiras de metal.

Admirada, Alizeh apenas a encarava.

— Dá para imaginar a minha alegria? — Huda disse, correndo pelas escadas. — Agora é a minha vez de vestir *você*!

Alizeh sentiu a luz se apagando de seus olhos.

— Ah, não tema! Se não confiar no meu gosto, confie no de Sarra. Eu e ela temos mais ou menos o mesmo tamanho, então ela tem me deixado emprestar seus trajes. — Huda inclinou a cabeça para trás e riu. — Estou usando as roupas descartadas de uma rainha! Se mamãe pudesse me ver!

— Sua mãe... — Alizeh repetiu baixinho, percebendo que tinha negligenciado um detalhe importante. — Huda, se você está aqui há quatro semanas, onde sua mãe acha que você está? Sua família deve estar preocupada.

Huda arregalou os olhos.

— Ah, não! Na verdade, é tudo meio inacreditável. Papai está loucamente orgulhoso... Ele disse que sempre soube que sangue de embaixadores corria por minhas veias! E agora mamãe não tem outra escolha além de me elogiar para todos, agora que estamos praticamente famosos...

— Famosos? O que você quer dizer?

— Sim, certo, é melhor começar do início, não? — Huda colocou a mala no chão. — Bem, a notícia vinda de Ardunia é de que os Profetas apoiaram Zahhak...

— Quem é Zahhak?

— Ah. — As sobrancelhas de Huda uniram-se. — Você pode me lembrar onde parou em tudo isso? Foram semanas frenéticas, e já não me lembro de quanto você sabe.

Alizeh fitou a garota.

— Na última vez em que a vi, você estava tentando bater na cabeça de Cyrus com um candelabro.

Huda ficou vermelha, depois riu de modo nervoso e, antes que Alizeh pudesse questionar sua reação, a jovem lhe transmitiu uma torrente louca de informações. Elas passaram alguns minutos assim, com Alizeh questionando e Huda a atualizando. Huda descreveu tudo o que ocorrera depois que Alizeh fora levada embora nas costas de um dragão, e como Zahhak — o asqueroso ministro da defesa de Ardunia — tentara roubar o trono do príncipe Kamran, "que foi preso em uma torre pelos Profetas...".

Alizeh arquejou.

— ... mas então foi salvo por Simorgh...

Mais uma vez, Alizeh engasgou-se.

Além disso, Huda explicou sua presença durante aquele período difícil no palácio:

— E, então, todos nós, incluindo eu, Deen e Omid, voamos para Tulan, embora Kamran *não* quisesse que viéssemos com ele. Ele foi inflexível ao dizer que não se importava se algum de nós acabasse morto, porque ele só queria assassinar Cyrus...

Só que ele não assassinou Cyrus e, em vez disso, os dois chegaram a uma trégua impossível, que resultou em um convite aberto para que o grupo permanecesse no palácio. Quando Alizeh pediu para conhecer os termos daquele improvável acordo de paz, Huda corou de repente e se recusou a se aprofundar no assunto, exceto para explicar que o príncipe, em uma virada inesperada, estava agora sendo elogiado pelo povo de Ardunia por ser um pacificador compassivo, já que era de conhecimento geral que ele havia viajado até ali — contra os interesses de Zahhak — na esperança de evitar a guerra.

— E agora — disse Huda, ansiosa — todos nós ficamos célebres por forjar a amizade entre os dois impérios!

— Céus! — exclamou Alizeh baixinho.

— Incrível, não é? — Huda estava balançando a cabeça. — Nossos reinos nunca coexistiram tão pacificamente. Já se passava mais de uma década desde que um soberano arduniano era convidado a se hospedar em Tulan. Na verdade — acrescentou ela, em voz baixa —, descobri pelos criados (que, aliás, são estranhamente calados quando se trata de fofocas sobre o rei) que Cyrus nunca tinha hospedado um único convidado no palácio durante seu governo, o que torna a nossa estadia ainda mais excepcional.

— E ninguém acha isso estranho? — Alizeh perguntou. — Que o príncipe arduniano tenha escolhido ser gentil com a pessoa responsável pelo assassinato do rei de seu império?

Huda pensou um pouco, inclinando a cabeça ao dizer:

— Na verdade, agora que penso em como tudo se desenrolou, acho que teria sido muito pior se Kamran tivesse, de fato, matado Cyrus.

Sabia que uma multidão tentou invadir o palácio antes de deixarmos Ardunia?

Alizeh balançou a cabeça, horrorizada.

— Bem... — Huda assentiu. — As pessoas ficaram tão enojadas com Zaal depois que ele foi desmascarado no baile que se revoltaram por cerca de uma semana. Até mesmo a realeza estava lutando para se distanciar do falecido rei... Alguns chegando ao ponto de elogiar as ações de Cyrus, se é que é possível acreditar. Alguns até participaram dos protestos.

— Contra o que protestavam? A possibilidade de guerra?

Mais uma vez, Huda assentiu.

— A maioria se recusava a morrer em defesa de um rei desonrado. Mas eles também estavam condenando Kamran por associação, alegando que não queriam outro soberano corrupto que fizesse um acordo com Iblees...

— Mas isso é terrivelmente injusto...

— Sim, terrivelmente injusto, mas os tumultos foram reprimidos quando se espalhou a notícia de que o príncipe já havia fugido de Ardunia, logo após a morte de Zaal, para tentar fazer as pazes com o império do Sul. O consenso foi de que ele foi maravilhosamente altruísta por ter poupado o seu povo de um derramamento de sangue desnecessário, mesmo enquanto estava de luto pelo seu avô. — Ela riu e depois sacudiu a cabeça. — Não é de todo verdade, claro, mas o que quero dizer é que, se ele *tivesse assassinado* Cyrus, nossos impérios certamente teriam entrado em guerra, o que teria provocado uma péssima reação da população. Kamran poderia ter enfrentado uma verdadeira insurreição. É claro que... — Ela se inclinou para Alizeh. — Somos os únicos que sabemos a verdadeira razão pela qual tudo acabou dando certo para ele, e foi graças a você, não é? — Ela se afastou e sorriu. — Cyrus queria *muito* que todos nós fôssemos executados, mas Hazan ressaltou que você ficaria terrivelmente zangada caso ele assassinasse seus amigos, e ele não mencionou mais esse desejo. E, agora, aqui estamos! Em trégua! O melhor de tudo é que Zahhak acabou parecendo um idiota, e Kamran um príncipe grandioso...

— E você, Omid e Deen são celebrados — Alizeh terminou por ela, sentindo-se atordoada.

Era coisa demais para assimilar.

— Sim! — Huda gritou, mas logo ficou sóbria. — Apesar de estar morrendo de preocupação com você, é claro, foi o momento mais emocionante da minha vida. Estou recebendo cartas de fãs! Dá para imaginar! As pessoas me *amam*. — Ela hesitou. — Bem, são principalmente crianças. Alguns velhos também, creio, embora às vezes seja difícil dizer...

— Huda?

— Sim?

— Como Hazan se sente sobre tudo isso?

Ela se acalmou, seu sorriso congelado.

— Não sei.

— Mas pode arriscar um palpite?

Huda desviou o olhar, mordendo o interior de sua bochecha.

— Acho que o melhor seria você conversar com Hazan sobre como ele se sente. — Ela olhou para trás. — Ele não compartilha seus sentimentos comigo.

Alizeh suavizou-se.

— Ele está bem, pelo menos?

— Suponho que sim... Ele tem estado terrivelmente sombrio. Não tão mal quanto os outros; ainda assim, bem sombrio.

— Entendo. — Alizeh desviou os olhos, parando um momento para estudar a forma de uma rosa particularmente delicada. Respirou fundo antes de dizer: — E Cyrus?

— O que tem ele?

Alizeh lutou para encontrar os olhos de Huda. Era quase impossível esconder seu interesse pelo rei do Sul, embora ela se esforçasse para parecer indiferente.

— Como ele está?

— *Como ele está?* — Huda repetiu, surpresa. — Você quer dizer, além de estar lelé da cuca?

Alizeh suprimiu uma hesitação. Não sabia explicar o porquê, mas cada insulto que Huda dirigia a Cyrus parecia atingi-la em sua dor. E, no entanto, ela não tinha bons motivos para defendê-lo.

— Bem... — Huda continuou. — Suponho que você deva saber: ele não age como um rei. Ele usa as mesmas roupas sombrias todos os dias, sem qualquer pompa. Fica *obscenamente* quieto; nunca se senta; nunca o vi comer; e executa uma quantidade chocante de magia. Desaparece ou aparece, por exemplo, quando menos se espera. Eu vi mais magia dele neste último mês do que em toda a minha vida... E estou inclinada a concordar com Kamran que ele deve obter seu poder do diabo, pois de que outra forma poderia lançar tantos feitiços? E ninguém sabe para onde ele vai quando desaparece! Muito suspeito. — Ela baixou a voz. — Embora eu tenha ouvido Kamran furioso um dia, contando a Hazan que tinha testemunhado Cyrus em um estado ímpio na noite anterior... Algo sobre ele estar encharcado de sangue...

Alizeh respirou fundo.

— Eu sei! Horrível! Por outro lado, quando vi Cyrus mais tarde naquele mesmo dia, ele parecia perfeitamente normal, então temo que Kamran possa estar exagerando. — Huda exalou, murchando com a mesma rapidez com que se animava. — De toda forma, ele é sempre grosseiro e horrível, e desperdiça toda a sua magia maligna em demonstrações ridículas de culpa. Céus, se ele se sente tão mal com o que aconteceu com você, talvez nunca devesse tê-la sequestrado, para começar! — gritou, tirando as pétalas da cama com raiva. — Eu juro, é insuportável. Ele encantou cada centímetro da cidade com as mesmas rosas cor-de-rosa e se recusa a dizer uma palavra a respeito... Ele nem mesmo admitiu que foi ele quem fez isso! Os cidadãos, claro, pensam que são todas exibições elaboradas para o Festival Wintrose, mas eu sei que não. Eu o peguei uma vez cultivando rosas com as próprias mãos...

— Entendo — disse Alizeh com calma, para concluir. Ela não suportava ouvir mais sobre as flores; seu coração já estava vulnerável demais em relação ao notório rei do Sul. — Presumo que ele tenha tratado todos vocês mal?

Huda hesitou.

— Não — ela disse. — Na verdade, fomos bem tratados. Omid come por dez, e Deen está se deliciando com os estoques de medicamentos disponíveis no castelo. Deen diz que, em Ardunia, ele recebia apenas uma pequena quantidade de magia da coroa para a sua botica, mas aqui eles têm acesso a muito mais. Ele perguntou ao rei um dia se poderia tentar misturar poções, e Cyrus não lhe negou acesso. — Ela encolheu os ombros. — Em suma, Omid come muito, eu bisbilhoto muito, Kamran fica escondido, Hazan medita e Deen passa a maior parte de seus dias trabalhando com o alquimista do palácio. Todos nós nos reunimos para as refeições, embora na maioria das vezes nem vejamos Cyrus. Suponho que ele tenha muitas coisas secretas para fazer como rei e tal.

Enfim, o pequeno discurso de Huda terminou, e Alizeh virou-se para encará-la.

Mais mil perguntas estavam na ponta da sua língua, mas ela foi impedida de perguntar, pois Huda lhe dirigia um olhar curioso.

— Você vai mesmo se casar com ele? — ela perguntou.

Alizeh congelou. Sentiu-se estranhamente sem fôlego, então apenas respondeu baixinho:

— Talvez.

Surpreendentemente, Huda não a condenou por isso. Apenas inclinou a cabeça e disse:

— A princípio, eu não entendi, é claro. Mas agora consigo ver a razão, eu acho.

Os lábios de Alizeh se separaram de espanto.

— Consegue?

— Claro. — Huda riu e depois franziu a testa. — Eu poderia me casar com ele também, se isso significasse matá-lo logo depois e tomar seu império.

No mesmo momento, Alizeh sentiu como se todo o sangue tivesse se esvaído de sua cabeça.

— Como você... Como você...

— Oh, minha querida, não fique com tanto medo! Ninguém está chateado com você! Isto é, Kamran ficou angustiado no início, o que é compreensível, mas só até Cyrus nos contar sobre Iblees tê-lo forçado a se casar com você. — Ela fez um gesto com a mão. — Não se preocupe; ele esclareceu os termos do seu acordo. Até nos disse que se ofereceu para fazer um pacto de sangue, o que, aliás, acho uma ideia muito boa, não importa quão brutal Hazan afirme que o processo seja. — Ela ergueu uma sobrancelha. — Eu não arriscaria me casar com um homem daqueles sem um pacto de sangue para garantir meu futuro.

Alizeh piscou, perplexa.

— Então, todo mundo sabe? E ninguém se opõe ao meu casamento com Cyrus?

— Bem. — Huda roeu a unha. — Talvez você devesse falar com Hazan antes de tomar sua decisão final. Temo que ele tenha muito a lhe dizer sobre o assunto.

Mais uma vez, Alizeh piscou.

— Entendo.

— De qualquer forma — disse Huda, toda alegre, batendo na mala. — O vestido que escolhi para você é *sublime*. Sarra me mostrou o enxoval que ela preparou em sua homenagem. Juntas examinamos os muitos artigos que ela selecionou para o seu guarda-roupa. A propósito, a maioria das coisas tem de ser refeita de acordo com as suas medidas... O que achei chocante, considerando-se como aquele vestido lilás caiu bem em você na noite do baile. Mas Sarra explicou que os presentes de Cyrus foram encantados para se ajustar a quem os usava, enquanto as roupas que ela escolheu são encomendas comuns...

— Huda — disse Alizeh, lutando para se concentrar —, não quero ofendê-la, mas fiquei um pouco abalada depois de tantas revelações. Acho que preferiria voltar ao palácio e escolher minhas roupas. Há muitas conversas importantes pela frente, e tudo que preciso agora é de algo decente e sensato...

Huda zombou:

— Como se você pudesse usar algo decente e sensato para enfrentar tamanha multidão! Você é a rainha deles, querida, e tem de ter uma aparência adequada, sobretudo porque todos eles tiveram tanta paciência para esperá-la...

— O quê?

Huda, que estava destrancando a mala, parou um pouco.

— Verdade... — ela disse, estremecendo. — Acho que me esqueci de mencionar essa parte...

VINTE E UM

— Não é possível — disse Hazan, sem disfarçar sua apreensão. Ambos observavam o *nosta* na mão estendida de Cyrus. — Como poderia pertencer a você? Minha mãe o deixou para mim em seu testamento.

Uma onda de calor do *nosta* confirmou as palavras, embora Cyrus não precisasse de tal auxílio, já que era hábil na detecção de mentiras.

— Quem era sua mãe?

Hazan cerrou a mandíbula.

— Não vim aqui para ser interrogado.

— Não — Cyrus disse, encarando-o. — Você veio aqui para me interrogar.

— Não será um choque ouvir que eu não confio em você — continuou Hazan, lívido de raiva.

Cyrus quase sorriu.

— E você espera que eu apazigue os seus medos?

— Eu quero saber os termos do seu acordo com o diabo.

— Não.

— Quero saber o que você ganha com esse arranjo...

— Não.

— E quero saber se ela estará segura como sua esposa.

Cyrus enrijeceu ao ouvir as palavras *sua esposa*. A profundidade de sentimento que ele experimentou ao ouvir o som do possessivo *sua* o distraiu por um momento. Era absurdo, claro; mesmo que ela aceitasse se casar com ele, ela não seria *sua* de fato. Ele sabia disso; ainda assim, seu coração se recusava a desacelerar.

Lentamente, ele encarou os olhos de Hazan.

— Sempre — disse. — Ela sempre estará segura comigo.

O *nosta* ardeu em sua mão, e Hazan testemunhou a mudança de cor com um misto de admiração e receio.

— Agora é minha vez — disse Cyrus, mexendo a pequena peça de mármore entre os dedos. — Você sabia que esta é uma relíquia de família? Tem sido passada há muitas gerações. É por isso que os Profetas a devolveram para mim. Meu pai pensou tê-la perdido muito tempo atrás.

Os olhos de Hazan endureceram.

— Como eu disse, foi uma herança da minha mãe.

— Mas você deve ter algum conhecimento de sua história.

Hazan não falou nada.

— Você não é um jinn qualquer, é?

— O que quer dizer com isso?

— Quero dizer que deve ser difícil mentir o tempo todo sobre quem se é.

Hazan ficou quieto por tanto tempo que o silêncio pareceu se acumular entre eles como uma fumaça sufocante. Foi sem esconder sua raiva que enfim disse:

— Você não sabe nada sobre mim.

O *nosta* emitiu um brilho branco e frio.

— Sua mãe era cortesã — disse Cyrus, virando os olhos para as nuvens. — De acordo com as minhas fontes, ela passava boa parte do tempo na corte arduniana e era uma amada dama de companhia da falecida rainha. Sua destreza ao esconder a identidade de jinn e espiã foi admirável, e por isso ela recebeu muitos presentes preciosos como pagamento por seus serviços. Alguns deles... — ele inclinou a cabeça para Hazan — ...foram roubados. — Ele pausou. — Mas quem, então, teria sido seu pai?

Hazan estava trêmulo de ódio.

— Não responderei às suas perguntas até que você responda às minhas.

— Pois faça-as — disse Cyrus.

— Para começar, quem diabos é você?

— Talvez deva ser mais preciso.

— Você não é um homem comum — afirmou Hazan, de modo acalorado. — Não é um rei comum. Tenho o observado de perto nestas últimas semanas, e nada a seu respeito faz sentido...

— Nada? — Ele arqueou as sobrancelhas. — De fato?

— Você nunca usa joias.

Cyrus encarou Hazan e disse:

— Isso é um crime?
— Para um *rei*? Está louco?
— Estou vendo que tem reclamações sobre a minha forma de vestir.
— Você nunca usa nada colorido. Com frequência, usa um chapéu. Possui apenas roupas simples e lisas. Nada de ouro, nenhum acessório nem ornamento, nenhuma coroa sobre sua cabeça. Aliás, na maior parte do tempo, você anda de cabeça baixa...
— Esta conversa está me entediando. — Cyrus olhou para as suas mãos, depois para suas botas, que tinham escurecido com a umidade. — E não sei o que mais você quer saber de mim. Já revelei meus segredos.
— *Mentiroso*.
Cyrus ergueu a cabeça.
— Você reconheceria outro mentiroso, não é mesmo?
— Eu vivi em Ardunia minha vida inteira... Tenho trabalhado a serviço da coroa desde que era criança... E você... Você não age como um rei. Não tem comitiva, nem criado particular, nem comidas prediletas. Você se reporta diretamente à criadagem...
— *Basta* — interrompeu Cyrus. — Não sei aonde você pretende chegar com essas acusações.
Mas Hazan havia encontrado um caminho certeiro, e seus olhos se tornaram mais argutos.
— O povo é leal a você apesar da maneira violenta como ascendeu ao trono. Os criados recusam-se a falar alguma coisa de ruim sobre você. Você dá a sua mãe controle demais sobre o palácio e paga aos funcionários dez vezes mais do que o preço de mercado...
— Eu disse que já *basta*...
— Você a ama, não ama?
Cyrus não foi rápido o suficiente para rebater e estava chocado demais para zombar da insinuação. Pior: ele parecia ter sido atravessado por uma cimitarra.
Hazan, por sua vez, ficou perplexo.
— É verdade, então? — Ele respirou. — Você de fato a ama?
Cyrus não disse nada. Nem precisava. A seriedade de seu sentimento por ela não tinha como ser contida, e ambos assistiram, horrorizados,

o *nosta* ardendo em vermelho sobre sua mão. Cyrus fechou o punho. Porém era tarde demais.

O silêncio pesou entre eles, mas logo, de alguma forma, cedeu. Pela primeira vez em semanas, Hazan pareceu relaxar, como se aquela terrível confissão tivesse lhe oferecido algum conforto.

— É possível? — ele disse, menos raivoso. — Como pode amá-la se nem a conhece? — Hazan virou-se para encará-lo, para olhá-lo nos olhos. — *Você a conhece?*

Cyrus já não podia suportar aquilo. Ele se levantou, ansioso para desaparecer... E, assim que ficou em pé, avistou os terrenos amplos, a grande multidão de pessoas e, em seguida, através de uma abertura nas nuvens, um enxame crescente de gafanhotos. Era como um espetáculo de terror, como confetes surreais dispersos no céu.

Cyrus respirou fundo.

— O que foi? — perguntou Hazan. — O que está acontecendo?

Ele se levantou, olhando ao longe enquanto os gafanhotos se dispersavam lentamente.

A mensagem fora recebida.

— Ela acordou — Cyrus sussurrou.

VINTE E DOIS

بیست و دو

— Não quis dizer que você *precisa* falar com eles — disse Huda, que estava perseguindo Alizeh pelo corredor com uma ansiedade perceptível. — Só quis dizer que eles vão vê-la quando você deixar o templo, e só pensei que gostaria de estar em sua melhor forma...

— Quase quatro semanas! — exclamou Alizeh. — Eles estão esperando por mim há quase um mês, Huda, como eu poderia passar por eles sem dizer uma palavra? Devo falar com eles. Qualquer coisa menos que isso seria cruel...

— Eu... Perdoe-me, mas não sei se essa é uma boa ideia... — disse Deen, que, junto com Omid, se apressou para acompanhá-la. — Não acho que Kamran aprovaria...

Alizeh parou, fazendo com que Huda trombasse com ela. Ela se desculpou antes de endireitar a amiga e depois se virou para o boticário.

— Por que Cyrus não aprovaria? — perguntou.

Alizeh deveria se constranger por estar tão ansiosa por qualquer oportunidade de discutir Cyrus; ainda assim, não conseguia entender seu desejo de ouvir alguém dizer o nome dele.

— Eu não disse... — Deen piscou. — Perdoe-me, eu disse *Cyrus*? Quis dizer Kamran.

— Não, você falou certo — disse Huda, ao mesmo tempo que lançava um olhar estranho para Alizeh. — Você disse Kamran.

— Oh. — Alizeh desviou o olhar, tentando esconder sua decepção. Ela começou a andar de novo, o farfalhar de suas saias ecoando no corredor de pedra. — Devo ter ouvido mal.

— A propósito, mandamos uma mensagem para ele — disse Deen, acompanhando-a. — Da última vez em que tive notícias, ele estava ocupado com alguns negócios, mas deve chegar aqui em breve.

— Quem? O rei?

— Não, *Kamran* — disse Huda, que parecia preocupada. — Você está bem, querida?

— Sim — disse Alizeh, tocando a garganta com a mão. Estava olhando ao redor cegamente, procurando a saída. — Sim, estou bem. Como saímos daqui?

— Como você pode se mover tão rapidamente com esse vestido? — observou Huda, recolhendo a bainha enquanto se movia. — Só a cauda tem mais de um metro!

— Não que você não esteja adorável — acrescentou Deen, apressadamente. — Está lindíssima.

Alizeh olhou para ele, sua ansiedade por um instante dominada pela gratidão.

— Obrigada — ela disse, sendo sincera. — Nunca usei uma roupa tão requintada em minha vida.

Era uma obra-prima de seda de um tom rosa-pálido, com renda e tule cravejado de diamantes. Cada centímetro do material era decorado com intrincados bordados dourados, pontos finos brilhando com ainda mais pedras preciosas. O tecido do corpete, com gola alta e mangas compridas justas, era resplandecente, habilmente bordado em tecido brilhante e pedras cor-de-rosa. No topo da cabeça, ela usava um véu transparente combinando, sustentado por uma tiara dourada que brilhava como uma coroa. Ainda não tinha vislumbrado seu próprio reflexo, pois não tivera tempo, mas só precisava baixar os olhos para ficar maravilhada consigo mesma.

Depois de todos os anos como criada, Alizeh ainda resistia ao esplendor. Não acreditava que uma pessoa se tornasse melhor usando roupas elegantes, mas não podia negar o poder de uma vestimenta. Era um dos motivos pelos quais gostava de ser costureira: pedaços de tecido podiam ser transformados em armadura. Uma roupa podia ser usada para engrandecer uma pessoa ou destruí-la. Apenas aquele vestido opulento já a tinha ajudado a mudar sua mentalidade.

Ela se *sentia* como uma rainha.

— Há uma porta para um pátio mais à frente — dizia Huda — e, de lá, você pode acessar uma das varandas...

— Esta é uma má ideia. — O ex-menino de rua balançava a cabeça, suas longas pernas ajudando-o a manter o ritmo com facilidade.

— Eu não acho que deveria fazer isso... Há um milhão de pessoas por aí, senhorita.

Huda bateu em seu braço, e ele se encolheu.

— Quero dizer, Majestade...

— Huda me garantiu que eram menos de cem mil — disse Alizeh. — E você não precisa me chamar de Majestade.

— Eu não sei quantas pessoas há lá fora... — Omid respondeu, ansioso. — Só não quero que a senhorita se machuque.

Alizeh parou no lugar, de tão surpresa que ficou.

Lentamente, ela se virou para encarar o garoto, descobrindo medo em seus olhos. Rir de sua dor, ela sabia, só o magoaria. Ela também havia perdido os pais em tenra idade; sabia como o terror e a solidão se propagavam junto com a dor tal qual ervas daninhas invasoras. Nunca haveria outro abraço caloroso. Nunca mais haveria uma mão amorosa para acariciar seus cabelos. Não houve mais um dia em que ela não tivesse lutado com a impermanência da alegria. Em questão de meses, aquele pobre garoto perdera os pais, passara a viver nas ruas, vira seus amigos serem assassinados por Zaal e, depois, perdera também os Profetas que o haviam acolhido.

Ele estava com medo de perdê-la também.

Alizeh observou Omid engolir um nó de emoção antes de avançar, abrindo os braços para ele. Ele tinha pelo menos trinta centímetros a mais que ela, mas ela sabia que ele era apenas uma criança... Uma criança como tantas outras que precisavam de conforto. A princípio, ele empalideceu diante da oferta; mas, então, parecendo prestes a chorar, agarrou-se a ela, ganhando um tom de vermelho tão brilhante que contrastava com seus cachos ruivos.

— Não quero desarrumar seu vestido — ele murmurou.

Ela apenas o abraçou com mais força.

— Não se preocupe comigo — ela disse, enfim, dando-lhe um aperto antes de segurá-lo com o braço estendido. — Eu ficarei bem.

Ele olhou para o chão, com o rosto ainda corado.

— Eu me preocupo, senhorita. Eu me preocupo. Você já quase morreu... E eu sei como é estar em grandes multidões... Eu e os meninos costumávamos praticar nossos melhores golpes em espetáculos assim. Ladrões e bandidos adoram se infiltrar em grandes multidões...

— Odeio dizer isso, mas a criança está certa — disse Deen. — Você não deve se colocar em perigo. Além disso, acabou de acordar... Talvez devesse tirar um tempo para se recuperar um pouco mais. Eu poderia preparar um chá medicinal para reavivar seu ânimo...

— Agradeço a preocupação de vocês — disse Alizeh, olhando para os amigos. — Agradeço mesmo. Mas devo falar com meu povo, mesmo que isso me coloque em perigo.

Eles apenas olharam para ela, suas expressões transmitindo níveis variados de pânico e resignação.

— Há algo mais que desejam me dizer... — Alizeh adivinhou, com suas sobrancelhas se juntando. — O que é?

— Os rumores ao longo das rotas comerciais têm sido preocupantes. Alguns... — Deen falou calmamente, embora não mais olhasse para ela. — Muitos comerciantes que conheço me escreveram perguntando sobre a senhora, e as histórias que compartilharam... — Ele balançou a cabeça. — Majestade, é imperativo que saiba quantos querem lhe fazer mal.

— É verdade — acrescentou Huda, seus olhos indo dela para Deen e vice-versa. — Perdoe-me, querida, mas muita coisa mudou desde que você adoeceu. Mesmo aqui em Tulan há muitos contra você. O grande afluxo de migrantes tem sido terrivelmente perturbador... Tem irritado os cidadãos, por mais pacíficas que as multidões sejam. Eles não querem você aqui...

— É pior do que isso — disse Omid com raiva, tirando um jornal dobrado de dentro da jaqueta e o entregando a Alizeh. — Eles querem que a senhorita *morra*.

— Omid! — Huda engasgou-se, tentando arrancar o jornal de sua mão. — Você não deveria ter trazido isto!

Com a mandíbula cerrada com determinação, Omid desviou com facilidade e entregou o jornal a Alizeh, que o pegou com cuidado. Ela sabia, pelas páginas verdes empoeiradas, que havia recebido um exemplar do *Daftar*, o jornal mais famoso de Ardunia, embora não soubesse como eles tinham conseguido um exemplar tão longe de casa. Ela olhou mais uma vez para os rostos preocupados e zangados de seus amigos antes de dirigir seu olhar para a publicação, abrindo-a para ler a manchete.

ALERTA EM TODO O MUNDO COM A IMINENTE REVOLUÇÃO JINN

Príncipe Kamran tenta semear a paz, aumentam as ameaças de violência, Tulan é alvo

MESTI — Em um feito histórico, sem precedentes, dezenas de milhares de jinns invadiram a capital do reino do Sul. Muitos ainda devem chegar. Os migrantes indesejados, vindos de todo o mundo, são a primeira onda a invadir Tulan com um propósito: jurar lealdade àquela que acreditam ser sua rainha. A tradição jinn há muito prevê a chegada de uma salvadora, embora muitos tenham motivos para duvidar da ascensão vertiginosa de uma jovem que, de acordo com numerosos relatos, ainda não reivindicou a liderança de seu povo. Vista brevemente perante uma multidão muito menor, a suposta rainha recusou-se a oferecer qualquer prova material de sua identidade, evitando perguntas diretas e oferecendo vagas promessas de explicação em uma data posterior, até agora incerta. Há quase um mês ela tem se mantido escondida, alegando necessidade de calma e reflexão, enquanto seus seguidores atravessam as fronteiras de Tulan e os cidadãos do império vivem em turbulência. Já foi amplamente divulgado o fato de o rei tulaniano ter escolhido a misteriosa jovem como sua noiva, uma decisão política incendiária que pode lançar Tulan em um caos ainda maior. Resta saber se tal união ocorrerá.

O rei tulaniano, Cyrus, recusou-se a comentar.

Um aumento na atividade criminosa nas comunidades jinns já foi observado em todo o mundo. Na semana passada, o império de Zeldan lutou para conter uma série de levantes em um de seus maiores campos, enquanto dois guardas prisionais em Sheffat teriam sido assassinados em confronto com um prisioneiro. Uma revolução jinn, de acordo com a dra. Amira de Reinan, aclamada professora de estudos jinns na Universidade de Setar, "poderia resultar em uma das guerras mundiais mais sangrentas da história". Ardunia, que faz fronteira com Tulan, foi quem sofreu o maior êxodo jinn até agora, o que tem gerado receio em muitas comunidades de todo o império. A província de Gomol, localizada no norte, na base das montanhas Arya, foi praticamente esvaziada, e muitas casas e lojas foram abandonadas. Os comerciantes locais expressaram insegurança quanto ao futuro de seus negócios, com a pouca saída da safra recente de cereais e de outros produtos.

Ainda assim, o apoio popular permanece com o príncipe Kamran, a quem muitos expressam uma enorme gratidão. Muitos ardunianos esperam que o príncipe, como raro líder de um reino misto, seja capaz de semear a paz para além de Tulan, ajudando a guiar o mundo em direção a uma maneira equilibrada de lidar com os cidadãos jinns de todos os lugares. Ainda não se sabe quando ele retornará para a tão esperada coroação, embora novas informações tenham levado a realeza a especular se o seu atraso se deve a um interesse bem diferente. Alguns dizem que a suposta rainha jinn é na verdade a mesma jovem que poucos conseguiram identificar na noite do baile real...

Deen arrancou o jornal das mãos de Alizeh, que se assustou, piscando de modo nervoso para o boticário e recuando um pouco.

— Como profissional da medicina, Majestade, não posso recomendar a leitura de tais notícias...

— Deen...

— Devolva para ela! — Omid gritou, tentando arrancar o jornal das mãos de Deen. — Ela tem de saber o que estão dizendo...

— Omid — disse Huda, com paciência. — Ela não precisa saber tanto.

— Ela deveria saber! Você nem a deixou ler a pior parte...

— Tudo bem... — disse Alizeh, sem perder a calma. — É o bastante.

Omid ofegou bruscamente, cerrando a mandíbula enquanto olhava para o chão. Sua raiva era palpável, e Alizeh ficou tocada ao vê-lo tão preocupado por ela. Ainda assim, ela precisava se sentar.

Alizeh estaria mentindo se dissesse que não fora afetada pelo que tinha lido. Estava mais do que afetada. Estava perturbada, assustada e sentindo-se oprimida.

Ela fora ingênua.

Não esperava tamanha raiva do resto do mundo; nunca imaginara como Cyrus e Kamran se envolveriam em seu destino; e havia se mostrado cega quanto aos perigos de seu papel como rainha jinn. Ainda assim, ficara menos ofendida pelas ameaças contra a sua vida do que pela insinuação de que tinha abandonado seu povo. Há quase um mês eles esperavam por ela. Famílias. Crianças. Enfermos e idosos. Ela não tinha ideia das dificuldades que eles enfrentaram.

Ela nunca os deixaria assim por tanto tempo.

Fechou os olhos com um suspiro, depois olhou em volta com uma agitação cuidadosamente contida, sentindo-se trêmula e inquieta, mas não havia como descansar. Como tudo o mais que ela vira no templo, o salão de pedra onde se encontravam estava desgastado, em ruínas, mas as paredes esburacadas eram interrompidas por uma série de janelas estreitas que davam para um pátio interno, pelas quais uma luz intensa e sinais de vida floresciam em direção a eles.

Huda, que parecia ler a mente de Alizeh, fez menção de conduzi-la em direção ao pátio quando Omid se colocou rapidamente entre elas, bloqueando a porta.

— Não — disse ele, com os olhos brilhando de fúria.

Huda colocou as mãos na cintura.

— Eu sei que você está com medo, Omid, mas está sendo ridículo...

— *Não* estou sendo ridículo — ele rebateu. — Se for lá fora, ela vai ouvi-los, e então nunca vai...

— Ouvi-los? — Alizeh disse, espiando pela janela como se pudesse ver um som. Só quando se concentrou é que enfim ouviu um zumbido suave, uma vibração do que poderia ser um coro de vozes. — O que estão dizendo?

Deen balançou a cabeça para Huda.

— Não acredito no que direi, mas concordo com a criança. É perigoso para ela ir até lá, e não devemos encorajar tal atitude...

— Isso não depende de nós! — Huda gritou. — Eu também não concordo, mas também não acho que tenha o direito de forçá-la...

— *Então você a deixará ser morta?* — Omid quase gritou de volta.

— Omid...

Deen balançou a cabeça de novo, desta vez com mais vigor.

— Se Hazan descobrir que a deixamos sair desprotegida diante de cem mil pessoas, ele nos matará na mesma hora...

— São menos de cem mil...

— Por favor, não sou tão frágil quanto vocês parecem pensar — objetou Alizeh. — Sempre fui capaz de me proteger...

— Ninguém pensa que a senhorita é frágil — disse Omid, com a voz grave. Ela nunca o tinha visto tão sério. — Só porque queremos protegê-la não significa que seja fraca... Significa que é importante.

Alizeh aproximou-se dele, e Omid ficou em silêncio, suas palavras morrendo com um suspiro. Ela pegou nas mãos dele quando encontrou seu olhar febril.

O corredor também ficou estranhamente silencioso.

Omid amadurecera em sua ausência, ela podia ver em seu rosto. Considerava-o velho demais para um garoto de doze anos, alto demais, sofrido demais. Ainda assim, as refeições regulares haviam preenchido as lacunas do corpo. Seus olhos castanhos não estavam mais arregalados e fundos; ele não era mais arisco; não mais castigado pela fome. Parecia agora maior, mais completo, mais concreto. Era assustador imaginar que aquele jovem forte uma vez enfiara uma adaga grosseira no próprio pescoço, que uma vez tentara se matar no meio de uma praça da cidade real. Alizeh relembrou esse fato chocante com um espasmo doloroso, mas sua preocupação foi se apaziguando quando ela ouviu o leve tremor da respiração dele e viu a tensão sobrecarregando seus ombros.

— Você — ela disse baixinho, encarando-o — sempre será uma pessoa querida para mim. Por sua bondade, sua lealdade... Por sua coragem diante das crueldades do mundo. Eu gostaria que você nunca tivesse sofrido, desejo a você uma vida inteira de tranquilidade. Desejo que você enxergue sua própria força, que veja cada escolha difícil que fez para transformar sua dor em uma armadura de resiliência e compaixão, quando poderia tê-la usado para se entregar à escuridão. Se quiser um lugar na minha vida, você o terá. Mas, agora, neste momento, deve me deixar ir. Eu voltarei para você, Omid. Eu juro.

O menino a encarou por um longo tempo, com os olhos cheios de sentimento contido, depois voltou o olhar para o chão.

— Tudo bem, senhorita — ele sussurrou. — Se a senhorita for, eu vou junto.

— Não — disse ela, afastando-se dele. — É muito perigoso... Você mesmo disse...

— Eu também vou — disse Huda, endireitando os ombros.

— E eu — ajuntou Deen, parecendo cabisbaixo ao dar um passo à frente.

— Mas... — Alizeh olhou para eles. — Vocês acabaram de gastar os últimos minutos tentando me convencer a ficar longe da multidão...

Foi Huda quem falou primeiro:

— Mesmo assim, você não tem medo.

— Claro que tenho medo! — disse Alizeh, rindo enquanto seus olhos lacrimejavam. — Mas vocês não veem? Se eu deixar o medo me impedir de fazer o que é certo, sempre estarei errada.

— Falou como uma verdadeira rainha — disse Huda.

Foi Deen, então, quem disse calmamente:

— "Esperemos pelo dia em que todos possamos remover as nossas máscaras e viver na luz sem medo."

Alizeh enrijeceu, virando-se para encará-lo. Deen recitara em voz alta algo que uma vez ela havia lhe falado. Ela mal sabia o que dizer.

— Essas palavras estão gravadas em meu coração frio e enrugado — disse ele, com um leve sorriso. — Eu gostaria muito de viver em um mundo onde a senhora fosse a rainha.

— Obrigada — disse ela. — Sou muito grata por sua amizade.

— E eu, pela sua. — O sorriso dele se alargou. — Devo dizer que sempre suspeitei de que a senhora não era uma *snoda* comum. Mas nunca imaginei que...

— Ah! — exclamou Huda. — Nem eu.

Omid balançou a cabeça, enxugando discretamente os olhos.

— Não — disse, falando em ardanz com sotaque. — Você sempre foi uma rainha para mim, senhorita.

Alizeh olhou para os amigos, e uma alegria intensa se desenrolou dentro dela. Ela então se lembrou de algo que seus pais costumavam dizer um ao outro — quando deixavam cair objetos; quando se perdiam em uma discussão; quando se esbarravam na cozinha; quando cometiam erros bobos. Eles riam, trocavam olhares e...

— *Shuk pazir ke manam, manam* — disse Alizeh.

Obrigada por me aceitar como sou.

Os olhos de Omid se arregalaram, e ele riu alto.

— Eu não ouvia isso desde antes de meus pais morrerem.

— Ah, eu conheço essa! — disse Huda. — *Shuk nosti ke tanam, tanam.*

Obrigada por confiar a mim quem você é.

Era uma resposta amável ao provérbio.

Alizeh examinou o rosto dos amigos uma última vez.

— Eu irei sozinha. Fiquem aqui. Sem mais discussão.

Ela viu o choque em seus olhos, a fração de segundo antes de as palavras de protesto se formarem na boca dos amigos. Era a sua deixa para sair dali, e ela teria feito isso caso uma dúzia de homens e mulheres encapuzados não tivessem aparecido sem emitir um só som, como que materializados à sua frente.

Os Profetas agora se espalhavam pelo corredor, tão imóveis que Alizeh se perguntou se de fato estavam ali ou se era sua imaginação. Ficou perplexa. Não devia ficar surpresa ao encontrar Profetas em seu próprio templo, em especial depois de a terem tratado com tanta devoção por semanas, mas Alizeh nunca vira Profetas ao vivo. Experimentou uma estranha emoção em sua presença, uma espécie de atração que não era capaz de nomear. E, o mais estranho de tudo: não conseguia ver seus olhos, mas sabia que eles a estavam encarando.

— Olá — ela falou baixinho.

Em resposta, os sacerdotes e as sacerdotisas curvaram-se a ela em harmonia, com seus mantos reluzindo como aço derretido. Todos juntos, pressionaram as mãos contra o peito e baixaram a cabeça.

Omid respirou fundo.

Alizeh olhou para ele, percebendo o medo em seus olhos antes de notar uma agitação similar em Deen e Huda. Ela mesma sentiu uma pontada de ansiedade diante da inimaginável reação sincronizada dos Profetas a ela.

Sem saber como mais saudar tais figuras, Alizeh optou por espelhar seu gesto, curvando a cabeça e levando as mãos ao peito.

— Obrigada — disse com sinceridade. — Por tudo.

Desta vez, os Profetas apenas desapareceram.

Houve um silêncio enervante entre eles, durante o qual Alizeh lutou para organizar seus pensamentos. Os Profetas a haviam curado e cuidado dela; ela não conseguia entender por que não tinham falado nada. Pior: pretendia perguntar onde estava seu *nosta*, e agora já não sabia se haveria outra chance. No fim, foi Omid que quebrou a tensão:

— Pelos anjos — ele sussurrou. — Não sabia que você era uma Profeta.

— Nem eu — disse Deen, sem fôlego.

— Era para ser um segredo? — perguntou Huda, que parecia quase temer Alizeh agora. — Não era para sabermos?

Alizeh deu um passo para trás, assustada.

— Não... Deve ser um mal-entendido. Não sou uma Profeta — ela enfatizou. — Nunca nem toquei em magia. Eles estavam apenas sendo educados...

Omid balançou a cabeça.

— Quando morei com os Profetas, senhorita, vi que eles não se curvavam para ninguém a não ser entre eles mesmos.

— Isso não pode ser verdade...

— É verdade, sim — confirmou Deen, observando-a com cuidado. — Profetas não demonstram esse tipo de deferência a ninguém de fora do sacerdócio. Não se curvam nem diante do rei.

VINTE E TRÊS

بیست و سه

Alizeh não sabia como processar aquela última revelação. A experiência limitada de Omid com os Profetas de Ardunia não explicava a maneira de ser de todos os Profetas de todos os lugares, mas a corroboração do fato por Deen a fizera hesitar. A despeito de qualquer coisa, não tinha certeza de que fosse o momento certo para discutir o assunto. Sua mente já lutava para processar o dilúvio de declarações do dia; parecia impossível adicionar a esse turbilhão a possibilidade de que os Profetas pudessem reconhecer alguém como ela como uma igual... Ela, que nunca havia tocado em magia...

Alizeh mordeu o lábio, pois aquilo não era bem verdade.

Nunca pensara em suas habilidades como *mágicas*, mas era forçada a admitir que o gelo que corria em suas veias era, sem dúvida, uma espécie de magia. Na verdade, Alizeh sempre fora diferente dos outros jinns que ela conhecera, ou seja, ela era estranha mesmo entre seu próprio povo. Era apenas o sangue *dela* que corria limpo; apenas o corpo *dela* que se curava; apenas *ela* podia resistir ao fogo. Seu Livro de Arya também era um objeto encantado, que só ganhava vida em suas mãos.

Alizeh olhou para os amigos; todos a estudavam com cautela.

Desta vez, ela realmente precisava se sentar.

Ela desceu, cambaleante, pelo corredor de pedra e empurrou a pesada porta de madeira do pátio, cuja entrada se abria para ladrilhos de travertino rachados. Ela ouviu os outros seguirem-na, seus passos atrás dela. Assim que saiu, encheu os pulmões de ar fresco, e suas pernas quase cederam enquanto seu corpo suportava o último choque.

Os altos muros do pátio, ela percebeu, estavam repletos de flores, entre as quais havia jasmins maduros que exalavam uma fragrância de mel trazida pela brisa e que lhe proporcionava grande conforto. No centro do jardim, havia um grande espelho d'água circular, em torno do qual havia uma série de bancos de pedra em formato de meia-lua, representando diversas fases do astro.

Sem pensar, Alizeh sentou-se em um dos bancos. Huda sentou-se ao lado dela. Deen e Omid sentaram-se nas proximidades.

Ela fechou os olhos e respirou mais profundamente. À medida que os trovejos de seu coração diminuíam, as vozes abafadas da multidão se tornavam mais altas. Lá fora, no pátio, o som era mais nítido. Alizeh ouviu atentamente as vozes se erguendo e se afastando como as ondas do oceano. Gradativamente, a tristeza em suas canções foi dando lugar à esperança e atingiu um crescendo tão épico que, de repente, ela podia ouvir as palavras com clareza.

Choramos até nos cegar
Perdemos nossa vontade
Dormimos sem nos levantar
Esperando nossa Majestade

Alizeh enrijeceu, esquecendo-se de si.

Justiça!
Justiça!

Pela terra que já foi nossa
Pelos milhões de corpos
Por nosso sangue em poça
Pelos séculos mortos

Devagar, ela ficou em pé.

Pelos povos sem nações
Pelos pais sem esperança
Por doces mãos e corações
De nossas falecidas crianças

Seu peito oscilou. Ela sentiu como se seus pais tivessem se levantado dentro dela e gritado.

Justiça!
Justiça!

Choramos até nos cegar
Perdemos nossa vontade
Dormimos sem nos levantar
Esperando nossa Majestade

A esperança é nossa brasa
A verdade, nossa artilharia
Dormimos em valas rasas
Por fé em nossa rainha

Alizeh levou a mão trêmula à boca, lutando contra as lágrimas. Houve um estrondo quando o canto terminou, gritos e gritos de júbilo. Ela enxugou os olhos, em desespero.

— Preciso ir — anunciou ela, virando-se para Omid. — Perdoe-me, mas devo ir até eles agora...

— Espere... Senhorita...

— Mas...

— O que você vai dizer?

Alizeh recolheu as saias e saiu correndo pelo pátio, que envolvia parcialmente a lateral do edifício central. Ela procurou a sacada. Encontrou-a tão de repente que se engasgou assim que alguém gritou, recuando um passo quando o tamanho da multidão se revelou diante dela.

Alizeh nunca tinha visto tantas pessoas em um só lugar em toda a sua vida, e a ideia de que estavam ali por ela, que vieram ali para vê-la, a fazia se sentir tão pressionada que ela mal conseguia respirar. Jinns de todas as raças, idades e classes; dezenas de homens e mulheres com crianças nos braços ou nas costas; jovens cochilando na grama; grupos de moços e moças em estado de choque, enquanto idosos esforçavam-se para se levantar e ver melhor. A massa parecia se estender indefinidamente. Houve gritos mais agudos, dedos apontando em sua direção, mas demorou um momento até que a multidão de fato a visse. Então, seus gritos se acalmaram até pairar um silêncio tão completo que chegava a ser assustador.

Eles se voltaram para ela em um movimento único; o foco ofegante voltado em sua direção mostrando, pela primeira vez, a magnitude de sua responsabilidade. Alizeh nunca tinha visto jinns reunidos assim, nunca soubera com certeza se alguém a aceitaria como líder.

Ela respirou fundo, tentando recuperar a voz e, quando se aproximou da balaustrada, o silêncio foi quebrado. As pessoas começaram a gritar

— Minha rainha!
— É mesmo ela?
— Majestade!
— Ela está aqui!

Só então, ao separar os lábios para falar, percebeu a enormidade de seu erro.

Ela ainda não era uma rainha coroada.

Não tinha trono, nem reino, nem autoridade, nem magia real. Até suas roupas eram emprestadas. Na última vez em que estivera diante de seu povo, tinha bons motivos para adiar a resposta às perguntas deles. Mas agora...

— Quando assumirá o trono, Majestade?
— Vai se casar com o rei Cyrus?
— Iremos para a guerra?
— *Iremos* para a guerra!

Outro rugido do povo, punhos erguendo-se no ar. Com o coração batendo loucamente no peito e uma mente emaranhada, Alizeh queria responder às perguntas, queria...

Ela viu a adaga antes de entender completamente o que era, o brilho prateado ao longe parecendo um pássaro brilhante antes de formar uma lâmina, apontada diretamente para sua garganta.

Alizeh congelou.

Talvez, se sua cabeça não estivesse tão fragmentada, se seu coração não tivesse sido afligido por tantas dores, se não tivesse ficado tão surpresa com suas próprias deficiências como líder... Talvez, se tivesse melhor controle de si mesma, ela poderia ter se recomposto, aproveitado suas forças sobrenaturais e simplesmente saído do caminho. Em vez disso, recorreu a velhos instintos, fazendo o que lhe era natural quando atacada: ela revidou.

Alizeh estendeu o braço com uma velocidade inimaginável, a adrenalina aumentando seu foco enquanto observava a adaga, como se estivesse em câmera lenta, girando com uma mira excepcional em direção à sua garganta. Ela pegou a arma em um ângulo não natural, e o cabo atingiu sua palma com um golpe tão forte que o impacto a fez perder o equilíbrio antes de ser cruelmente jogada contra a parede. O ar saiu de seus pulmões, e ela emitiu um som suave de dor ao ouvir a multidão gritar, suas vozes frenéticas clamando. Já estavam se voltando uns contra os outros, procurando pelo culpado e, mesmo em meio àquela provação, Alizeh sabia que precisava acalmá-los — sabia que, se não o fizesse, a violência poderia explodir. Mas ela não conseguia se separar da parede. Ela sabia que, sem dúvida, a arma havia sido encantada, pois a adaga continuava a tremer em sua mão, com um poder tão sobrenatural quanto o seu.

Enquanto ela lutava contra a arma, a lâmina torcia-se em seu punho, centímetro por centímetro, logo apontando de novo para sua garganta. Alizeh fechou os olhos, invocou sua força e, com um grito violento, conseguiu se afastar da parede, usando o impulso acumulado para girar e enterrar a lâmina na pedra atrás de si. A adaga alojou-se, para seu grande alívio, com um terrível ruído.

Alizeh cambaleou para trás, enfrentando a multidão atordoada. Seus braços cansados tremiam e seu coração estava disparado. Ela não conseguia focar os olhos enquanto ouvia os gritos estridentes; estava tentando recuperar o fôlego quando... Pronto, de novo...

Como um *déjà vu*, viu outro brilho prateado.

Ela piscou, certa de que devia estar imaginando aquilo, e o momento que aproveitou para acalmar a mente lhe custou a única oportunidade que poderia ter tido para reagir. Ela ouviu um grito horripilante quando registrou, tarde demais, a necessidade de recuar.

De repente, foi atirada no chão.

Alizeh tombou contra a pedra com um grito abafado, e o peso de outro corpo caiu pesadamente em cima dela. Ela ouviu o alvoroço das massas, o caos explodindo. Tentou se levantar e foi imediatamente empurrada para baixo. Pelo canto do olho, vislumbrou o perfil familiar e sardento de Hazan e, então, logo acima de sua cabeça, enterrados na parede atrás dela: dois punhais. Tinha escapado do segundo por centímetros.

— Hazan? — murmurou surpresa.

Em resposta, ele os tornou invisíveis, ergueu-a nos braços e levou-a na velocidade da luz de volta ao pátio murado, onde a colocou no chão. Mesmo assim, ele teve o cuidado de não desarrumar seu vestido enquanto a ajudava a recuperar o equilíbrio, embora o véu e a coroa que a acompanhavam estivessem tombando de sua cabeça, e ela os segurara antes que caíssem no chão.

— Hazan...

— Perdoe-me, Majestade — ele a interrompeu, cerrando os punhos enquanto evitava os olhos dela. — Estou furioso demais agora para falar com a senhora da maneira que merece.

Alizeh sentiu uma onda de mortificação. Nunca pensou que Hazan pudesse ficar tão zangado com ela.

— *Seus idiotas!* — ele gritou sem aviso, afastando-se dela. — Não posso acreditar que a deixaram ir até lá!

Alizeh virou-se e viu seu trio de amigos aparecer correndo.

— Ela insistiu! — disse Deen, avançando. — Não conseguimos impedi-la fisicamente...

— Eu tentei contar a ela! — Omid gritou, com o rosto vermelho. — Eu tentei ir *com* ela! Disse que era uma má ideia. Eu até queria que ela lesse o jornal, mas ninguém me escuta...

— Você está bem, querida? — Huda correu em sua direção e agarrou seu braço, guiando-a até um banco. Então, para Hazan: — Existe alguma chance de vermos as armas? E, Omid, você pode pedir aos Profetas um copo de água com açúcar?

Hazan olhou para Huda e saiu para recuperar as lâminas; embora Omid tivesse cerrado a mandíbula em resposta, assentiu antes de sair.

Alizeh observou-os se separarem enquanto o frio do banco penetrava em suas roupas. De repente, ela estava congelando de novo e não entendia a mudança. Estava cansada devido à adrenalina, e suas costas doíam onde tinham batido contra a parede. O braço direito estava tão cansado que ela mal conseguia levantá-lo para ajustar o véu, que ainda escorregava de sua cabeça. Nem percebeu que estava tremendo até ver suas mãos trêmulas. Levaria um momento para assimilar o fato de que alguém havia tentado matá-la. Duas vezes.

Céus. Desde que se lembrava, sempre havia alguém tentando matá-la. Ela estava, francamente, cansada daquilo.

Hazan voltou um momento depois, erguendo as adagas assassinas para que todos vissem. Eram idênticas, embora parecessem bastante simples: lâminas de aço, empunhaduras de ouro.

— São um par encantado — disse ele. — Estão vibrando desde o momento em que as arranquei da parede.

— Vibrando? — Huda perguntou.

— Tentando terminar o serviço. — Ele manteve os punhos firmes enquanto caminhava até a porta. — Preciso entregá-las aos Profetas imediatamente.

— *Tentando terminar o serviço...* — repetiu Alizeh, baixinho, quase para si mesma.

Ela estremeceu quando a porta se fechou. Ao erguer os olhos, descobriu que Deen a estava observando atentamente.

— Acho que precisa de algo mais forte do que água com açúcar — disse ele. — Vou preparar um chá forte para a senhora. Quero dizer, Majestade...

— Por favor, chamem-me de Alizeh — disse ela, controlando-se para evitar que os dentes tiritassem. — E um chá seria maravilhoso. Obrigada.

Então, com outro aceno de cabeça, Deen também se foi.

Huda sentou-se ao lado dela, pegou sua mão e apertou-a.

— Como você está se sentindo?

— Como uma tola. — Alizeh suprimiu um suspiro ao remover a tiara, depois o véu, colocando os dois no banco ao lado dela. Ela deixou cair a cabeça entre as mãos instáveis. — Hazan está bravo comigo. Hazan nunca fica bravo comigo...

— Ele estava assustado. Imagine, ele soube que você enfim estava acordada, correu até aqui para vê-la... E aí descobriu que alguém estava tentando matá-la. Você quase morreu, querida. *De novo.* — Huda estalou a língua. — Os pobres nervos dele. *Seus* pobres nervos.

Alizeh ergueu os olhos.

— Foi tudo em vão — disse ela. — Eu nem abri a boca. Na verdade, não tenho nada a dizer...

— Eu não diria que foi de todo infrutífero — Huda rebateu, com gentileza. — Pelo menos eles viram você fazer um esforço. Certamente, ninguém pode culpá-la pelo que aconteceu. Eles entenderão se você demorar para ficar diante de uma multidão. — Ela inclinou a cabeça. — Talvez daqui para a frente possamos comunicar quaisquer mensagens por meio de Dija.

— Quem é Dija?

— Ela é uma espécie de líder das massas. Ela e alguns outros ajudam a manter a multidão em ordem. Que eu saiba, Cyrus já conversou com ela várias vezes.

Ao som do nome dele, Alizeh desviou os olhos.

— Eu tomei uma decisão, Huda. Eu sei que pode não ser uma decisão popular, mas...

A porta se abriu com um gemido, e Huda, que abrira a boca para falar, de repente se levantou.

Hazan havia retornado.

— Eu vou, hum... Por falar em Dija, vou dar uma passada para vê-la, certo? É melhor ter uma ideia do que está acontecendo lá fora.

— Você vai até a multidão? — disse Alizeh, alarmada. — Mas... Não é perigoso?

— Ah, não para mim! Ninguém se importa comigo! — Huda disse antes de sair correndo.

A porta se fechou pela quarta vez e, de novo, Alizeh se encolheu. Ela e Hazan estavam sozinhos.

Ele ficou de lado, passando uma das mãos pelo cabelo enquanto olhava fixamente para a parede. Os sons da multidão ainda eram ouvidos ao longe.

— Hazan — ela falou, baixinho.

— Sim, Majestade?

— Você acha que ficará bravo comigo por muito tempo?

Ela o ouviu suspirar.

— Não estou bravo com a senhora — disse ele, com a voz dura. — O que me deixa bravo é que alguém tenha tentado matá-la. Simplesmente não entendo por que a senhora se colocou em uma situação tão perigosa...

— Por favor — ela pediu, em desespero. — Por favor, entenda, eu tinha de falar com eles. Não apenas porque era meu dever tentar, mas porque precisava aprender que nunca, *jamais*, quero estar naquela posição novamente.

Hazan virou-se para encará-la.

— O que a senhora quer dizer?

— Na próxima vez em que estiver diante do meu povo — disse ela —, será com uma coroa e um plano. Não terei nada a dizer a eles até garantir ambos. Preciso encontrar minha magia, Hazan... Preciso ir até Arya imediatamente...

— Nós iremos — ele disse, movendo-se rapidamente em direção a ela. — Voltaremos para Ardunia amanhã, se quiser. Iremos assim que tomar a decisão.

— Eu gostaria que fosse assim tão fácil — disse ela, tentando sorrir. — Será uma jornada longa e difícil...

— Não se viajarmos de dragão...

— ... e preciso recuperar meu livro, que está com Cyrus. Ele se recusou a me devolver.

Hazan balançou a cabeça.

— Eu vou matá-lo.

Alizeh riu, seu coração aquecendo-se de carinho.

— Você não pode matá-lo. Eu preciso dele.

Hazan agora estava diante dela, alto e imponente.

— Com todo o respeito, Majestade, a senhora não precisa dele. Tem a mim.

Ela olhou nos olhos dele e sorriu.

— Se você tivesse um império...

Hazan suspirou profundamente e depois se virou.

— Se tivesse...

Ela pegou a mão dele, com a intenção de apertá-la em sinal de amizade, mas ele recuou. Ela se lembrou, então, de que ele já havia recuado quando ela tentara tocá-lo.

— Perdoe-me — pediu ela, envergonhada. — Não queria deixá-lo desconfortável.

— Não estou desconfortável — respondeu ele, embora sua voz fosse áspera. — Só não estou acostumado a ser tocado.

Alizeh ergueu o olhar, mas ele não olhou nos olhos dela.

— Hazan — sussurrou. — Não vai olhar para mim?

Ela o viu engolir em seco, hesitando antes de se abaixar lentamente sobre um joelho diante dela. Ele ergueu a cabeça, e seus olhos se encontraram. Ele parecia encantado com a visão dela; temor e afeição pareciam em guerra em seu olhar.

— Hazan — ela falou de novo. — Estou preocupada que talvez você não esteja dormindo bem.

Isso o desarmou tão completamente que ele quase riu, e a intensidade em seus olhos se transformou em algo mais gentil. Seu peito cedeu quando ele exalou e abaixou a cabeça mais uma vez.

— Tentarei fazer o meu melhor nesse sentido, Majestade.

— Obrigada — ela disse com suavidade. — Por salvar a minha vida.

— Não precisa me agradecer pelas ações que pratiquei — disse ele. — Foram em meu próprio interesse.

Ela riu, e eles compartilharam um momento tranquilo e fugaz de silêncio.

— Sinto que você deveria saber... — ela disse, sua voz praticamente um sussurro — ... que tomei minha decisão.

Ele olhou para cima, bruscamente.

— Eu direi sim. À proposta dele. — Alizeh entrelaçou as mãos com força no colo. — Irei me casar com Cyrus.

Hazan pareceu parar de respirar.

— Eu sei que você é contra a ideia — ela continuou — e sei que ele não é confiável... Mas espero que possa entender o porquê, sobretudo depois de hoje...

A porta abriu-se sem aviso, e os dois se viraram em direção ao som. Alizeh reprimiu um suspiro.

Era Kamran.

VINTE E QUATRO

بیست و چهار

Alizeh sentiu-se enrijecer, impressionada com a própria reação diante dele. Kamran estava lindo como sempre. O veio de ouro que atravessava seu rosto dava-lhe um ar mágico e misterioso. Sua presença sempre fora marcante, mas as lembranças lhe faziam uma injustiça. Seu porte era impressionante, seus olhos reluziam. Kamran irradiava o tipo de glória que só podia ser cultivada em uma vida inteira de poder e privilégios. O jovem que estava diante dela agora era maravilhoso de se ver e, ainda assim, a ideia de falar com ele a enchia de pavor. Na última vez em que vira o príncipe, ele estava furioso e irracional. Recusara-se a ouvi-la, recusara-se a pensar e, então, atirara nela com uma flecha, quase a matando.

Kamran manteve os olhos em Alizeh enquanto avançava lentamente, como se tivesse medo de assustá-la. Ainda assim, havia algo mais gentil em seu semblante desta vez, o fogo em seus olhos parecia menos furioso, e ela se sentiu relaxar quando ele se aproximou, mesmo permanecendo cautelosa.

— Perdoem-me — disse ele, olhando dela para Hazan. — Mal sei o que dizer. Ouvi as boas notícias, depois as más. Estou muito aliviado em ver que está ilesa.

— Sim — ela disse, sentindo-se estranhamente rígida. — Tive sorte de um amigo ter chegado a tempo de me poupar de um destino muito mais sombrio. — Ela se suavizou, sorrindo para Hazan de maneira calorosa. — Devo minha vida a ele, mais uma vez.

Hazan apenas baixou a cabeça.

— De fato. — Kamran assentiu, olhando para seu antigo ministro antes de voltar o foco para ela. — Como... Como você está?

Uma série de respostas floresceu em sua mente, mas Alizeh apenas o avaliou antes de dizer, educada:

— Estou bem, obrigada. Como vai você?

— Estou... Bem. — Kamran hesitou, depois riu com um encantador constrangimento. — Céus, tudo isso é horrível, não é?

— Sim — ela disse, suspirando.

Kamran balançou a cabeça e parou de sorrir.

— Você algum dia será capaz de me perdoar?

Ela o encarou, surpresa.

— Eu já o perdoei.

— Perdoou? — Ele arqueou as sobrancelhas. — No entanto não parece nada contente em me ver.

Alizeh desviou o olhar. Ela sabia que as ações dele naquela tenebrosa manhã tinham sido involuntárias... Sabia que ele não tivera a intenção de lhe fazer mal... Mas a conduta de Kamran era indicativa de um homem incapaz de deixar de lado os próprios desejos. Ela tentara argumentar com ele, implorara para que ele refletisse sobre a situação de forma mais complexa, para que enxergasse como matar Cyrus teria consequências de longo prazo... E ele apenas a afastara sem cuidado nem consideração.

Aquilo a incomodara quase mais do que o ferimento em si.

Ela vinha tentando entender suas crescentes hesitações em relação a Kamran e, quanto mais interrogava seus sentimentos, mais se perguntava se era, enfim, menos por ele ter ferido a vaidade dela e mais por não ter respeitado sua mente. Sem dúvida, ela não esperava que ele trocasse todos os seus pensamentos e opiniões pelos dela, mas seus medos e preocupações deveriam ter *importado* para ele. Deveriam ter peso suficiente para fazê-lo parar. Para que houvesse, ao menos, uma conversa.

Incomodava-a o fato de que isso não aconteceu.

— Não estou descontente em ver você — disse ela, com honestidade. — Na verdade, estou feliz em ver que está bem. Sei quanto sofreu nas últimas semanas e posso imaginar que não tenha sido fácil. — Ela hesitou. — É só que... Suspeito que nossa história tenha sido concluída, Kamran.

Ele pareceu atordoado com a resposta, seu peito erguendo-se ligeiramente enquanto respirava.

— Entendo — disse.

Alizeh olhou para as mãos sobre o colo e depois para Hazan, cuja expressão era inescrutável. Ela percebeu, então, que não tinha vontade de continuar aquela conversa, pois não só era intoleravelmente estranha, como havia milhares de coisas que ela ainda precisava fazer.

Ela se levantou.

Kamran apressou-se para ajudá-la, pegando sua mão enquanto ela tentava não tropeçar na cauda do vestido. Alizeh se firmou com a ajuda dele e, depois, olhou para as suas mãos entrelaçadas em um momento vertiginoso de desconexão. Não sentia repulsa de Kamran, nem um pouco... Na verdade, ele irradiava calor e força, e cheirava a algo exuberante, como mel, o que a atraía. Só que lhe pareceu estranho que um dia o tivesse beijado, quase desmaiado em seus braços. A lembrança daquele momento parecia pertencer a outra mulher, a outra vida.

Seria possível que tivesse sido apenas uma criada? E, agora, era uma rainha?

Ela retirou a mão, sacudindo as saias antes de recolher a coroa e o véu.

— Hazan, como posso voltar ao palácio?

Ele deu um passo à frente.

— Chamarei a carruagem, Majestade. Não deve demorar mais que um momento.

Ele se moveu rapidamente em direção à porta; mas, então, olhando para Kamran, fez uma pausa.

— A menos que queira me acompanhar?

— Sim — ela disse, iluminando-se. — Gostaria disso.

— Por favor, Alizeh — disse Kamran, avançando. — Posso ter um momento a sós com você?

Alizeh hesitou. Ela estava abrindo a boca para falar quando a cabeça de Huda apareceu pela fresta da porta.

— Oh! Podemos entrar? — Suas palavras morreram quando ela avistou Kamran, o que a fez parar de sorrir. — Ah. Vejo que o príncipe chegou.

Kamran enrijeceu ao som da voz dela, e seu humor piorou como se tivessem derramado um balde de água fria sobre ele. Ele se virou para ela lentamente, seus olhos brilhando com hostilidade. Alizeh ficou chocada com aquela troca breve e intensa, perguntando-se o que exatamente teria acontecido entre eles na sua ausência.

Huda não fora específica a esse respeito.

— O príncipe está aqui? — A voz de Omid precedeu seu corpo ao voltar para o pátio, seus olhos brilhando quando avistou Kamran. — O senhor voltou! Teve algum problema com o...

— O que eu lhe disse — Kamran o cortou bruscamente — sobre manter a boca fechada?

— Certo — o menino apressou-se a emendar, suas orelhas ficando vermelhas. E, então: — Ah, e desculpe pela água, senhorita — disse a Alizeh. — A srta. Huda me disse para não interromper sua conversa com Hazan, então eu não a trouxe; mas, se ainda quiser...

— Não é necessário — disse Deen, entrando no pátio com uma reverência. Ele trazia um frasco de metal, que colocou nas mãos de Alizeh. — Isto irá funcionar muito bem.

— Obrigada — disse ela, desatarraxando a tampa. Com delicadeza, ela cheirou o conteúdo, então lutou contra um estremecimento. — Você disse que isto é *chá*?

— Uma maneira de falar. — Deen sorriu, triunfante, e Alizeh percebeu que, no pouco tempo que o conhecia, nunca tinha visto Deen sorrir tanto. — É uma mistura quente de raiz de lótus, safira esmagada, água do rio, um pouco de açafrão e apenas um *toque* de geada.

— Geada? — Ela olhou para o frasco. — Você quer dizer gelo?

— Um tipo específico de magia — disse ele, balançando a cabeça. — Vou poupá-la dos detalhes tediosos, mas tenho trabalhado com o alquimista do palácio em vários novos elixires. Devo dizer que nunca estudei na companhia de tamanho talento, e a experiência tem sido *esclarecedora*. Espero publicar minhas descobertas quando voltarmos para casa.

— Que maravilha — disse ela, abrindo um sorriso. — Fico feliz por você.

— Vá em frente, então, tome um gole. — Ele sorriu. — Em geral, recomendo como remédio para dormir, mas acho que resolverá seu problema de nervos. Os efeitos são bastante imediatos.

— Ah... — ela disse, apertando o frasco contra o peito. — Tudo bem se eu o guardar, então? Estou ansiosa para voltar ao palácio e preciso conservar meu bom senso, mas dormir em paz será ótimo mais tarde.

Ele inclinou ligeiramente a cabeça.

— Como quiser. Apenas certifique-se de me dizer, pela manhã, se funcionou.

— Sim, claro, eu...

Ela se assustou, então, com a pressão de uma mão contra sua cintura. Ela se virou. Era Kamran.

— Você me permitiria acompanhá-la de volta ao palácio? — indagou ele, olhando para ela de modo intenso. Seus olhos, um dourado, outro castanho, eram de uma beleza desnorteadora. — Poderíamos compartilhar uma carruagem.

Alizeh hesitou.

Não queria ficar presa em outra conversa desconfortável, mas queria lhe contar sobre sua decisão de se casar e, dados os sentimentos dele em relação a Cyrus, ela não sabia como ele receberia a notícia. Em última análise, a opinião de Kamran sobre o assunto não a comoveria, mas Alizeh não era indiferente ao fato de Cyrus ter assassinado o avô dele. Sentiu que deveria ser ela a lhe dar a notícia; sentia que devia isso a ele. Refletiu sobre tudo isso em questão de segundos e estava se preparando para responder quando Huda emitiu um som engasgado, algo parecido com uma risada terrível. Kamran virou-se para encará-la, de forma mordaz, e disse:

— Minha pergunta foi engraçada para você?

Ela balançou a cabeça com um movimento exagerado, arregalando os olhos em sinal de falsa inocência.

— De jeito nenhum, Alteza. Nada no senhor é engraçado. É um príncipe muito sério. Tudo o que o senhor diz é da maior seriedade.

— Interessante. — Um músculo saltou em sua mandíbula. — Eu não imaginava que você sabia o que seriedade significava.

Ela engasgou-se e depois caiu dramaticamente contra a parede.

— Oh, suas palavras me ferem! Estou sangrando!

Em uma ação chocantemente pouco refinada, Kamran revirou os olhos, afastando-se dela ao murmurar:

— Você é insuportável.

Ela se afastou da parede e cruzou os braços.

— O senhor é que é insuportável.

— A senhorita não deveria falar com ele assim — Omid sussurrou, puxando seu braço. — Ele será o rei do maior império do mundo...

— Sim — ela disse, parecendo entediada. — Acho que todos nós já fomos lembrados desse fato um milhão de vezes.

Kamran virou-se, com raiva.

— O que quer dizer com isso?

— O quê? Não consigo ouvi-lo — disse ela, levando a mão ao ouvido. — Talvez, se o senhor descesse do seu cavalo, eu poderia...

Ele caminhou na direção de Huda na velocidade da luz, parecendo que poderia amarrá-la a uma árvore e deixá-la lá.

— Sua *delinquente* descarada e incontrolável...

— *Delinquente?* — ela gritou, rapidamente afastando-se dele com o rosto corado. — Que crimes cometi? Nenhum! O senhor, por outro lado, quase matou a profetizada rainha jinn e agora espera que ela o acompanhe em um passeio de carruagem...

Ele congelou.

— *Eu já me desculpei!*

— Minhas condolências! — ela alfinetou de volta. — Deve ter sido dificílimo para o senhor!

— Céus — disse Alizeh, sem conseguir mais conter o riso. — Quando esse doce relacionamento começou?

Todos se viraram para ela.

O feitiço se quebrou. Kamran pareceu assustado com o som de sua voz, libertando-se do momento de fúria antes de interpor toda a extensão do pátio entre ele e Huda, que, por sua vez, olhava para a porta, parecendo quase envergonhada.

— Tem sido assim desde antes de partirmos de Ardunia — disse Hazan, com divertimento nos olhos. — Embora nas últimas semanas tenha piorado muito.

Huda abriu a boca para protestar, e Kamran lançou-lhe um olhar fulminante. Ela o encarou de volta.

— Sim, tudo bem. — Alizeh dirigiu-se a Kamran, ainda sorrindo. — Vamos voltar juntos. Talvez você possa me contar mais sobre tudo o que aconteceu na minha ausência.

VINTE E CINCO

Alizeh puxou as cortinas da carruagem para abri-las um pouco, na esperança de vislumbrar a paisagem pela janela. Sabia que a viagem de volta ao palácio não seria longa e havia perdido tantos acontecimentos no último mês que estava desesperada para apreciar a vista antes de o sol baixar. O dia estava aos poucos se transformando em noite, como uma nebulosa floração colorida lançando à cidade real uma luz surreal, enquanto uma chuva suave e breve lhe conferia um brilho líquido. Huda, ela logo descobriu, não havia exagerado.

Tudo estava coberto de rosas.

Floresciam em quase todos os lugares; botões rosados nos telhados e nas portas resplandecendo à luz do entardecer; trepadeiras enormes e floridas subindo pelas laterais dos prédios, serpenteando pelas calçadas, envolvendo postes de iluminação e latas de lixo, embelezando tudo.

Quanto mais ela via, mais seu coração doía.

Cyrus havia deixado uma marca em todos os lugares. Restos dele viviam em flores eternas no mundo exterior e dentro de suas veias. Ao pensar nele, ela sentiu uma dor implacável que não entendia, o que a assustou.

Houve um grito, depois o som de risadas abafadas, e Alizeh espiou mais uma vez pela janela. As ruas estavam tão cheias de pétalas que as crianças pulavam sobre os montes, jogando punhados para o alto enquanto seus pais pediam desculpas aos que tentavam passar. O trânsito era intenso e lento, e Alizeh, cuja vida havia sido quase destruída, ficou maravilhada com o fato de o mundo poder continuar girando como se nada tivesse acontecido. Havia algo de reconfortante nos sons dos pedestres apressados; no relincho dos cavalos; nos gritos furiosos dos condutores de carruagens culpando-se mutuamente pelo congestionamento. Ela seguiu observando, com uma pontada no coração, enquanto grupos de jovens permitiam-se rir. Os homens baixavam os chapéus, franzindo a testa para o céu; as crianças riam e corriam, depois gritavam; os comerciantes trancavam as portas, semicerravam os olhos para a rua e voltavam para casa.

Apesar dos horrores recentes, Alizeh sorriu.

Sentia-se esperançosa. Finalmente, depois de tanto tempo, tinha um plano concreto. Seu sorriso diminuiu, porém, diante da perspectiva de falar com Cyrus.

Seus sentimentos complicados por ele pareciam uma terrível falha em seu bom senso. Só precisava *imaginá-lo* tocando-a para desencadear uma tempestade em seu coração. Quando se lembrou dele, com seu corpo poderoso e resplandecente, o desejo feroz em seus olhos, ela não apenas precisou parar para respirar como foi possuída por um impulso mortificante de emitir um som indelicado, e teve de morder o lábio para manter o gemido torturado preso em sua garganta. Doía além da razão lembrar a atração entre seus corpos, a febre dele tão perto dela; sua confissão desesperada e a devastação resultante. Não tinha ideia do que aconteceria quando o visse. Certa vez, ele lhe dissera que, se ela se casasse com ele apenas pelo título, ela o tornaria o homem mais infeliz do mundo. Se isso fosse verdade, ela estava prestes a destruí-lo.

Alizeh inspirou, tentando manter a respiração constante.

À medida que o céu escurecia pouco a pouco, vaga-lumes iluminavam o mundo, pontilhando tudo como joias brilhantes. A visão foi particularmente surpreendente quando deixaram o templo, onde dezenas de milhares de insetos brilhantes piscavam em meio à multidão como um mapa das estrelas.

— É tão lindo aqui — sussurrou, forçando-se a se afastar da janela. Ela fechou a cortina, decidindo quebrar ela mesma o silêncio. — Até o aroma é adorável.

Kamran apenas olhou para ela de onde estava sentado, no banco oposto dentro da carruagem. Ela sentira os olhos dele sobre ela nos últimos minutos; a energia entre eles era estranha e tensa. Apesar de sua insistência para que tivessem um momento a sós, ele não dissera nada. Mesmo então, enquanto ela o estudava, ele não falou nada; era como se nem a tivesse ouvido. Mas não fez nenhum esforço para esconder seu interesse evidente. Ele também parecia não perceber que estava batendo as luvas na coxa, e a vibração de tensão no corpo do príncipe a colocou em alerta.

Fora necessária alguma organização para levá-la até uma carruagem simples e sem identificação, mas o transporte tinha de ser reforçado por camadas de magia defensiva, incluindo um encantamento que repelia os olhares dos transeuntes. Tanto Kamran quanto Hazan lhe garantiram que viajavam de um lado para outro daquela maneira há semanas, com guardas do palácio à paisana cavalgando sempre ao lado deles. Mas, talvez, a situação fosse mais precária do que ela imaginava.

— O que foi? — indagou ela, recostando-se em sua cadeira. — Há algo de errado?

— Sim — ele disse rapidamente, depois hesitou. — Quero dizer, não, não há nada de errado. Não sei por que disse isso.

Ela olhou para ele por um instante.

— Você está bem?

— Perdoe-me — disse ele, e suspirou. Enfim, largou as luvas e olhou fixamente para uma janela coberta pela cortina. — Nunca fiz isso antes e tenho medo de estragar tudo.

— Estragar o quê?

Ele respirou fundo e disse:

— Quero me casar com você.

As palavras saíram em um ímpeto nervoso tão diferente do que se esperava do príncipe seguro e polido que ele era que o espanto de Alizeh foi duplicado. Aliás, ela ficou tão atordoada que não disse nada por vários longos e dolorosos segundos antes de perceber que deveria dizer alguma coisa, e depressa.

— Você está... — Ela piscou. — Você está brincando?

Ele recuou.

— Claro que não.

— Perdoe-me — disse. — Eu só... Receio não estar entendendo.

Kamran abriu os lábios para falar, depois franziu a testa.

— Como você pode não entender? — disse ele. — Eu desejo me casar com você. Quero me casar com você.

— Mas... Por quê?

Ele congelou, com as feições ainda mais fechadas. Em seguida, voltou a franzir a testa para a janela enquanto dizia, baixinho:

— Não pensei que precisaria fornecer um motivo, para ser honesto.

Ela levou a mão ao pescoço, sentindo-se um pouco enjoada. Podia ouvir um mascate vendendo seus produtos na rua.

— Você pode tentar pensar em um motivo?

— Você é... Bem, você é tudo que eu sempre procurei em uma rainha — disse, relaxando um pouco enquanto as palavras eram formuladas. — Você é linda, inteligente, equilibrada e elegante...

— Você me ama?

Ele ergueu os olhos e hesitou ao dizer:

— Eu... Eu a admiro profundamente... Tenho certeza de que, com o tempo, passaremos a nos amar. A verdade é que tenho pensado em você quase constantemente desde que nos conhecemos. Nunca senti por ninguém o que sinto por você e ficaria honrado em passar minha vida ao seu lado. — Ele fez uma pausa, seu olhar caindo brevemente para os lábios dela. — Já provamos que somos compatíveis de várias maneiras. Acredito que seria uma excelente combinação.

— Entendo — disse ela, o frio em seus ossos superando a onda de calor que se movia por seu corpo. — Obrigada.

Ele hesitou e disse:

— *Obrigada?*

— Pela explicação — disse ela, distraída. — Isso ajuda.

— Ah.

Houve então outro silêncio tenso antes que ele dissesse:

— Poderia me dar uma resposta?

Ela apertou e desapertou as mãos, com uma sensação de mal-estar. A culpa retorcia seu coração.

— Sim, eu estou...

A carruagem sacudiu.

— Sim?

— ... estou profundamente, *profundamente* lisonjeada — continuou ela, segurando o assento para se firmar. — Mas não, eu... Isto é, eu acho...

— *Inferno* — ele murmurou. — Você está me recusando.

Ela ergueu a cabeça, e em sua voz havia dor.

— Não é você, Kamran. Não é, de verdade. Por mais honrada que esteja com seu pedido, não posso ser sua esposa. Devo colocar meu povo em primeiro lugar. Tenho uma responsabilidade... Um papel que devo cumprir...

— Você seria muito mais do que um prêmio para mim — disse ele, inclinando-se para pegar suas mãos. — Você governaria ao meu lado. Poderia cuidar do seu povo apoiada pelo poder de Ardunia...

— Mas não desejo compartilhar uma coroa. Quero meu próprio reino — disse ela, odiando as palavras que sabia que pronunciaria em seguida. Ela se preparou e respirou fundo. — Decidi me casar com Cyrus.

Ele a surpreendeu ao dizer, com ar confuso:

— Sim, imaginei que você faria isso. Eu quis dizer que gostaria de me casar com você depois disso.

Ela recolheu as mãos, recostando-se de volta no banco, em choque.

— *Depois* disso?

— Sim. Depois que você o matar.

— Depois... Depois que eu o matar... — ela repetiu, as palavras pouco mais que um sussurro. Alizeh olhou cegamente para o chão da carruagem, o brilho de suas longas saias cintilando na penumbra. — Claro... Você sabe sobre a proposta dele.

— É uma boa proposta — disse. — Você deveria aceitar.

Ela levantou a cabeça tão rápido que quase repuxou o pescoço.

— Acha que eu deveria me casar com Cyrus?

— Claro que deveria. — A incerteza nos olhos de Kamran desapareceu, substituída por um brilho de falcão. — Faça-o firmar um pacto de sangue, depois se torne rainha, tome seu império, mate-o e reine, soberana.

Ela olhou para ele com espanto.

— Você diz isso como se eu achasse fácil ser tão implacável.

— Você tem uma escalada difícil pela frente — disse ele com certa indiferença, a compostura retornando à medida que sua mente se voltava para a política. — Receio que deva aprender a ser implacável. Tulan é um dos impérios mais ricos do mundo; qualquer soberano na terra morreria por tal oportunidade. Você seria louca se não aceitasse.

Alizeh inclinou a cabeça para ele, fascinada, apesar de tudo. Ela nunca havia interagido com aquele lado metódico e intelectual de

Kamran. Deu-se conta de que ele poderia ser de grande ajuda, já que ela entendia pouco de geopolítica. Poderia aprender muito com ele.

— Por que seria louca se não aceitasse? — perguntou.

Ele contou as razões nos dedos.

— Solo vulcânico, potencial hídrico, grandes reservas de magia. Há tantos microclimas que o reino é praticamente autossustentável. É capaz de cultivar quase tudo de que precisa; Tulan importa poucas mercadorias e não tem dívidas. Seu exército é pequeno, mas robusto e bem treinado. Historicamente, esta foi uma terra muito sitiada, sob constante invasão e opressão de forças externas, mas a dinastia Nara, a linhagem da família de Cyrus, foi a primeira a resistir e vencer. Tem conseguido driblar invasões estrangeiras por quase cem anos, o que garante ao reino estabilidade suficiente para enriquecer, construir armamentos complexos e avançar sistemas mágicos de defesa. Há pouco desemprego, alta taxa de letramento e saúde pública acessível em toda a nação. Como um todo, o império é uma proeza extraordinária não apenas pela riqueza de seu solo e pela abundância de recursos naturais, mas porque vivem nele cidadãos educados, felizes e produtivos. Há uma razão pela qual Ardunia tenta ocupá-lo há tanto tempo. E, se Cyrus o está oferecendo, você deve agarrar a oportunidade. — Ele balançou a cabeça com vigor. — Sem dúvida nenhuma.

Os lábios de Alizeh fizeram menção de falar, mas sua surpresa a deixou muda.

— É esse, não é? — Ela piscou para ele. — O motivo da trégua. Foi por isso que você e Cyrus firmaram um acordo de paz.

Ele se moveu em seu assento, um pouco desconfortável.

— Sim.

— E você não *me* quer — ela disse, com um leve sorriso. — Você quer Tulan.

— Quero ambos.

Ela então riu.

— Admiro sua honestidade... Realmente, admiro. Mas você acabou de listar as razões pelas quais Tulan é uma nação notável. O que me motivaria a compartilhar essas riquezas, quando posso ficar com todas elas para mim?

— *Neste reino de intrigas, haverá Fogo e Argila.*

O sorriso de Alizeh se enfraqueceu. Olhou para ele, depois, com uma pontada no peito, e seu corpo enrijeceu, alarmado.

— Você viu meu livro — ela sussurrou.

— Eu o encontrei em sua bolsa de tapeçaria — ele disse —, a que você largou em Ardunia.

— Sim, eu a deixei na casa de Huda.

Kamran tirou um lenço do bolso e o estendeu a ela, que o pegou.

— Obrigada — ela disse, com o coração palpitando. Ela acariciou o bordado de vaga-lume com o polegar, lembrando-se de sua mãe, seu pai, seu destino. — Nunca pensei que o veria de novo.

Eles de repente pararam com tudo, de forma tão brusca que caíram um nos braços do outro. Kamran a segurou antes que as cabeças colidissem, puxando-a para mais perto de si do que haviam estado pelo que parecia um longo tempo. Ela sentiu o calor de suas mãos no corpete fino, a força de seu corpo através das roupas. Ele era forte e seguro e, por um momento, ela se lembrou por que o beijara um dia.

— *Case-se comigo* — ele sussurrou com a voz ardente. — Case-se comigo depois de o enterrar, e poderemos unir dois dos maiores impérios da Terra. Juntos, seríamos uma força indomável. Podemos trabalhar juntos para mudar o destino do povo jinn em todo o mundo.

Ela engoliu em seco, atordoada pela proximidade. Era coisa demais para assimilar.

— Kamran, eu não...

A porta da carruagem foi então aberta com uma reverência. O lacaio do palácio estava em pé lá fora, exibindo um belo sorriso de boas-vindas. Na mesma hora, Alizeh libertou-se dos braços de Kamran, mas não antes de avistar cabelos cor de cobre ao longe — que logo desapareceram.

VINTE E SEIS

Cyrus cometera um terrível erro. Estava agora imóvel, no meio de seus aposentos, com a cabeça baixa como se tivesse sido abatido pela própria estupidez. Ele ouvia um leve zumbido nos ouvidos, e seu corpo foi ficando tenso enquanto absorvia ondas de dor. Havia se materializado naquela sala por instinto, pois era para lá que ele se retirava quando precisava escapar de sua vida. Entretanto, naquele momento, mal conseguia perceber o ambiente. Se antes o calor daquele espaço o acalmava, agora não conseguia se concentrar nos objetos tangíveis ao seu alcance. Estava muito consciente de suas roupas, pesadas contra o corpo; a gola do suéter sufocando-o; a resistência de seus ossos contra a pele; o peso de seus pés, concreto dentro das botas. Seus dentes duros, sua língua granulada, o peso do cabelo na cabeça. Seu coração batia tão forte que ele queria enfiar a mão dentro do peito e arrancá-lo. Era mesmo tentador, pensou ele, usar magia para poupar a mente de momentos como aquele.

Não deveria ter ido.

Sabia que não deveria tentar vê-la; mas, no fim, decepcionou até a si mesmo, mostrando-se incapaz de exercer o autocontrole. Por quase um mês ele fora impedido de ver o rosto dela enquanto ela sofria, forçado a permanecer no extremo mais distante da propriedade dos Profetas enquanto os outros iam e vinham à vontade. Já fora difícil o suficiente suportar aquela separação quando ele sabia que ela estava segura, no processo de se curar. No entanto, quando soubera do atentado contra a vida dela, quase perdera a cabeça. Tudo que ele podia fazer era esperar — esperar por um sinal de que ela estava bem, esperar pela notícia de que ela estava saindo do templo, esperar na porta até que ela chegasse...

Era aniquilador o poder que ela exercia sobre ele.

Ele enfim exalou, seu corpo tremendo um pouco. Ela estivera ali uma vez, tinha derrubado sua porta, quebrado suas coisas. Desde então, tudo havia sido consertado, mas os ecos daquela noite persistiam. Ele piscou enquanto olhava ao redor, os detalhes começando a entrar em foco. As estantes imponentes; os sofás de veludo; a prodigiosa lareira. Sua mesa era uma bagunça desorganizada de manuscritos soltos, tinteiros destampados e cristais desordenados, e esse caos só aumentava sua ansiedade. Quando não estava sendo torturado por Iblees, muitas vezes se enterrava no trabalho como forma de ocupar a mente. Tulan era um império pequeno o bastante para que ele não precisasse governar por meio de um comitê, mas se reunia toda semana com os chefes das casas nobres e levava muito a sério sua responsabilidade para com o povo, de soldados a agricultores. Naquele momento, todos expressavam as mesmas preocupações sobre o crescimento constante das multidões de migrantes e o aumento das ameaças externas.

A questão de seu casamento vindouro.

Cyrus sentou-se às cegas no sofá mais próximo, mexendo em um maço de papéis enquanto afundava nas almofadas. Havia uma pequena tigela de cristal com damascos na mesa baixa diante dele, na qual ele se concentrou então. Ele os havia colhido de manhã. Havia uma árvore solitária ao longo do caminho coberto de mato que conduzia à Residência dos Profetas; estava ali desde que ele era criança, e ele colhia seus frutos desde sempre, pois ela nunca parava de florescer.

Pegou um dos damascos agora, envolvendo o formato pequeno e macio em sua mão enquanto os pensamentos se intensificavam. Sua mente voltava sem cessar para Alizeh e Kamran, para a imagem de seu abraço na carruagem. A maneira como ela olhava para ele; a maneira como ele a segurava. Cyrus abandonou o damasco, que rolou para o chão, depois deixou cair a cabeça entre as mãos, o peito desmoronando enquanto exalava.

Eles tinham se reconciliado, então.

Sem dúvida o arduniano lhe contara tudo, conversara sobre tudo. A qualquer minuto, Alizeh chegaria para trazer a Cyrus a boa notícia de que ela aceitaria sua proposta de casamento. Ela provavelmente o pouparia do resto, misericordiosa demais para anunciar que se casaria com ele enquanto estaria discretamente noiva de outro, os dois conspirando para matá-lo e unir seus impérios.

Cyrus sabia que não era digno de ser seu marido, sabia que não tinha o direito de esperar mais do que os termos que havia oferecido, e ainda assim não conseguia acalmar a comoção em seu peito. Seu coração batia tão forte que ele quase não ouviu a gentil batida na porta.

Ele se virou em direção ao som como uma pedra sendo desenterrada. Levantou-se devagar, como se estivesse encharcado de água, e andou de cômodo em cômodo, atordoado, chegando à porta principal sem lembrar como.

Parou diante do painel fechado, com a mão na maçaneta. Recuou um pouco quando ouviu mais uma batida.

— Cyrus — ela chamou, baixinho. — Você está aí?

O som da voz quase o desequilibrou. Durante semanas ele vivera sonhando com ela; tinha memorizado sua risada, havia a segurado nua em seus braços, conhecido seus suspiros e gritos de prazer. Ela o curava e o amava. Tocava nele. Provava seu gosto.

Merda. Aquilo havia de matá-lo.

Ele respirou fundo e abriu a porta.

VINTE E SETE

بیست و هفت

Alizeh perdeu sua força ao ver o rosto dele.

Sua pele dourada e seus singulares olhos azuis, o brilho de seus cabelos cor de cobre, seus traços luminosos contrastando com o traje preto. Ela se esqueceu de como ele era alto, de como era atraente. Não conseguia lembrar se já o tinha encarado assim, livre para mapear o corte das maçãs de seu rosto, as linhas afiadas de sua mandíbula. Ele parecia mais descansado do que ela lembrava... E mais radiante.

Céus, ele era de tirar o fôlego.

Ela o via observando seu vestido elaborado, detendo-se de maneira quase imperceptível nos detalhes do corpete, nos cristais bordados de modo tão artístico. Ela deixara a coroa e o véu para trás, e seu penteado, com os cabelos puxados para o alto de forma simples, começava a se desfazer. Ele se concentrou nas mechas soltas com seu rosto reluzindo dourado pelo brilho quente da luz vizinha.

Seus lábios pareciam macios, e eles se separaram quando ele engoliu em seco, o movimento atraindo os olhos dele para sua garganta.

— Olá — ela o saudou em voz baixa.

Em resposta, ele só exalou, virando os olhos para a porta. Ela esperou que ele falasse algo por um momento; mas, quando ele não disse nada, ela ficou surpresa. Percebeu com grande vergonha que esperava que Cyrus transmitisse grande emoção ao vê-la. Esperava que ele perguntasse sobre sua saúde, expressasse alegria pela sua recuperação, demonstrasse preocupação com o recente atentado contra sua vida. Em vez de tudo isso, porém, ele irradiava uma tensão que parecia indicar apenas uma impaciência crescente. Aquilo a intrigava. Após suas confissões devastadoras, suas ações com relação a ela; depois de ter salvado sua vida e enchido a cidade de flores em sua homenagem...

— Precisa de algo? — ele perguntou com frieza. — É bem tarde.

— Eu... Perdoe-me — disse ela. — Não quis incomodá-lo.

Ele olhou para algo fora de vista e logo devolveu os olhos para a porta.

— Suponho que tenha acabado de chegar — disse. — Seja lá do que precisar, pode ser providenciado. Basta pedir; os criados vão atendê-la. Se precisar de uma criada particular...

— Não — disse ela, enervada. — Não é isso...

— Muito bem. Por favor, deixe-me saber em que posso ser útil.

Ele se retirou com um aceno respeitoso, e Alizeh, com sua mente enfim alcançando o corpo, ergueu a mão para manter a porta aberta.

— Cyrus — disse ela, alarmada. — Não vai olhar para mim?

Ele congelou brevemente antes de encontrar os olhos dela e, quando o fez, foi com uma polidez tão distante que ela se impressionou.

— Sim? — ele disse. — Há algo mais?

Ela ouviu o burburinho de *snodas* passando e se aproximou da porta.

— Posso entrar? Falar com você em particular?

Houve um vislumbre de medo no olhar dele, tão fugaz que se foi antes que ela estivesse convencida de que havia existido. Ela o procurou de novo em sua expressão, mas Cyrus lhe dirigia um olhar estável, com a compostura inabalável.

— Claro.

Ele se afastou para deixá-la passar.

Alizeh costumava se preocupar com a impropriedade de visitar Cyrus em seus aposentos, mas agora que sabia que se casaria com ele, as fofocas em potencial não a incomodavam mais. Olhando mais uma vez para uma *snoda* que passava, ela cruzou a porta e entrou. Assim que ouviu a batida atrás de si, seu coração disparou.

Ela não ficava sozinha com ele desde aquela noite. A noite em que tudo e nada acontecera entre eles.

Cyrus movimentou-se com destreza, passando para a luxuosa antecâmara. Havia assentos exuberantes reunidos em torno de um par de mesas baixas, e Cyrus ficou atrás de uma poltrona enquanto gesticulou de forma educada para outra. Ele estava esperando que ela se sentasse antes de se sentar, e essa atitude atenciosa era tão diferente da de um rei imperioso que a chocou. Pouco antes, Kamran havia embarcado na carruagem antes dela, e Alizeh não pensara nada na hora, pois não esperava nada de diferente. Cyrus sempre a confundia, e ela ficou tão ansiosa graças a esse simples gesto que balançou a cabeça para ele, nervosa demais para se sentar.

— Prefere ficar em pé? — Ele pareceu surpreso. — Será breve, então.

— Eu... Sim... — O coração dela não desacelerava. Ela se sentia febril em sua presença, que parecia destruir sua capacidade de manter-se calma. — Sim, eu vim lhe dizer... Isto é, eu só queria que você soubesse que aceito seu pedido — ela declarou, enfim. — De casamento.

Ele a encarou.

— Excelente.

— É isso? — indagou Alizeh, tentando sorrir. Ela apertou as mãos contra a própria cintura, sem saber para onde olhar. — Pensei que ficaria mais feliz ao ouvir a notícia.

— Não quero ofendê-la — ele disse, baixando a cabeça. — Mas acho difícil celebrar as ordens do diabo.

Alizeh quase estremeceu; ela se sentiu tão estúpida. Claro que ele não se alegraria com a notícia; era uma barganha terrível para ele, que culminaria, teoricamente, em seu assassinato. Ela supôs que só esperava ver alguma reação dele, já que tinha se mostrado tão apaixonado na última vez... Mas, pelos céus, isso também era injusto, pois ele não lhe devia emoção nenhuma. Ela deixara claro que se casaria apenas por seu império, e esperar que ele se jogaria a seus pés não era nada menos que sádico.

Pelos anjos lá em cima, ela se decepcionou consigo mesma.

— Perdoe-me — disse, seus olhos dirigidos ao brilho suave de um vaso. — Foi tolo de minha parte dizer isso.

— Não há nada a perdoar — disse ele em voz baixa. — Obrigado por me informar sobre sua decisão.

Alizeh assentiu, mesmo sentindo um desejo perturbador de gritar. Não entendia aquela frieza entre eles, pois nunca fora assim, nem mesmo quando o odiava. Ela evitou seus olhos, sabendo que deveria sair mesmo quando parte dela desejava ficar.

— Devo lhe desejar uma boa noite, então — ela disse baixinho, dirigindo-se à porta.

— *Quando?*

Ela se virou, atordoada, pois aquela única palavra foi mais carregada de sentimento do que qualquer outra que ouvira dele naquela noite.

— Perdão?

— Quando você estará pronta para fazer seus votos?

Alizeh empalideceu. Nunca pensara naquilo daquela maneira: teria de *jurar* que iria se casar com aquele homem. Prometeria em voz alta honrar, amar e cuidar dele pelo resto de sua vida. Para todo o mundo, dali em diante, ele seria conhecido como seu marido.

E ela, como sua mulher.

A ideia deveria ser ofensiva para ela... Mas Alizeh era atraída, inexoravelmente, pela ideia de estar com ele. Ele, que não era confiável. Ele, cuja vida era traçada pelo diabo. Ela nunca pensara em si mesma como alguém com instintos tão fracos, mas não podia imaginar nenhuma outra explicação para a atração inefável que sentia na presença dele, o alcance que tinha em sua alma. Era perigoso como seu coração batia ao vê-lo. Ela sabia que não deveria se permitir sentir aquelas coisas quando seu casamento estava destinado a terminar em assassinato. Mas ainda assim... Quando mais ela sentira tal desejo?

— O mais rápido possível — ela sussurrou.

— Amanhã?

— Sim... *Não* — ela corrigiu, tentando se concentrar. — Os criados precisarão de pelo menos alguns dias para se preparar, eu acho.

Ele a estudou com algo que se aproximava da perplexidade.

— Preparar o quê? Precisamos apenas de um par de testemunhas e de um Profeta para nos unir.

Ela hesitou.

— Certamente alguns arranjos precisarão ser feitos. Sei que pode ser difícil casar-se publicamente... Pois não consigo imaginar como poderíamos garantir a segurança de um evento como esse... Mas, se possível, desejo que meu povo testemunhe. E talvez possamos servir um bolinho? Acho que Omid gostaria disso. E sua criadagem também...

— Não.

Ela olhou para ele, surpresa.

— Não? Você não quer bolo?

— Não — ele disse com raiva. — Eu não quero bolo.

— Muito bem — disse ela, baixando os olhos. — Eu mesma nunca comi bolo, não sei se é bom, mas é tradicional nos casamentos entre Argilas, então presumi...

— Você nunca comeu bolo? — ele disse, soando de repente distante.

— Meus pais não sabiam cozinhar. E depois, é claro... — Ela desviou o olhar. — Tais luxos não estavam ao meu alcance. — Ela respirou fundo, forçando-se a se animar, quando encontrou de novo os olhos dele. — De qualquer maneira, talvez você possa consentir em vestir outra coisa que não este uniforme preto...

— Não.

— Cyrus...

— *Não.*

— Eu não entendo — disse ela. — Esta foi uma ideia sua... Você é que queria se casar...

— Está tentando me punir? — disse ele, sua voz se erguendo em um tom angustiado. — Você me acha mesmo capaz de fingir que o dia do nosso casamento é o mais feliz da minha vida?

Ela tentou manter a compostura, endurecendo-se ao dizer:

— Você me desonraria na frente do mundo, fazendo parecer que se casar comigo é um sacrifício? Vai passar o dia de mau humor e roupas fúnebres? Faria sua casa acreditar que me detesta, negando-lhes um simples bolo em celebração a mim?

Ela viu a energia de lutar deixando o corpo dele, ouviu sua expiração instável.

— Tudo bem — disse ele, tão baixo que foi quase um sussurro. — Faça como quiser.

— Obrigada.

Mais uma vez, ele exalou, desta vez se afastando dela e passando as mãos pelo rosto. Seu autocontrole parecia estar desmoronando, pois ele tremia agora; mas, a cada segundo que passava, Alizeh também se sentia mais fraca diante dele. Havia um calor inegável entre eles, uma atração elétrica à qual ela não tinha força para resistir. Ela nem percebeu que se aproximou dele até que ele de repente se afastou, seus olhos a devorando quando a viu se aproximar, escurecendo-se com um desejo tão palpável que ela sentiu como se ele a estivesse vendo nua.

Enfim, ela viu uma nuance de verdade em seu olhar, que quase a fez perder o fôlego.

— Cyrus...
— *Não* — ele disse, bruscamente. — Não faça isso.
Ela parou no lugar, apenas centímetros separando-os agora.
— Não faça o quê?
— Alizeh — disse ele. Seu peito estava arquejando, seu corpo rígido. — Tenha compaixão.
Essas palavras acenderam um fogo perigoso dentro dela.
Ela disse a si mesma para se retirar; mas, naquele momento, não conseguia sair do lugar. Estava em sua órbita agora, tão perto que podia ver nítidos os cílios de cobre dele, a cabeça dela úmida com a memória sensorial. Queria tocá-lo, conhecer o calor de sua pele. Sabia como era o corpo dele sob aquelas roupas, quanto poder e paixão ele mantinha bem presos dentro de si. Era uma revelação que ela tinha demorado a desvendar sobre Cyrus: ele possuía um autocontrole tão cuidadoso, uma disciplina extraordinária sobre seu próprio corpo. O desejo de Cyrus por ela era tão escaldante quanto o calor de verão. Ela já se desesperara sob o peso daquele desejo, mas ele nunca tocara um dedo nela. Nunca a beijara, nunca simplesmente reivindicara o que queria, como Kamran tinha feito.

Aquela era uma descoberta fascinante... A realeza, saturada em seu excesso de indulgências, raramente *negava* algo para si. Tendo trabalhado em várias casas de nobres, Alizeh sabia em primeira mão que os ricos e aristocratas eram glutões da pior espécie. Ao se envolver pela primeira vez com Cyrus, ela ficara tão distraída com sua suposta monstruosidade que não conseguira notar as inconsistências de seu caráter de rei. Sua modéstia era desconcertante: roupas simples, a ausência de joias e adornos... Mesmo a maneira comum com que ele cuidava de seus dragões. O mais interessante era que ele não tinha assistentes, nem uma comitiva que o seguia, nem *snodas* limpando seus calcanhares. Talvez, o mais inexplicável era que os criados não se curvavam diante dele; não caíam de joelhos em sua presença.

Ela se maravilhou com essas percepções e, com muito cuidado, deu um passo para trás, interpondo pelo menos meio metro entre eles.

O distanciamento foi inútil.

Uma barragem havia estourado e não havia como repará-la. O exterior de Cyrus já não estava mais gélido; seus olhos faiscavam dor e desejo. Quanto mais ela olhava para ele, mais instável ela se sentia. Logo a febre entre eles alcançou um nível perigoso, e seu tormento se aguçou de tal forma que ela precisou se sentar. Ela queria um alívio que não conseguia entender, queria algo dele que não conseguia nomear. Cada sentimento seu estava tão realçado que ela pensou que gritaria ao menor gesto dele em sua direção.

— Cyrus...

— Devemos realizar o pacto de sangue esta noite — disse ele, afastando o corpo.

— O quê? — Ela piscou, sentindo a cabeça girar.

— Se vamos nos casar tão rápido, não devemos adiar. — A voz dele estava rouca, e ele fez uma pausa para limpar a garganta. — Prefiro ter alguns dias para me recuperar antes da cerimônia.

A declaração chocante produziu com precisão o efeito de resfriamento de que Alizeh precisava. Era um banho de gelo da realidade, da qual ela quase tinha se esquecido.

Pactos de sangue eram moralmente repreensíveis e, no entanto, não conseguia ver uma maneira de contornar a resolução em tais circunstâncias. Era a única maneira de ter certeza de que Cyrus cumpriria sua parte no acordo.

— Eu nunca vi um pacto como esse — disse ela, recuperando a seriedade. — Apenas ouvi histórias. Será muito ruim para você?

Ele manteve os olhos no chão quando disse, em voz baixa:

— Entendo que, no começo, haverá grande dor.

— Mas irá melhorar?

— Depende.

— De quê?

Ele balançou a cabeça, ainda evitando os olhos dela.

— Esses detalhes são de pouca importância. Se for conveniente para você, gostaria de fazer o pacto esta noite.

Ela tentou se ajustar à ideia.

— Vamos precisar de um Profeta, não vamos? Não é tarde demais?

Mais uma vez, ele balançou a cabeça.

— Consigo fazer sozinho.

Outra revelação chocante. Pactos de sangue exigiam um feitiço avançado, e Alizeh nunca ouvira falar de um pacto que fora feito por alguém de fora do sacerdócio.

— É mesmo?

— É.

Ela ficou quieta por um longo momento antes de dizer:

— Cyrus, você nunca me dirá a verdade?

Ele se assustou, erguendo a cabeça e revelando um medo desprotegido.

— A verdade sobre o quê?

— Sobre quem você de fato é. Há tanta coisa que você não me fala... Tanta coisa que não faz sentido. Toda vez que converso com você, saio com mais perguntas.

— Acha que tenho mentido para você?

— Sim — disse ela, e fez uma pausa. — Mas tenho um estranho pressentimento de que pode estar mentindo sobre como você é horrível.

Cyrus quase sorriu, embora a ação tenha sido cortada por uma tristeza tácita.

— Dê-me vinte minutos — ele disse. — Preciso preparar algumas coisas.

— Você vai ignorar o que eu acabei de dizer?

Ele caminhou até a porta, abrindo-a com um movimento fluido, ficando de lado para que ela pudesse sair.

Ela olhou para ele.

— Você quer que eu vá embora?

Havia uma fraqueza em seus olhos quando ele disse:

— Não.

— Cyrus...

— Precisamos de pelo menos três testemunhas — disse ele, baixando a cabeça. — Embora eu tenha certeza de que você não terá problemas para convencer seus amigos a me verem sofrer.

Alizeh franziu a testa e depois se moveu em direção à porta como se estivesse sonâmbula, as saias farfalhando pelo chão. Ela parou em frente a ele, a apenas um palmo de distância, e examinou seu peito, depois seu pescoço, sua mandíbula e, por fim, a curva de seus lábios. A voz dela soou sem fôlego quando ela disse:

— Você não pode simplesmente ignorar as coisas que eu digo e esperar que elas desapareçam.

— Eu a encontrarei na biblioteca, no andar de baixo.

O que ela fez a seguir foi inconsciente. Não quis tocá-lo, não exatamente... Na verdade, ela não era capaz de se lembrar de como ergueu a mão até o corpo dele. Só se lembrava da maciez do suéter, do calor e da firmeza do torso sob o tecido... E depois do *alívio*, o alívio intoxicante quando ele enfim a tocou, quando ele arrastou as mãos por seu corpo emitindo um som torturado. Suas palmas a mapearam através do tecido fino de seu vestido, antes de agarrá-la pelo quadril, com força. Isso a fez reprimir um grito, ao se assustar então com a batida da porta, e se descobrir, com um choque, pressionada contra ela, presa pelo corpo quente dele. O peito de Cyrus palpitava tão forte que parecia espelhar o redemoinho de dentro dela. Ele parecia ensandecido e selvagem, como se o esforço para se manter imóvel o estivesse matando.

— Você não sabe o que está fazendo — disse ele, sua voz tão áspera que era quase irreconhecível. — Você não sabe o que eu quero de você, meu anjo. Nem consegue imaginar.

— O que você quer dizer? — Ela olhou para ele, seu coração martelando no peito. — O que é que você quer?

Seus olhos pareciam faiscar, o azul de suas íris invadido pelo preto da pupila. Ele baixou a cabeça, quase tocando os lábios dela ao exalar, com o corpo trêmulo.

— *Tudo* — sussurrou, libertando-a de repente, recuando como se ela o tivesse esfaqueado. — Eu quero *tudo*.

Alizeh sentiu-se liquefazer. Apesar de toda a geada em suas veias, ela experimentou pela primeira vez um tipo de calidez, um desespero febril. E ele nunca nem a beijara.

Ela exalou um som sem fôlego e angustiado.

— Vejo você no andar de baixo — disse ele, olhando para o chão. — Vinte minutos.

Desta vez, ela saiu sem uma palavra.

VINTE E OITO

بیست و هشت

— E então? — Huda a estava esperando ao pé da escada. — Como foi? Alizeh desviou o olhar e continuou andando, mesmo com Huda no seu encalço. Ela se sentia abalada. Indisposta. Ainda não estava pronta para falar e não sabia o que fazer com o coração, que batia em suas costelas com tanta força que ela pensou que se machucaria.

— Tudo bem — disse. — Tudo correu bem.

— Bem? O que você... Céus, olhe para o seu rosto. — Huda ofegou. Ela parou Alizeh no lugar, segurando-a com os braços esticados para fazer uma inspeção. — O que ele fez com você?

— O quê? — Alizeh, irritadíssima com a pergunta, olhou firme nos olhos castanhos de Huda. — O que quer dizer?

— Ele tentou machucá-la? — Mais uma vez, ela ofegou. — Ele foi horrível? Ah, eu sabia que você não deveria ter entrado sozinha... Tentei falar isso...

— Não, ele não tentou me *machucar* — disse ela, pronunciando as palavras com mais veemência do que pretendia e arrependendo-se quando viu o espanto no rosto de Huda. — Perdoe-me — disse. — Eu não queria canalizar a raiva para você. Foi um dia difícil.

Huda acalmou-se de imediato, os olhos cheios de compreensão.

— É claro, querida. Eu entendo.

Alizeh nunca estivera de tão mau humor. Ela se afastou de Huda, embalando-se com os próprios braços. Sentia-se frustrada e confusa. Queria que o mundo ao seu redor fizesse sentido, mas não fazia. Cyrus deveria ser mau. Ela queria que ele agisse com maldade. Ele não deveria ser gentil, respeitoso e atencioso. Ele era o personagem que ela deveria matar sem crise de consciência. Não deveria perder a cabeça. Não deveria se sentir *assim*, como se houvesse uma ferida aberta dentro dela, como se ela só quisesse se sentar e chorar.

O sentimento aproximou-se perigosamente da tristeza.

Ela avançou cegamente pelo corredor, sem saber para onde estava indo. Não queria que ele morresse. Não queria fazer um pacto de sangue. Não queria matá-lo. *A biblioteca.* Onde ficava a biblioteca? Era necessário que ela o matasse? *Sim,* ela pensou; pois, se não o matasse, estaria casada com um homem ligado a Iblees, o que significava que nunca poderia confiar totalmente nele. Ele poderia um dia machucá-la apenas para agradar ao diabo... O próprio Cyrus não negava tal possibilidade. Mas... Kamran tinha expressado seu desejo de se casar com ela, não tinha? Aquela era uma alternativa interessante; mas, então, ela teria de permanecer casada para sempre com Kamran... O que, embora não fosse uma perspectiva tão terrível, fazia com que ela se sentisse um pouco claustrofóbica. No entanto, se ela se casasse com Kamran, talvez Cyrus não morresse. *Não,* não funcionaria, porque o diabo o mataria de qualquer maneira, não? E será que Kamran ainda ia querer se casar com ela sem a possibilidade de conquistar Tulan?

Ela exalou um lamento.

Onde diabos ficava a biblioteca? Só a tinha visto uma vez, de passagem, em seu primeiro dia no palácio. Poderia perguntar a um criado, mas não queria chamar a atenção para aqueles planos noturnos. Se pudesse se lembrar...

— Vocês marcaram uma data, então?

— Uma data? — Alizeh repetiu, distraída.

Huda a estava acompanhando, a expressão de preocupação em seus olhos cada vez mais intensa.

— Para o casamento. — Huda franziu a testa. — Tem certeza de que está bem?

— Ah — disse Alizeh, piscando. — Sim, claro. Huda, você sabe onde fica a biblioteca?

— A biblioteca? — ela repetiu. — Siga direto pelo corredor e vire duas vezes à direita, depois à esquerda; mas, espere... — Ela puxou com cuidado o braço de Alizeh. — O que ele disse? Quando é que você vai se casar?

— Em dois dias.

— *Dois dias?* — Huda quase gritou. — Não é muito cedo?

Alizeh ficou tensa. Havia criados por toda parte, supostamente realizando suas tarefas. Quando ela trabalhava como *snoda,* sempre a surpreendera o que as pessoas diziam em sua presença. Simplesmente não pensavam nela como uma pessoa. Prestavam tanta atenção a ela quanto ao papel de parede... E, ainda assim, ela estava sempre, sempre ouvindo.

— Reúna os outros — disse, seu tom calmo — e me encontre na biblioteca o mais rápido possível. Tenho muita coisa para contar.

Huda deu um sorriso brilhante.

— Excelente! Devo pedir chá? Devo acordar Omid? Ele foi para cama, mas eu...

— Não — cortou Alizeh. — É melhor que ele esteja dormindo. E nada de chá. Nenhum criado. Não será esse tipo de reunião.

— Por que não? — O sorriso de Huda diminuiu. — Não vamos nos reunir para fofocar?

— Não — disse Alizeh, apertando o braço da jovem. — Não exatamente.

— Majestade... — Ouviu-se uma voz familiar e agitada, e Alizeh se virou, encontrando Hazan quase correndo em sua direção. Ele a alcançou em instantes, demorando um pouco para estudá-la antes de dizer: — A senhora está bem?

— Por que não estaria? — indagou ela, surpresa com a preocupação. — Aconteceu mais alguma coisa?

— Fui informado de que a senhora subiu sozinha até os aposentos dele... Não sabia que estaria em uma sala fechada quando falasse com ele... Eu juro, se ele encostasse um dedo na senhora.

O humor de Alizeh azedou-se de novo.

— Por que todo mundo está tão preocupado que ele possa me machucar? Antes da chegada de vocês, passei muito tempo sozinha com Cyrus e nunca me machuquei.

— Respeitosamente, Majestade — disse Hazan com uma calma forçada —, quando a encontramos, a senhora estava inconsciente, com um corte no pescoço e um ferimento na cabeça, e estava coberta de sangue...

— Devemos falar assim na frente dos criados? — ela disse com aspereza.

Ele baixou a voz.

— Os Profetas disseram que encontraram mordidas de dragão parcialmente cicatrizadas ao longo de sua perna e torso...

— E, então, você acordou — acrescentou Huda em um sussurro dramático — apenas para levar uma flechada nas costas e ser jogada de um penhasco...

— Isso foi obra de Kamran!

— O que foi obra minha?

Alizeh virou-se e viu Kamran aproximando-se do grupo. Ele sorriu para ela com prazer genuíno, depois avistou Huda e fez uma careta.

— O que está fazendo aqui? — ele perguntou, voltando os olhos para Hazan. — Você deveria me encontrar na sala. Por que vocês estão todos parados no corredor trocando palavras acaloradas?

— Que interessante pergunta — disse Huda, docemente. — Alizeh estava apenas relembrando-se de quando o senhor quase a matou.

A expressão de Kamran ficou sombria.

— Duvido disso.

— Na verdade, não estava mesmo — disse Alizeh, franzindo a testa para Huda. — Por favor, não briguem esta noite. Há muito pela frente.

— À nossa frente? — Hazan ficou, de súbito, alerta. — Aconteceu alguma coisa?

— Sim. Eu...

Kamran colocou-se ao lado dela, tocando de leve a parte inferior de suas costas, em um movimento quase possessivo. Ela olhou para ele, surpresa. Não que ela se sentisse exatamente desconfortável; gostava de Kamran e se sentia bastante segura com ele. Mas queria deixar claro que, naquele momento, ela não o considerava nada mais do que um amigo. Pensou em dizer alguma coisa, mas não conseguiu decidir se estaria reagindo de forma exagerada a um gesto tão pequeno, por isso resolveu ignorá-lo. Sua mente já estava cheia o suficiente.

— Hazan — voltou a dizer. — Você poderia nos levar até a biblioteca? Explicarei tudo quando tivermos alguma privacidade...

Então ela ouviu um grito; ela se virou em direção ao som e descobriu que uma *snoda* havia se assustado ao vê-la. Quando Alizeh olhou para a garota, ela deu um gritinho sufocado e desabou no meio do corredor. Alizeh entrou em pânico, lembrando, então, que um punhado de criados jinn trabalhavam no palácio. Fez menção de ir até ela, mas Hazan a impediu.

— A senhora não pode...

— Por que não? Ela pode ter se machucado...

— Ainda não encontramos o assassino... Não aceitarei que a senhora corra nenhum risco.

— Ela é uma *criada*...

— Pode ser um disfarce conveniente — disse ele, dirigindo-lhe um olhar conhecedor.

— Mas, Hazan, não podemos simplesmente deixá-la ali...

Com a comoção, um grupo de *snodas* correu para o corredor, só que mais duas delas avistaram Alizeh e se sobressaltaram. Uma tapou a boca com a mão, contendo um soluço, enquanto a outra lutou para falar e depois desmaiou. As criadas restantes, que aparentemente não eram jinns, permaneceram paradas fitando Alizeh boquiabertas de espanto, sua atenção ainda mais enervantes pelo fato de ela não poder ver seus olhos.

Hazan balançou a cabeça.

— Vou tirá-la daqui. A senhora não pode mais vagar por esses corredores sozinha. — Olhando para Huda e Kamran, ele disse: — Encontrem-nos na biblioteca. — E, depois: — E tentem não se matar antes de chegar lá.

— Mas, Hazan, espere, alguém tem de ajudar as *snodas*...

— Eu farei isso. — Soou uma voz familiar e açucarada. Alizeh virou-se, nervosa, e avistou Sarra caminhando em direção ao grupo em um ritmo lento.

Sarra balançou a cabeça, com os olhos fixos em Alizeh enquanto dizia:

— Que surpresa estranha e fascinante você acabou sendo. Ultimamente, para onde quer que eu vá, parece haver algum drama, e você, minha querida, está sempre no centro de tudo.

Alizeh não respondeu, apenas observou Sarra com cautela enquanto a mulher passava por eles em direção às *snodas* caídas, estalando os dedos para que alguém fosse buscar "aquele boticário arduniano". Alizeh ainda não tinha ideia do que fazer com relação àquela mulher e temia que qualquer coisa que ela dissesse fosse meticulosamente examinada, pois estavam na presença de pelo menos vinte criados no momento, uma dúzia dos quais havia entrado no corredor nos últimos segundos. Quanto mais tempo ficassem ali, maior seria o espetáculo. Sussurros se acumulavam ao redor deles como uma tempestade.

— Vamos — disse Hazan, colocando a mão em seu ombro.

— Sim — disse Alizeh, distraída. — Sim, devemos ir. Vamos nos atrasar.

— *Atrasar?* — Kamran e Huda se viraram para ela ao mesmo tempo.

Ao lado dela, Hazan enrijeceu.

— Nos atrasar para quê, Majestade?

VINTE E NOVE

يست ونه

Quando abriram a pesada porta da biblioteca, Alizeh logo soube que ele já estava lá dentro. Podia senti-lo de alguma forma, como se fosse magnetizada por sua presença. Avançou com confiança pelo espaço desconhecido, suas dimensões cavernosas iluminadas por focos quentes de luz.

— Por aqui — ela sussurrou.

— Tem certeza? — Huda sussurrou de volta. — Meu Deus, este cômodo parece assombrado à noite.

— Talvez seja porque você está aqui — disse Kamran em voz baixa.

Huda arfou.

— Ou *o senhor*.

— Chega — cortou Hazan. — Engulam a estupidez esta noite, ou jogarei os dois nas masmorras.

— Você não tem autoridade para fazer isso — protestou Huda.

— Acha que Cyrus me negaria tal pedido?

Huda pareceu ofendida; Alizeh não pôde deixar de sorrir. No fim, os quatro caminharam pela biblioteca juntos, pois, quando Alizeh explicou, sem detalhes, que Cyrus estava esperando por ela, Hazan ficou inexplicavelmente zangado; Kamran recusou-se a sair do lado dela; e Huda disse:

— Devo trazer minhas estrelas de arremesso?

As prateleiras imponentes erguiam-se sobre eles, enquanto o cheiro de livros antigos e couro envelhecido enchia suas narinas. Era um cômodo muito usado, um lugar destinado a mais do que simples exibição, repleto de poltronas e tapetes gastos. À medida que avançava, Alizeh descobriu o cerne de tudo: nos fundos, havia um espaço discreto, ao lado de uma lareira gigantesca e apagada, em torno da qual havia uma coleção de sofás macios e mesas baixas iluminadas pela luz dourada de luminárias próximas. A parede dos fundos, porém, era uma obra-prima de vidro: janelas e portas maciças davam para uma charneca coroada por uma lua brilhante, cujo brilho lançava um holofote etéreo sobre uma única figura.

Encostado na lareira, estava Cyrus.

Como um palito de fósforo aceso, seu cabelo reluzia contra a escuridão de suas roupas. Ele irradiava poder e elegância mesmo em repouso. Seu olhar era quase lânguido enquanto os observava entrar. Ele olhou primeiro para Alizeh, mas fitou Kamran por mais tempo. Os dois homens compartilharam algo que se aproximava muito do ódio, mesmo trocando saudações silenciosas.

Alizeh teve de se forçar a recuar, a manter distância de Cyrus. Era melhor para ela quando havia distância entre eles, quando sua mente conseguia ir além do espaço que ele ocupava dentro dela. Mesmo ali ela teria de lutar para ter um mínimo de autodomínio. O calor se acumulara dentro de seu corpo frio como nunca em sua vida. Um desejo arrebatador crescia dentro dela, percorrendo sua pele. Alizeh lutou para não olhar para a boca dele, que sempre atraía seus olhos; lutou para deixar de lado a memória de suas palavras ainda não processadas.

Tudo, ele dissera.

Eu quero tudo.

Ela se assustou, de repente, ao sentir uma mão em suas costas, e quando ergueu os olhos encontrou Kamran parado ao seu lado mais uma vez. Aquilo já havia acontecido duas vezes e ficara registrado em sua mente turva como preocupante, pois ele parecia pensar que ela recebia de boa vontade esses gestos possessivos, apesar de não haver nenhum compromisso entre eles. Precisaria chamá-lo de lado e deixar claro que ainda não havia tomado uma decisão sobre sua oferta. Na verdade, ela não achava que seria capaz de pensar mais no assunto até que primeiro lidasse com as questões urgentes que tinha diante de si.

— Estão atrasados — disse Cyrus, sem preâmbulos, afastando-se da lareira. Ele se aproximou como se fosse uma aparição, com movimentos lentos e líquidos. Os olhos dele, ela pensou, estavam quase zangados... Exceto que, em um piscar de olhos, viu que agora ele parecia inabalavelmente calmo.

— Majestade — disse Hazan, virando-se para ela. — Talvez agora possa nos dizer por que estamos reunidos aqui.

Cyrus parou.

— Não contou a eles?

— Eu não queria que os criados nos ouvissem — explicou Alizeh, olhando para os outros. Ela respirou fundo. — Muito bem, então. Eu os trouxe aqui porque decidimos firmar o pacto de sangue esta noite.

Huda abafou um gritinho.

— Seu filho da puta — disse Hazan, caminhando em direção a Cyrus como se pudesse matá-lo. — *Como você se atreve...* Ela acabou de acordar... Mal teve chance de se recuperar, de passar algum tempo com os próprios pensamentos...

— Hazan, por favor, a escolha foi minha. Eu concordei...

— Ela não será afetada pelo pacto — disse Cyrus, com a voz entrecortada. — Eu é que enfrentarei o fardo da dor.

Hazan parou.

— O senhor já testemunhou, em primeira mão, as consequências de um pacto de sangue? — Ele gesticulou para a sala. — Ou só leu a respeito em seus preciosos livros?

Cyrus encarou Hazan.

— Li muito a respeito. Ouvi relatos pessoais dos Profetas... Sou perfeitamente capaz...

— Pois eu já vi com meus próprios olhos! — Hazan explodiu. — Acha que é uma questão simples? Renunciará a um pedaço de sua alma, de seu livre-arbítrio...

— *Estou bem ciente...*

Hazan voltou-se mais uma vez para Alizeh, implorando-lhe.

— Majestade, entenda... O custo de tal magia é muito alto. Uma vez feita, a senhora praticamente possuirá um pedaço dele. Terá de carregá-lo como um peso morto; ele será fisicamente incapaz de ficar longe da senhora...

— E ela terá de matá-lo para acabar com isso. — Foi Kamran que falou, aproximando-se dela. — Não vejo isso como uma coisa ruim, Hazan.

— O que você quer dizer — disse Alizeh, com os pensamentos em frenesi — com "ele será fisicamente incapaz de ficar longe" de mim?

Eu sabia que havia uma amarra, mas não que ela se manifestasse de forma tão literal.

— Sim, Majestade — disse Hazan, que parecia aliviado com o choque dela. — Trata-se de um vínculo impiedoso, usado ao longo da história apenas pelas criaturas mais desesperadas, com resultados sombrios para ambas as partes envolvidas...

— Ele está exagerando — Cyrus interrompeu. — No início, sim, será difícil, por isso pedi para fazer isso o mais rápido possível...

— *Para sempre!* — Hazan gritou. — Sempre será difícil! É pior no início, é verdade... No início, a dor da separação será insuportável. E, talvez, em questão de dias, o senhor consiga ficar a três metros de distância dela sem querer enfiar uma adaga no crânio. Em meses, se tiver sorte, poderá suportar a distância de um campo de trigo... Mas *nunca* conseguirá se separar dela por muito tempo. Até que sua dívida seja paga, nunca mais terá independência. É da própria natureza de um pacto de sangue manter o devedor acorrentado ao seu credor, e estou chocado que tenha se comprometido com tal magia sem conhecer os fatos.

— Eu conheço os fatos — declarou Cyrus, em tom sombrio. — Mas simplesmente não tenho escolha. Minha dívida com ela é minha morte. Quando terminar, eu também estarei terminado.

— Cyrus — ela sussurrou. — Tem certeza...

— É a única maneira — disse Kamran. — Não podemos confiar nele sem o pacto. Você não pode se casar com ele sem a garantia...

— Então, talvez, ela não deva se casar com ele! — Hazan exclamou, furioso. Ele lutou para manter a compostura, depois se virou para Alizeh e disse: — É mesmo tão imperativo que se case com ele, Majestade? Não pode, em vez disso, aceitar a mão de Kamran, já que ele já lhe ofereceu...

— Como sabia disso? — Alizeh olhou para Cyrus, cujo corpo estava rígido enquanto ele olhava para o chão. — Eu não... Não contei a ninguém...

— Ah, minha querida, já sabemos das intenções dele há algum tempo — disse Huda, colocando um braço em volta do ombro dela. — O príncipe só fala nisso há semanas.

Alizeh olhou para Kamran, para a expressão firme em seus olhos, e sua mente ficou em branco.

— Perdoe-me — ela lhe disse. — Mas eu... Eu não tomei uma decisão em relação a... Isto é, só sei que, se não me casar com Cyrus, o diabo vai matá-lo de qualquer maneira. — Seu coração se apertou no peito, e sua voz baixou até virar um sussurro. — Ele está condenado a morrer de uma forma ou de outra.

— Precisamente — disse Kamran, impassível. Ele se virou para os outros. — Se ele vai morrer de qualquer maneira, por que ela não deveria sair disso com um prêmio? Eu já a aconselhei a aceitar a oferta...

— Você a aconselhou? — Cyrus disse de modo carregado, seus olhos brilhando com um ódio desenfreado. — Quer dizer que a aconselhou a se casar comigo? — Foi a primeira vez que Cyrus se dirigiu a Kamran, sua voz tão repleta de raiva que irradiava tensão por toda a sala.

— Sim — zombou Kamran. — Eu a encorajei a não perder a oportunidade de colher a recompensa por matar você.

— Pelo menos tenho algo para oferecer a ela. Enquanto isso, você se atreve a prometer um reino que ainda não herdou. Promessas vazias de um príncipe deposto que talvez nunca seja rei.

Kamran enrijeceu.

Cyrus estudou-o, e sua voz foi suave e letal quando disse:

— Você achou que eu não descobriria o que de fato aconteceu quando você deixou Ardunia? Não me importa o que os jornais digam sobre sua popularidade entre as massas. Seus Profetas não o consideram digno do trono.

— O quê? — questionou Alizeh. — Isso é verdade?

Kamran deu um passo à frente, parecendo um assassino.

— Não sabia que iríamos compartilhar segredos — ele disse a Cyrus. — Talvez você queira explicar a todos por que uma vez o encontrei desmaiado no chão, na calada da noite, cada centímetro de seu corpo tão coberto de sangue que mal conseguia abrir os olhos?

Cyrus ficou tenso, e Alizeh respirou fundo.

— Quantos outros inimigos você tem? — Kamran continuou. — Quantos outros vícios revoltantes? Você passa suas noites jogando? Nos braços de prostitutas? É tão depravado que não tem proteção contra a violência dos bandidos, mesmo sendo *rei*...

— *Já chega* — disse Alizeh, experimentando uma rara onda de raiva. Ela, que sabia exatamente como aquilo acontecera a Cyrus, não pôde mais ouvir aquela calúnia. — Você lança calúnias sobre o caráter dele sem ter conhecimento dos fatos...

— Caráter? — Kamran ficou boquiaberto. — Que caráter? O homem assassinou o próprio pai por uma coroa! E assassinou meu avô. Exterminou nossos Profetas! Tenho motivos para suspeitar que ele tem enviado espiões a Ardunia há meses... Será que ele mencionou isso? Ofereceu alguma explicação para essas missões secretas em nosso império? Por quebrar os Tratados de Nix ao traçar fronteiras mágicas entre as nossas terras? Cada ação sua é uma manipulação! Cada palavra sua é motivada por seu próprio interesse. Só os céus sabem o que mais ele fez ao longo de sua vida devassa!

Alizeh assimilou aqueles horrores, odiando não poder negá-los, já que Cyrus se negava a falar de seu pai e a explicar suas ações. Ela não sabia sobre os espiões e, quando olhou para Cyrus em busca de uma reação a essa nova acusação, encontrou-o olhando de modo impassível para a parede. Ele não fizera nenhum gesto para refutá-la, mas aquelas afirmações pareciam estar em desacordo com tudo o que ela sabia sobre ele. Na verdade, ele não lhe parecia o tipo de pessoa que agia apenas em interesse próprio. O momento tenso inspirou uma lembrança que lhe serviu de evidência: quando chegara a Tulan, ela pressionara Cyrus para obter informações sobre seu acordo com o diabo, e ele tinha dito:

Preciso viver tempo suficiente para cumprir uma tarefa crucial. Para além disso, não importa se o meu coração baterá ou não. Você não faz ideia do que está em jogo. A minha vida é o de menos.

O *nosta* confirmara suas palavras como verdadeiras.

Alizeh não conseguia decidir se era burra ou perspicaz por pensar que havia mais coisa por trás das ações de Cyrus. Ela descobrira que ele era muito inteligente, muito sensato. Era reservado e atencioso, e havia deixado escapar muita coisa sobre si nos pequenos momentos humanos que compartilharam. Alguém que possuísse um autocontrole tão cuidadoso, ela raciocinou, nunca perderia a cabeça por tempo suficiente para cometer uma violência impensada. Na verdade, agora lhe parecia bizarro que ele tivesse feito um acordo com o diabo, pois Cyrus parecia não ter desejos materiais, nenhum interesse nos lucros do mundo... E, pior, ele parecia não receber nada além de tormento de Iblees. Onde estavam as recompensas de sua barganha? Não entender isso a enlouquecia.

— De toda forma — ela enfim disse —, a tortura dele foi infligida pelo diabo... Sei disso porque eu mesma vi acontecer...

— Não precisamos falar disso — disse Cyrus, dirigindo a ela um olhar inescrutável. — A opinião de um membro da realeza inútil não significa nada para mim.

— Você realmente o defende? — Kamran disse, ignorando Cyrus ao se virar para ela. — Sua capacidade de compaixão deve ser mesmo grande se você tem pena de alguém tão corrompido quanto ele, mas eu imploro que não pense mais em sua alma suja. Eu não me importo se Iblees o assa no espeto todas as noites. *Ele* se colocou nesta situação: ele se vendeu ao diabo, vendeu-se às trevas. — Kamran gesticulou amplamente. — Essas são as consequências. Ele perderá Tulan, e ficaremos felizes em reivindicar este império após sua morte. Recuso-me a me lamentar por capitalizar graças à estupidez de outro homem.

— Bem — disse Cyrus, respirando fundo —, por mais que eu goste de ouvir seus planos de festejos sobre o meu cadáver, estou cansado desta conversa.

Alizeh estava balançando a cabeça.

— Cyrus, por favor... Eu não compartilho dos sentimentos dele...

— E eu não quero discutir isso — disse ele calmamente, virando-se. — Está ficando tarde, e prefiro voltar à tarefa que tenho em mãos.

— Sim — ela disse, hesitante. — Claro.

— Majestade — disse Hazan —, esse ato medonho deve ser mesmo realizado esta noite, quando a senhora acabou de voltar para nós? Não poderíamos dedicar mais tempo refletindo sobre as alternativas?

Alizeh suspirou de forma pesada, fechando os olhos por um momento antes de voltar-se ao amigo.

— Quais opções, Hazan? Que outras opções tenho eu? Já estou desaparecida há um mês. Já houve um atentado contra a minha vida.

Hoje temos setenta mil jinns reunidos; mas, em breve, esse número dobrará, e depois dobrará de novo. E, então? — Ela balançou a cabeça. — Devo permanecer em silêncio para sempre? Devo assombrar os corredores deste palácio, deixando meu povo definhar sem liderança, sem respostas... Sem esperança? E quanto às pressões externas enfrentadas por Tulan? E quanto às necessidades de Ardunia? Não podemos permanecer assim nesse meio-termo para sempre. É evidente que Kamran precisa regressar para casa para resolver a turbulência que deixou para trás; Huda e Deen têm famílias esperando por eles...

— Oh, por favor, não apresse as coisas por nossa conta — Huda interrompeu. — Não tenho absolutamente nenhum desejo de ver minha família, e Deen está passando por algum processo... Aliás, embora tenha sido vago sobre os detalhes, ele não parece ter pressa de...

— Sim, obrigado, Huda — disse Hazan, com calma.

Mais uma vez, Alizeh suspirou.

— Está me matando saber que ainda não estou pronta para liderar. Que não tenho nada a dizer, que só posso oferecer promessas vazias. Preciso de uma coroa, Hazan, e preciso dela agora. Eu e Cyrus conversamos sobre isso, e nos casaremos dentro de dois dias.

— *Dois dias?* — Hazan empalideceu, com os olhos arregalados de choque.

Até Kamran virou-se bruscamente para olhar para ela.

— Sim — ela disse com firmeza. — Dois dias. Quero voltar para Ardunia logo após o casamento.

— O quê? — disse Cyrus, endireitando-se. — Você não mencionou...

— Isso significa que ele terá de vir conosco — disse Huda. — Certo? Se o pacto de sangue fizer com que ele não possa se separar dela, ele será forçado a voltar para Ardunia conosco, não será?

— Sim — Kamran disse em tom de lamento.

— Majestade — disse Hazan, que ainda não estava convencido —, podemos embarcar de imediato em uma missão para as montanhas de Arya... A senhora não precisa se casar primeiro. Podemos partir para Ardunia amanhã...

— Não — ela disse. — Devo garantir minha coroa antes de partir de Tulan. Preciso saber quem sou e onde será minha casa. Não posso deixar meu povo sem uma demonstração de fé; preciso que confiem que voltarei, que não os abandonarei. Este é o caminho.

Hazan parou diante dela, o espanto deixando-o absolutamente imóvel, e Alizeh sabia que havia vencido a luta quando ele respondeu apenas com uma respiração instável. Ele enfim recuou, afundando-se na poltrona mais próxima.

— Entendo — sussurrou. — Odeio tudo isso, mas entendo.

— Excelente — disse Cyrus, a palavra carregada de calor. — Finalmente terminamos? Ou há mais debates a serem travados? Por favor, me avisem agora para que eu possa agendar um horário para perder o que me resta da cabeça.

— Não — disse Alizeh com gentileza. — Está resolvido.

Ele olhou para ela então, enfim olhou para ela por mais de uma fração de segundo, e ela ficou surpresa ao descobrir em seu olhar algo que se parecia muito com medo. Seu coração se partiu ao ver isso, e ela se moveu instintivamente em direção a ele, mas ele de repente se virou e se afastou. Ela observou em silenciosa confusão quando Cyrus foi até uma porta na parede dos fundos, abrindo-a para deixar entrar o ar da noite.

Alizeh enrijeceu e, depois, estremeceu.

— O que está fazendo? — perguntou Hazan, que se levantou. — Não realizará a cerimônia aqui?

— Não — disse Cyrus, com a voz baixa e sombria. — Não quero sangue perto dos meus livros.

E saiu.

TRINTA

Cyrus caminhou pela escuridão infinita, com vaga-lumes pairando no ar como enfeites ao seu redor. A grama firme estalava sob suas botas. O céu era pesado com o som dos grilos e com o ruído das cachoeiras distantes. Ele não conseguia nomear a tempestade dentro de seu peito; não havia palavras para descrever o tumulto de sentimentos que lutava para domar. Só sabia que se sentia enlouquecido, ferido e aterrorizado, e que cada minuto exigia dele um autocontrole aterrador que ele se esforçava para manter.

Ele odiava aquelas pessoas. Odiava ter de mostrar moderação diante delas, odiava não poder simplesmente matar o odioso príncipe; cada fôlego dele era uma afronta. Mesmo enquanto caminhava pela antiga trilha até uma velha cabana para lançar as bases que o conduziriam ao seu lamentável fim, ele queria se virar e cortar o pescoço do idiota.

Mais do que isso, ele queria cair de joelhos.

Aquele tremor dentro dele, a loucura em seu coração, era tudo por ela. *Tudo por ela.* Mal conseguia olhar para Alizeh sem perder a cabeça. Por quase quatro semanas, ele a vira apenas em sonhos e quase se esquecera de como ela era melhor na vida real, de como seus traços eram delicados, de como eram suaves as curvas das maçãs de seu rosto. Ele ganhava vida quando ela sorria, respirava quando seus olhos brilhavam, morria quando ela saía de um quarto.

Ela cheirava a rosas.

Suas rosas.

E se casaria com ele, se tornaria sua esposa perante o mundo, mas ele nunca a teria. Nunca a tocaria. Observaria em silêncio enquanto outro homem colocava as mãos sobre ela, os dois contando os dias até que pudessem matá-lo.

Ele exalou, trêmulo, o ar fresco cortando sua pele.

Causava-lhe dor física lembrar como faltara pouco para perder sua força de vontade. Ela quase pressionara a mão em seu torso e, como um homem sem amarras, ele quis rasgar seu vestido ao meio, cair de joelhos e saboreá-la. Ele queria sentir as pernas dela tremerem ao seu redor, queria ouvi-la gritar, queria vê-la desmoronar... Queria coisas que provavelmente a aterrorizariam só de imaginar.

Uma rajada de vento o atingiu, e ele olhou para as estrelas, seu corpo ainda tão denso de calor que mal conseguia sentir o frio. Cyrus estava fora de si, e ela... Ela era uma visão moldada por um criador generoso. Era totalmente doce, e todos os seus instintos eram bondosos. Até sua raiva era extraordinária. Saber que ele morreria pelas mãos dela tornava a realidade quase suportável.

Ouviu passos apressados quando alguém se aproximou dele, movimentos pesados o suficiente para indicar certa altura e massa. Cyrus virou-se um pouco e viu que Hazan havia surgido à sua esquerda.

— Quanto mais isso vai demorar? — disse o jinn, impaciente. — Eu não sabia que seríamos obrigados a caminhar sob um frio congelante, caso contrário eu teria trazido um casaco.

— Eu não sabia que você se cansava tão facilmente — disse Cyrus. — Admito que estou decepcionado. Achei que fosse mais resistente.

— Alizeh está quase azul de frio — disse ele com raiva. — Seu vestido é leve. Ela já se sente congelada em geral, agora ainda mais isso...

Cyrus parou e virou-se para olhar para ela. Na pressa de sair daquela conversa abominável, ele foi imprudente; Alizeh estava visivelmente sofrendo, com os braços apertados sobre o peito, lutando contra o impulso de tremer enquanto caminhava. Kamran, ele notou, estava por perto, parecendo envergonhado. Cyrus se perguntou se suas ofertas de ajuda haviam sido rejeitadas.

Aquilo pouco importava.

Ele foi até ela em poucos passos, tirou o casaco sem dizer uma palavra e colocou-lhe suavemente sobre os ombros. Fez tudo isso tão depressa que ela só olhou para ele quando ele se virou para ir embora. Ela então pegou seu braço antes que ele pudesse prosseguir. Sentiu a mão dela pressionando sua manga como um ferro em brasa, seu coração acelerando. Ele parou. Ela gesticulou para Huda e Kamran seguirem em frente. Só quando ficaram sozinhos ela o soltou, e ele se sentiu quase como se tivesse sido enganado.

— Cyrus... — ela disse.

Ele estava com medo de olhar para o rosto dela. Não olharia nos seus olhos.

— Sim? — ele falou para a escuridão.

— Obrigada — ela falou baixinho. — Seu casaco é tão quente que temo adormecer dentro dele.

Ele engoliu em seco, odiando o modo como isso o gratificava.

— De nada.

— Posso fazer-lhe uma pergunta?

— Não.

Ela riu, e ele quis se dissolver ali mesmo.

— Aqui vai a minha pergunta... — continuou ela. — Se você não suporta ficar perto de mim agora, como sobreviverá ao que ainda está por vir?

Ele então a encarou, prendendo a respiração, fitando seus olhos, suaves e brilhantes sob o luar. Ele pareceu afundar na grama enquanto a observava, o mundo perdendo os contornos além do espaço que ela ocupava. Havia algo tão gentil na presença dela, algo que lembrava a magia: só curvas, sem arestas. Ele queria pressionar o rosto contra seu pescoço, queria respirar a fragrância de sua pele, o perfume das flores que ele mesmo havia cultivado. Queria fazê-la rir. Queria segurar a mão dela. Queria levar-lhe chá e passear com ela nas diferentes estações. Queria vê-la conquistar a terra. Queria deslizar a mão por suas costas nuas, queria provar do seu sal, queria morder seu lábio inferior e se perder dentro dela.

Deus, as coisas que ele queria.

Quanto mais ele olhava para ela, pior ele se sentia, e mais instável ela parecia. A respiração dela havia ficado mais superficial; seus olhos, mais profundos, mais escuros.

— Cyrus... — ela sussurrou.

Ele balançou a cabeça, inspirando profundamente antes de enfim se afastar.

— Não vou sobreviver — disse. — É sua função garantir que eu não sobreviva.

TRINTA E UM

Depois que ele a deixou, não demorou muito para que uma mimosa casa de campo aparecesse. Aninhada entre duas árvores imponentes em um canto reservado dos terrenos do palácio, o edifício de pedra ficava praticamente enterrado sob trepadeiras de damas-da-noite, cujas flores brancas e circulares exalavam uma fragrância suave e doce que aumentava à medida que se aproximavam. Uma luz quente brilhava nas janelas empenadas, e uma espiral de fumaça escapava da chaminé. Cyrus tinha se preparado para a chegada deles.

Os cinco tinham caído em um silêncio tenso nos últimos minutos. Até mesmo Huda, que havia retornado para o lado de Alizeh, estava exercendo uma rara discrição ao não exigir saber os detalhes de sua conversa com Cyrus. Em vez disso, a jovem apenas lhe dirigiu olhares significativos e questionadores, que Alizeh reconhecera apenas uma vez, com um sorriso cauteloso. Havia muito a dizer e nada a conversar.

O que Alizeh sentia por Cyrus começava a assustá-la, e ela precisava aceitar que seu afeto por ele era perigoso e inútil. Estava fazendo a escolha, a cada passo que dava naquele exato momento, de realizar um pacto irreversível que mudaria a vida de ambos para sempre. Estariam fadados a um final mórbido que nunca poderia ser desfeito. Qual era o sentido de continuar assim, torturando-se por vislumbres de seu coração, por pedaços dele que ele nunca estaria livre para lhe dar? Para confiar em Cyrus, ela precisaria de respostas que ele nunca poderia fornecer, pois o diabo o proibira de falar a verdade.

Não importava que ela quisesse confiar nele a qualquer custo.

Não importava que ele tivesse lhe dado o casaco que vestia, que estivesse aquecida pelo calor dele, com a cabeça zonza com o cheiro persistente de sua pele. Não importava que ela o observasse agora com um desejo que lhe era tão doloroso quanto confuso.

Alizeh havia tomado uma decisão e não se desviaria do caminho que se abria diante dela. Nascera para guiar seu povo rumo à liberdade, para protegê-lo da crueldade de um mundo que não o compreendia e o destruía. Nada mais poderia importar. Tinha de aceitar como fato consumado que, às vezes, a revolução exigia escuridão em troca de luz.

Aquela noite era prova disso.

Cyrus parou em frente à porta da cabana, estendendo a mão para a maçaneta quando de repente hesitou, depois se virou para o pequeno grupo.

— Algum de vocês já experimentou magia antes?

— *Magia?* — repetiu Huda, secamente. — Você quer dizer como aquele truque desagradável que fez para que eu perdesse a voz?

— Ou quando você deixou o príncipe paralisado e semivivo em seu próprio castelo? — acrescentou Hazan.

— Canalha — Kamran murmurou.

— Estou me referindo à magia orgânica — disse Cyrus, impassível. — Já a experimentaram em sua forma pura, inalterada?

— Não — disse Alizeh, sentindo uma pontada de desconforto. — Por quê?

Ele balançou a cabeça, voltando-se para a cabana.

— Pode ser um pouco perturbador para quem não estiver preparado. Não se assustem.

Ele girou a maçaneta, abriu a porta, e uma onda de luz quente e marmorizada se derramou na escuridão, lançando um brilho delicado sobre todos eles. Cyrus afastou-se para deixar Alizeh passar à sua frente e, quando ela atravessou a soleira, ficou sem fôlego, maravilhada.

Haviam adentrado uma sala com tetos altos sustentados por pesadas vigas de madeira, e ele logo sentiu o cheiro de terra e perfume enchendo suas narinas. A natureza havia entrado ali, com trepadeiras que se espalhavam pelas rachaduras nos cantos das pedras e rastejavam pelo chão coberto por um tapete enorme e ricamente colorido, puído em alguns lugares, chamuscado em outros. Um fogo crepitante ardia em uma lareira tão grande que Alizeh poderia ficar de pé ali dentro. Ela se assustou com o estalo repentino da lenha, desviando para o lado a tempo de evitar que suas saias fossem atingidas por uma brasa perdida. O ar ficava mais denso à medida que ela explorava o espaço, como se estivesse adentrando águas mais agitadas. Não era desagradável, apenas desorientador e, depois de lutar contra um arrepio de desconforto, ela relaxou com a sensação. Curiosa, pressionou um dedo no ar e sentiu um arrepio de resistência, tão suave que lembrava as bochechas rechonchudas de um bebê. Alizeh olhou em volta, atordoada, possuída por uma sensação peculiar de que, caso se deixasse cair, poderia flutuar.

As paredes estavam ladeadas por armários descombinados e prateleiras de madeira repletas de livros empoeirados. Também havia velas, uma variedade de peças de barro e dezenas de potes lacrados de vários tamanhos, cujo conteúdo brilhante e desconhecido lembrava o estoque de um boticário.

Hazan pegou um desses potes da prateleira, virando-o em suas mãos enquanto dizia baixinho:

— Faz anos que não vejo cinzas prateadas. — Ele olhou para Cyrus. — O que é este lugar? É tudo seu?

Cyrus apenas desviou os olhos e disse:

— Estarei pronto em um minuto.

Ele permitiu que explorassem a cabana sem mais comentários, embora Alizeh o observasse com atenção. Seus olhos estavam ilegíveis quando ele atravessou a sala até um armário fechado, depois pressionou a mão contra a madeira e recuou quando uma série de fechaduras se destrancaram de forma audível. A portinhola abriu-se com um rangido, e ele rapidamente retirou algo de seu interior, guardou o item no bolso e fechou o compartimento. Ele pressionou a mão mais uma vez sobre a madeira, trancando o armário.

Alizeh o observou com admiração, pois percebeu, ao examinar o ambiente, que continuava a subestimá-lo. Ela achava que já tinha dado a Cyrus mais crédito do que ele merecia, mas agora via que ainda não o compreendia profundamente. Na verdade, quanto mais ela descobria sobre Cyrus, menos ela o entendia; ele era como um destino que ficava cada vez mais distante à medida que ela se aproximava. Sem dúvida, nenhuma pessoa comum conhecia magia como aquela.

— *Uau* — sussurrou Huda, que estava diante de uma enorme mesa de trabalho que ocupava toda a extensão da sala.

Sobre seu tampo desgastado, havia ferramentas e objetos variados, entre eles um almofariz e um pilão rachados, uma pilha de livros comidos pelas traças, um maço de papéis esfarelados e depósitos de tinta ressecados. Alizeh aproximou-se da mesa e soprou uma camada de poeira de uma prateleira de frascos de vidro; os líquidos reluzentes em tons de gemas preciosas se agitaram dentro de seus recipientes.

— Ah — disse Kamran, que havia pegado um livro de contos infantis de uma estante. Ele virou o velho volume de couro nas mãos com um sorriso relutante. — Meu pai costumava ler essas histórias para mim.

— É mesmo? — Huda foi até lá, ficando na ponta dos pés para espiar por cima do ombro dele. — Mas, Kamran, essas ilustrações são assustadoras.

— É por isso que ele gostava — disse ele, rindo ao virar a página.

Huda vislumbrou a próxima imagem e engasgou-se, afastando-se dele e cruzando os braços.

— Eu nunca leria livros tão horríveis para os meus filhos.

Kamran fechou o livro com mau humor, virando-se para encará-la.

— Está criticando meu falecido pai?

— Suponho que sim.

— E devo tolerar sua impertinência, como se tivesse algum interesse em como você poderia criar seus hipotéticos filhos... Cuja aquisição, devo observar, exigiria primeiro que você convencesse um homem a abrir mão da própria cabeça por tempo suficiente para passar seus dias na sua irritante e intolerável companhia...

— Acha que eu sou irritante? Bem, para quem nunca desconectou seus ouvidos aristocráticos por tempo suficiente para ouvir as opiniões dos outros, só o som odioso de sua própria voz...

— Vocês dois, por favor, calem a boca — disse Hazan, de forma preguiçosa, pegando outro pote da prateleira. Ele alisou a etiqueta descascada, semicerrando os olhos para ver o que estava escrito. — Este não é o momento nem o lugar.

Huda e Kamran trocaram um olhar irritadiço antes de seguirem em direções opostas. A tensão entre eles era tão fascinante que Alizeh se distraiu brevemente do peso em seu peito.

Ela experimentava uma apreensão crescente à medida que os minutos se passavam, sabendo que deveria perguntar sobre a tarefa que tinham pela frente, mesmo que preferisse vagar por aquele espaço misterioso. Cyrus poderia não querer admitir, mas estava bastante claro para ela que todos aqueles instrumentos e ingredientes mágicos haviam pertencido a ele — ainda pertenciam, na verdade — mesmo sendo evidente que a cabana andava abandonada. Algo o impedira de voltar a ela.

Mais mistérios.

Ainda assim, era uma rara oportunidade de espiar o interior de uma fortaleza mágica como aquela, pois ela não sabia quando teria outra oportunidade dessas. Havia tanta coisa ali que ela precisaria de semanas para analisar tudo, e tudo o que via inspirava tantas perguntas que ela mal sabia por onde começar.

O mais surpreendente, é claro, eram os cristais.

Estavam por toda parte, todos classificados por tamanho, cor e formação: alguns amontoados em tigelas trincadas como se fossem balas, outros expostos cuidadosamente sob redomas de vidro. Um prodigioso aglomerado de cristais azuis encontrava-se diretamente sobre o chão, tão vastas eram suas dimensões, e Alizeh se moveu em direção ao espécime, estendendo a mão com cautela para tocar suas bordas.

— Está vazio — disse uma voz logo atrás dela.

Alizeh virou-se e descobriu Cyrus passando por ela. Ele, então, retirou um pedaço quebradiço do cristal e o ergueu para a luz.

— Estes são muito antigos.

— O que você quer dizer com "está vazio"?

— Sua magia já foi extraída. Agora é apenas uma casca.

Ele lhe ofereceu o pedaço oco de cristal. Quando ela o pegou, seus dedos roçaram os dele; esse breve contato disparou um arrepio por seu corpo. Ela pensou ter imaginado a respiração silenciosa dele naquele momento, a maneira como fechou o punho e colocou as mãos nos bolsos.

— Meu Deus, como diabos você conseguiu tanto coração em pó? — disse Hazan, de repente, virando-se para procurar Cyrus. Ele segurava uma jarra de vidro cheia de algo que se parecia com uma areia escarlate. — Isto é ilegal em Ardunia.

Cyrus apenas o observou em resposta, depois sacudiu o punho como se estivesse espantando uma mosca, e o conteúdo da sala desapareceu. Com o fogo na lareira ainda aceso, eles agora estavam em uma cabana vazia, sem nenhum móvel à vista. Tudo, todos os artefatos mágicos, havia desaparecido.

Hazan espantou-se com suas mãos, agora vazias.

Cyrus aproximou-se do centro da sala com uma estranha calma.

— Se você estiver pronta — disse ele, com um aceno de cabeça para Alizeh —, gostaria de começar.

Alizeh sentiu um choque de nervosismo, deixando cair o pequeno pedaço de cristal na pressa de se equilibrar, o tilintar surdo ecoando no espaço recém-deserto. Ela se abaixou para recuperá-lo, percebendo que era o único item na sala que não havia desaparecido. Alizeh olhou nos olhos quentes de Cyrus e logo percebeu, sem saber o porquê, que ele havia permitido que ela ficasse com ele.

— Muito bem — ela disse baixinho, guardando discretamente o pedaço de cristal em sua bota antes de se endireitar. — O que eu preciso fazer?

— Nada — disse Hazan, que caminhava em direção a Cyrus. — Ainda não. A primeira parte afetará apenas o devedor.

Cyrus olhou para ele.

— Você veio como acompanhante?

— Brinque se quiser — disse Hazan, muito sério —, mas estarei aqui para garantir que você não morra no processo.

— *Morra?* — disse Alizeh, bruscamente. — Isso já aconteceu antes?

— Sim — ambos disseram ao mesmo tempo.

— Mas...

— Não haverá nada a fazer se chegarmos a esse ponto — Cyrus explicou. — Uma vez que o pacto for feito em voz alta, a magia não pode ser interrompida.

— Se a sua pele se soltar do corpo, talvez não, mas você só precisará falar mais tarde. Se houver algum sinal de perigo, intercederei. — Hazan hesitou por um instante. — Você tem certeza de que será capaz de administrar o encantamento durante a tortura? Tradicionalmente, o feitiço é conduzido por um Profeta, já que a maioria das pessoas não seria capaz de suportar a dor por tempo suficiente para completar o pacto...

Cyrus parecia irritado.

— Ficarei bem.

— Espere — disse Alizeh, tentando manter a calma. — Eu só... Cyrus, é comum que as pessoas em Tulan sejam tão mágicas?

Ele hesitou antes de dizer:

— Não. Não exatamente.

— Então é seguro, isso que você está prestes a fazer? Se há tantos riscos envolvidos, não deveríamos esperar, talvez, por um Profeta? Alguém treinado profissionalmente?

Ele voltou os olhos para o chão.

— Tenho formação profissional.

— Mas você não é um Profeta...

— Não — disse ele, levantando a cabeça. — Não sou.

— Então...

— Ele treinou no templo por quase dezessete anos — informou Hazan, antes de olhar para Cyrus, que enrijeceu. — Ele foi matriculado no templo aos três anos de idade e fez os votos preliminares para ingressar no sacerdócio quando completou dezoito anos. Ele é o mais próximo de um Profeta que uma pessoa comum pode ser.

Alizeh sentiu uma dor aguda no esterno. Estava tão chocada que mal conseguia encontrar as palavras.

— O quê?

— Um Profeta? — disse Kamran, pasmo. — *Ele?*

— Deve ter havido alguma desonra, imagino — murmurou Huda.

— Você queria se tornar Profeta? — Alizeh sacudiu a cabeça. Ela se sentiu inexplicavelmente triste. — Céus... Sua mãe uma vez me disse que você estudava magia desde criança. Não acredito que não entendi na hora o que ela quis dizer.

Cyrus voltou seu olhar para o chão. Ele parecia zangado quando disse:

— Não quero falar sobre isso.

— Mas é claro que *devemos* falar disso — insistiu Huda. — Que revelação fascinante. Ah, como eu gostaria de tomar uma xícara de chá...

— Não entendo sua reticência ao falar no assunto — disse Hazan. — Você guarda esse fato como se fosse um segredo, quando na verdade é uma informação bastante difundida. Há pouco perguntei à sua mãe se ela sabia por que você nunca usava uma coroa, e ela me disse que você tem recusado o adorno desde o dia em que decidiu fazer os votos. Demorou pouco para eu descobrir outros detalhes. Caramba, até sua criadagem me ofereceu informações em primeira mão! Ouvi relatos de gente que trabalha em sua casa desde que você era menino. Eles nos escutaram conversando sobre seu passado e se ofereceram para me contar a história de sua antiga babá, de como você uma vez quicou do telhado...

— *Já basta.*

— Quicou do telhado? — disse Huda, encantada. — Quem contou isso? A governanta?

— Não — disse Hazan —, embora eu tenha perguntado se algum deles sabia por que ele usava preto o tempo todo, e a governanta disse que uma vez ele revelou a ela que estava de luto.

— O quê? — Alizeh olhou para Cyrus. — De luto pelo quê?

— *Céus!* — Cyrus passou as duas mãos pelos cabelos.

— Espere um momento... Isso não faz sentido — disse Kamran. — Você era o herdeiro do trono. Como seus pais poderiam permitir que você seguisse o caminho do sacerdócio? Nenhum reino respeitável permitiria que seu primogênito renunciasse a um dever para com o império...

— Ah, isso também. — Huda ergueu um dedo. — Perdoem-me por ser tão direta... Mas, se o senhor não queria ser rei, por que matou seu pai? Poderia tê-lo deixado ficar com a coroa se não estava interessado em seguir seus passos.

— Ele não é o primogênito, na verdade — acrescentou Hazan. — Ele é o segundo filho. Acontece que ele tem um irmão mais velho, embora, curiosamente, esse tenha sido o único assunto em que todos se recusaram a tocar...

— *Eu disse que já basta.* — Cyrus estava furioso agora. — É por isso que não falo sobre nada disso. É por isso que detesto falar com pessoas. É por isso que nunca recebo convidados no palácio. Não tenho interesse em explicar minha vida ou minhas escolhas a ninguém. Não serei interrogado! — gritou ele. — E não responderei às suas perguntas. *Deixem-me em paz.*

Todos caíram em um silêncio mortal de repente.

A raiva de Cyrus era tão palpável quanto o peso da magia no ar, e Alizeh ficou perturbada ao olhar para ele. Saber aquelas coisas não mudava nada e, ainda assim, de alguma forma, mudava tudo. Ela ansiava por saber o que havia acontecido... O que havia mudado em sua vida a ponto de conduzi-lo àquele momento?

Como ele passara da vida de Profeta para um conluio com o diabo?

Cyrus estava lutando para recuperar a compostura.

— Estou farto de falar. Estou cansado do atraso. Quero que esta noite horrível acabe. *Agora.*

Hazan, que parecia estranhamente incomodado, disse com calma:

— Vamos prosseguir, então.

Mas Alizeh não conseguia ficar calma. Como ela viveria assim, sempre à beira de um precipício? Precisava de mais informações, precisava entender, mas Cyrus não queria revelar seus segredos, e ela não poderia forçá-lo a falar. Ela apenas sentia, com maior convicção a cada minuto, uma suspeita ardente de que ele não era o vilão que queria que o mundo pensasse que era, e isso era o suficiente para enlouquecê-la.

— Cyrus — ela disse, em desespero —, eu sinto muito.

Ele olhou para ela e depois desviou o olhar, com a voz rouca ao dizer:

— Pelo quê?

— Não sei. — Por alguma razão incompreensível, ela se percebeu à beira das lágrimas. — Simplesmente sei que sinto.

Ele ergueu a cabeça, encontrando os olhos dela por um momento com uma angústia desprotegida, e ela vislumbrou dentro dele o que já tinha visto antes: uma dor excruciante.

Um momento de verdade, ali mesmo — e, então, desapareceu.

O coração de Alizeh se partiu quando ele desviou o olhar dela. Ela o observou, fascinada, puxando as mangas da camisa e revelando antebraços fortes, sua pele dourada polvilhada por pelos finos acobreados. Ele fechou os olhos e estendeu as mãos, com as palmas para cima, e logo se ouviu um som arrepiante, como o movimento de insetos. Uma camada de escuridão formou-se lentamente ao longo do teto.

— Espere, o que você está fazendo? — Kamran perguntou, alarmado.

Cyrus ergueu o braço e, com um gesto que parecia exigir pura força física, arrastou a sombra negra e pesada pela parede. O esforço que fazia era evidente nas linhas de seu rosto e nas veias de seu pescoço. Ele puxou a massa até que ela enfim se encaixou sob seus pés e, quando isso aconteceu, Alizeh sentiu o mundo sair dos eixos.

Então, ela ouviu o grito de Cyrus.

TRINTA E DOIS

سی و دو

A princípio, Alizeh pensou que estava cega. A escuridão consumia seus olhos, sua boca, enchia suas narinas e sua garganta e queimava seus pulmões. Ela estava se afogando, não conseguia respirar, mal conseguia encontrar forças para emitir algum som diferente de um gemido. Ela tentou dizer a si mesma que era um truque, que seu medo do escuro vivia apenas em sua mente, mas não havia raciocínio suficiente para lidar com o ilógico. Alizeh logo se convenceu de que morreria ali, comprimida pelo peso do universo, assim como seus ancestrais, deixados para definhar sem luz, sem calor...

Respirou fundo, desesperada e ofegante. A escuridão de súbito começou a recuar, e a cabana a retornar ao lugar, com o fogo crepitando na lareira. Alizeh estava curvada, com a mão pressionada contra o peito enquanto tentava acalmar o clamor de seu coração, quando ouviu Huda dizer, em um sussurro horrorizado:

— Esta é a magia das sombras?

Muito lentamente, Alizeh ergueu os olhos.

Cyrus pairava no ar sem roupa, nu, exceto por um tecido fino enrolado em torno de seu corpo como uma fita, tão escuro que parecia quase cortá-lo em pedaços, sufocando seu pescoço, seus braços, parte de seu torso e de seus quadris... A magia poupava-lhe um mínimo de privacidade.

Alizeh caiu para trás, horrorizada.

— Não — respondeu Hazan, com a voz grave. — Não é magia das sombras. É simplesmente bárbaro.

Assustou-a vê-lo tão indefeso; mas, mesmo naquela cena de pesadelo, Cyrus parecia ser de outro mundo. Seu corpo poderoso e musculoso estava banhado pela luz do fogo, e o brilho dourado de sua pele contrastava com a triste espiral que o restringia. Ela sentiu quase como se não devesse olhar para Cyrus, exposto como estava, embora também não conseguisse desviar o olhar — ele era de tirar o fôlego mesmo em agonia, com seu peito largo lutando contra as amarras, sôfrego.

Era óbvio que ele sofria.

A dor estava impressa em seu rosto, embora ele a suportasse bem, com os olhos bem fechados enquanto cerrava os dentes ao resistir aos ataques de uma força invisível. Às vezes, ele ofegava, emitindo sons curtos e sufocados de angústia, depois ficava tão rígido de tormento que até o simples fato de testemunhar aquilo a matava.

— Hazan — Alizeh disse, ansiosa. — O que está acontecendo?

Hazan parecia cansado. Ele olhou para ela antes de voltar os olhos para Cyrus.

— Suponho que Vossa Majestade deva primeiro entender que apenas uma pessoa muito desesperada pode fazer um pacto de sangue, pois as correntes que prendem um devedor só podem ser tecidas a partir da escuridão de dentro dele. Quanto mais desesperado o devedor, mais escura será a espiral. — Ele exalou de modo pesado. — Vossa Majestade deve se preparar. Isso será brutal para ele quando acabar. Se ele sobreviver à primeira noite, cada dia ficará mais fácil. Se não...

Cyrus gritou, jogando a cabeça para trás com violência. Alizeh arquejou, tapando a boca com a mão ao ver a maré de cor subindo à superfície de sua pele. O corpo de Cyrus logo estava brilhando com o sangue à flor da pele, o tom escarlate ficando mais espesso à medida que se entrelaçava, tecendo o que parecia ser quase um traje horrível em torno de sua figura nua. Ele emitiu outro som sufocado e gutural enquanto o sangue escorria continuamente do ponto onde ele estava pendurado, formando uma poça escorregadia nas tábuas do piso sob seus pés. Logo, ele foi envolto em um manto líquido de seu próprio sangue e então, sem aviso, o manto caiu no chão.

Alizeh observou com terror mudo a substância, que se transformou em algo real e concreto. Cyrus ainda estava suspenso no ar, a fita preta ainda amarrada ao seu corpo; e, embora a tensão da angústia tivesse desaparecido de seu rosto, ele estava pálido e trêmulo, enfraquecido pelo esforço.

— Majestade — disse Hazan, sem alarde.

Ela se virou para ele, não querendo ouvir o que ele diria em seguida, pois já suspeitava do que deveria fazer.

— Não — ela murmurou.

Hazan acenou com a cabeça para o chão.

— Quando vestir a capa, absorverá o sangue dele em seu corpo. Esse pedaço dele pertencerá à senhora até que sua dívida seja paga.

Alizeh olhou para a peça grotesca, a bile subindo por sua garganta. A capa havia se solidificado em algo que quase parecia couro, e seu brilho a deixava de estômago revirado.

— Devo colocá-la agora?

— Não — disse Hazan. — Ainda não. — Ele olhou então para cima, sua voz imbuída de uma surpreendente compaixão quando disse: — Cyrus, consegue falar?

Cyrus não abriu os olhos, embora tenha feito um esforço para engolir em seco, depois assentiu com a cabeça. Alizeh olhou para Hazan e para Cyrus, com o coração martelando no peito. As realidades daquela noite perturbadora estavam se tornando monstruosas demais, e ela foi de repente tomada pelo medo.

Quando Cyrus enfim falou, sua voz estava devastada.

De livre e espontânea vontade
Meu sangue eu ofereço
Também minha liberdade
Até pagar tudo que devo

— Agora — disse Hazan em voz baixa —, ele falará em voz alta suas promessas.

Cyrus parecia quase destruído, com o peito tenso enquanto lutava para respirar.

— Eu lhe ofereço meu reino — disse ele, com a voz rouca irreconhecível — em troca de sua mão em casamento. E prometo nunca tocá-la, a menos que você deseje que eu o faça. Assim que estiver isento de minha dívida com o diabo, ofereço-lhe minha vida. Você estará livre para me matar a seu critério, pois morrerei voluntariamente em suas mãos.

Hazan respirou, trêmulo, ao lado dela, parecendo estranhamente angustiado. Pelo canto do olho, Alizeh também vislumbrou Kamran e Huda, que estavam tão calados que ela quase esquecera que eles ainda estavam ali. Todos pareciam abalados e sombrios, embora ninguém estivesse tão perturbado quanto ela. Mais uma vez, Cyrus falou:

Se aceitar este juramento
Meu sangue poderá reivindicar
Este pacto garante o pagamento
Basta meu nome pronunciar

Alizeh estava respirando com dificuldade agora, seus olhos selvagens quando ela se virou para Hazan, que lhe ofereceu um aceno de confirmação. Com as mãos trêmulas, ela pegou a capa, que era quente e escorregadia. Uma poderosa onda de repulsa quase a desequilibrou, e ela temeu que pudesse realmente vomitar.

— Majestade — disse Hazan —, a senhora está bem?

Ela balançou a cabeça, olhando para o pano de sangue que segurava.

— Hazan, isto é... Percebo que tomei a decisão de fazer isto contra o seu conselho, mas tudo é muito mais sombrio do que eu pensei que seria... Muito pior...

— Eu tentei avisar vocês — disse ele, com os olhos pesados.

— Eu sei... Eu sei que tentou...

— A senhora ainda pode desistir. Ainda não aceitou o juramento. Ele ainda sofrerá por um tempo, mas não no mesmo grau. — Hazan desviou o olhar. — Mas é cruel deixá-lo em agonia assim. Até alguém como ele. Seja qual for a sua escolha, tome sua decisão agora.

Não houve decisão a tomar.

Alizeh não conseguiria ir embora; ela já havia feito sua escolha. Já havia prometido a si mesma que manteria sua resolução, que faria o que fosse melhor para seu povo. O que fosse necessário para garantir seu futuro, sua segurança. Já havia refletido sobre tal decisão até o fim e sabia o que precisava fazer.

Só queria que não fosse necessário.

Trêmula, ela sacudiu a capa pesada e depois a jogou sobre os ombros. A capa se acomodou em seus ombros e aderiu a ela como uma segunda pele, moldando-se ao formato de suas costas. Seu coração estava frenético agora, batendo tão forte que quase a deixava tonta. Ela respirou fundo para se acalmar, depois voltou os olhos para o homem com quem logo se casaria.

— Cyrus — ela sussurrou.

Ele ofegou, e seu corpo se contraiu quando uma nova dor o assaltou, e, então, com uma rapidez que chocou seus membros congelados, a capa derreteu em seu corpo, inundando suas veias com um fluxo de sangue tão potente que ela recuou de medo.

A sensação logo se transformou em algo prazeroso, deixando-a zonza e fumegante, quase sem equilíbrio. Foi com um alívio delicioso que Alizeh sentiu como se tivesse sido incendiada. Suas bochechas estavam quentes, e ela sentia a cabeça sonolenta e pesada. Era muito íntima a sensação do sangue dele em suas veias, a febre dele agora vivendo dentro dela. Ela se perguntou se aquele calor permaneceria para sempre, pois a mudança no seu interior ocorrera com uma velocidade surpreendente. Era como se algo tivesse sido fisgado dentro de sua alma, prendendo-a a um coração cujas batidas ela quase conseguia sentir. Ela sabia, sem levantar a cabeça, exatamente onde Cyrus pairava no ar acima dela. Ela sabia que, não importava aonde ele fosse, ela poderia trilhar um caminho até ele.

— Majestade? — perguntou Hazan, observando-a de perto. — A senhora está...

Houve um som violento, como uma rajada de vento e, sem aviso prévio, Cyrus foi liberto de suas amarras. Seu corpo inerte tombou no chão ensanguentado com tanta força que um estalo horrível ecoou ao redor deles. Como uma mariposa desesperada, sua mortalha negra tremulou ao cair com ele, cobrindo sua figura nua.

Alizeh respirou fundo.

Ela sentiu a pulsação dele dentro dela, o calor de seu sangue bombeando em suas veias. Aproximou-se dele com medo crescente, sem saber quem seria quando ele abrisse os olhos.

Hazan, Huda e Kamran puseram-se atrás dela, os quatro aproximando-se com cautela do corpo caído. Apenas o rosto e parte de um ombro eram visíveis, o restante ainda estava coberto por um véu preto. Cyrus se mexeu, as mechas metálicas de seu cabelo brilhando à luz do fogo, seu rosto tenso e pálido. Ele emitiu um som baixo e angustiado, cuja dor parecia reverberar nos ossos de Alizeh.

— Por que não o ajuda o fato de eu estar perto? — ela disse, virando-se para Hazan. — Achei que ele só sofreria na minha ausência.

— O vínculo é muito recente. — Hazan balançou a cabeça. — Receio que, no momento, a senhora só possa apaziguar um pouco a dor dele. De toda forma, ele terá de suportar a agonia; é apenas uma questão de quanto.

Alizeh absorveu a informação com pesar, depois caiu de joelhos ao lado dele, afundando em uma poça rasa do sangue de Cyrus. Ela apertou as mãos para evitar acariciar seu cabelo, sua testa franzida.

— Cyrus — ela sussurrou.

Ele lutou para abrir os olhos e, quando o fez, o coração dela apertou no peito. Seus olhos estavam injetados e avermelhados, suas pupilas estouradas, dilatadas em um grau perturbador. Ele ainda parecia estar sofrendo apesar da proximidade dela, o corpo rígido pela tensão.

— Dói muito, mesmo comigo aqui? — ela perguntou a ele, examinando seu rosto.

Ele apenas piscou para ela, a ação lenta e cansada, antes de fechar os olhos mais uma vez.

— Cyrus? — Ela estava em pânico agora. — Cyrus, você consegue falar?

— É melhor não o forçar — disse Hazan. — Para ele, o inferno desta noite apenas começou.

TRINTA E TRÊS

سی و سه

Cyrus despertou com um sobressalto.

Seu primeiro pensamento concentrou-se no vazio de sua mente, pois era a primeira vez em meses que ele não acordava de um pesadelo. Só esse já era um fato estranho o suficiente para ocupar seus medos por dias. Porém, ao sentir a forma das coisas ao seu redor, ele percebeu que estava deitado em uma cama desconhecida, em um espaço desconhecido. O cômodo era grande e escuro, com detalhes vagos revelando-se sob o brilho leitoso de um sol ainda não nascido no horizonte. A luz crescente passava por um par de janelas cujas cortinas não haviam sido fechadas, algo que lhe pareceu incomum, mesmo com a dor palpitando ainda em todo o seu corpo. Sua cabeça estava pesada, tão desarticulada que ele se sentia como se estivesse drogado e, ao piscar devagar contra uma maré crescente de pavor, ele percebeu que não tinha ideia de onde se encontrava. Seu rosto estava pressionado sobre um travesseiro estranho; seu corpo, enfiado entre os lençóis de uma cama que ele não reconhecia.

As imagens da noite anterior voltaram a ele lentamente, provocando um incêndio de sentimentos com a lembrança dos acontecimentos recentes de sua vida. Pouco a pouco, ele se tornou ciente do fato de que, sob as roupas de cama, ele estava meio coberto por um pano — sob o qual estava totalmente nu.

Ele ficou como que horrorizado.

Alguém o havia entregado àquele lugar como se ele fosse um bebê recém-nascido, envolto em um pano escuro. O que acontecera com ele? Não deveria ter ficado tão imobilizado; deveria ter tido força suficiente para voltar aos próprios aposentos. Ele havia se planejado para isso. Mesmo agora ainda sentia latente dentro de si a vibração da magia que estocava quase sempre em suas veias.

Ele havia se planejado...

Pretendia se recolher à privacidade de seus aposentos, onde sofreria o tormento daquela primeira noite na companhia da própria mente. Quando estava se preparando para a chegada de Alizeh — muito antes de saber quem ela era —, ele pedira à mãe que desse à noiva do diabo um quarto o mais longe possível do seu. Parecia uma escolha sábia na época. Apesar disso, no dia anterior, percebera que fora um terrível erro. O tamanho do palácio fazia com que seus quartos ficassem perigosamente distantes, e Cyrus se preocupou com o fato de que, após o pacto de sangue, ele tivesse de suportar um grau doloroso de separação de Alizeh, pois não havia mágica que acalmasse a dor de tal cerimônia. Esperava passar aquelas horas infernais acordado, vomitando em uma bacia. Nunca pensou que adormeceria. Também não imaginou que conseguiria administrar tão bem a agonia. Doía, sim, em todos os lugares, mas não era tão intolerável a ponto de ele se prostrar.

Queria comemorar esse fato, exceto que não se sentia à vontade naquele espaço estranho. Tinha certeza de que estava no palácio, pois havia aspectos do cômodo que lhe pareciam familiares, mas precisava saber onde, precisamente, estava... E se estava sozinho.

Teve uma sensação estranha de que não estava.

Com grande esforço, alavancou-se para se erguer, apoiando-se sobre os cotovelos para olhar em volta. Os lençóis caíram até a sua cintura, expondo a parte superior de seu corpo ao ar frio, um bálsamo bem-vindo para a pele superaquecida. Metade do cômodo encontrava-se em uma sombra profunda, enquanto o resto era tocado por luz suficiente para que ele pudesse distinguir impressões gerais de móveis. Todas as suítes no palácio eram bem decoradas, mas aquela lhe pareceu um tanto inespecífica. Não havia objetos pessoais à vista, nem itens sobre a mesa de cabeceira, nem sapatos, copos d'água ou roupas espalhadas.

Parecia que ninguém morava ali.

Com um alívio, Cyrus percebeu que havia sido entregue a um dos muitos quartos do palácio. Não quiseram, é provável, chamar a atenção de algum *snoda*, pois um criado teria de abrir a porta de seus aposentos. Ele quase sorriu ao pensar nisso enquanto esticava o pescoço, fechando os olhos enquanto inspirava fundo.

Enfim, ele pôde simplesmente expirar.

Horrorizado por ter sido levado àquele cômodo desconhecido como uma criança, ele ficou mais aliviado do que esperava ao descobrir que o desconforto resultante era razoável. Os protestos de Hazan haviam sido tão teatrais que Cyrus quase acreditara que as pressões do pacto o matariam. No entanto, ele havia acordado como uma pessoa comum de um sono comum; de algum modo, sem aquela dor indescritível.

Essa era uma boa razão para a gratidão.

Devagar, ele desembaraçou as pernas do tecido, depois, com muito cuidado, agarrou-se à cabeceira da cama enquanto se endireitava. Seu corpo ainda estava um pouco trêmulo, e demorou um momento para ele administrar, piscando, uma repentina tontura, mas logo se sentiu bem o suficiente para colocar o peso nas pernas.

Mesmo em particular, ele se sentiu desconfortável tão exposto em um espaço estranho, então pegou a manta de caxemira do pé da cama e com ela cobriu os quadris antes de dar um passo exploratório em frente.

Sua primeira ideia foi usar magia para se transportar aos seus aposentos, mas logo hesitou com um pensamento alarmante: sua teoria anterior poderia estar errada, e talvez ele tivesse sido trazido à suíte de hóspedes por compaixão, não conveniência.

Não tinha certeza de onde, dentro do palácio, ele estava posicionado, mas havia uma chance de sua dor estar tolerável graças à sua proximidade dos aposentos de Alizeh; nesse caso, ele não queria perturbar o equilíbrio.

Pensou em explorar um pouco mais o espaço, na esperança de encontrar uma pilha de roupas descartadas, ou, pelo menos, um roupão. Assim que chegou ao hall de entrada, sentiu um estalo por dentro, uma onda tão elétrica que espasmou violentamente em seu peito. Ele ofegou, estrangulando um grito de uma dor que o cegava, que irradiava em seus olhos, sua língua, sua espinha. Cambaleou para a frente, apoiando-se tarde demais contra uma parede oposta, sentindo o chicote do que parecia ser um raio rachá-lo por dentro, desta vez tão forte que o fez emitir um gemido angustiado ao cair de joelhos.

Ele estava ofegando, seu corpo tremendo com tanta violência que ele mal conseguia reunir forças para voltar para a cama. A dor era ao mesmo tempo estranha e sufocante, uma tortura única quando comparada às outras experiências que ele conhecia, pois, uma vez iniciada, não cessara mais nem por um segundo. Ele ficou impressionado com a força explosiva daquela corda invisível, como se alguém estivesse tentando amarrar sua alma, arrastá-lo de volta ao seu possuidor.

Cyrus percebeu que devia estar no lugar errado, longe da segurança do início. Ele conseguiu, em sua agonia, arrastar-se alguns centímetros para mais perto da cama, antes de ser derrubado por um golpe que o levou a gritar em desespero. Ele quase desmaiou, caindo de joelhos e perdendo a visão.

Teve, então, uma visão repentina de seus pesadelos: as faixas escuras de fumaça ao redor de seu corpo, a queda de uma grande altura, a tortura sem fim; o rastejar no escuro como um animal em fuga. Pelo menos, durante aqueles terrores, havia a promessa de alívio, a visão de um anjo que sempre chegava...

Pelo canto do olho, ele vislumbrou um movimento; esforçou-se para levantar a cabeça e então testemunhou os primeiros raios do amanhecer, feixes dourados passando pelas janelas, banhando todo o cômodo com um brilho etéreo. Ele soube, então, que tinha ficado louco quando a viu, quando ela veio em sua direção, brilhando, assim como sempre fazia em seus sonhos.

Enfim, aconteceu o esperado: ele estava louco.

— Cyrus — ela sussurrou, aproximando-se. — Onde você está?

A descrença o paralisou completamente. Sua mente foi devastada pela impossibilidade daquela visão, pela sensação desorientadora de *déjà vu*.

Cyrus. Onde você está?

As palavras que ela dizia, a maneira como se movia, os raios de luz. Estaria ele, de fato, sonhando? Do chão, ele notou então, pela primeira vez, uma mesa lateral sobre a qual havia um vaso com uma orquídea, uma tigela e um prato dourado. No interior deste, estavam empilhadas toalhas manchadas de sangue.

Ela tinha limpado o sangue do corpo dele?

Se ele fosse capaz de se mover, poderia inspecionar... Poderia passar uma mão por seu corpo para confirmar a teoria. Mas, em vez disso, precisou cerrar os dentes para não gritar enquanto a dor se debatia no seu interior. Seus instintos insistiam que algo estava errado, ainda que a violência da tortura diminuísse conforme ela se aproximava. Aquilo só podia ser uma ilusão, ele sabia que era... Sabia que *tinha* de ser, mesmo que se sentisse muito acordado, com seu coração batendo forte no peito. Ela o viu no chão e se moveu em sua direção como um anjo, a silhueta de seu corpo gracioso iluminada pelo sol nascente.

Era impossível.

— Não, não...

— Cyrus — disse ela de novo, agachando-se agora para olhá-lo nos olhos, franzindo a testa de preocupação. — Eu só quero ajudá-lo.

Eu só quero ajudá-lo.

Ouviu a voz dela como se viesse de longe, suas palavras ecoando em sua mente repetidas vezes, despertando um clamor dentro dele e fazendo sua cabeça quase explodir.

— Não... Não... Não... — ele gritou, caindo para trás, saindo de seu alcance.

Mais das mesmas palavras que ela falava em seus sonhos, exceto que ele nunca tivera um pesadelo como aquele; sempre estavam no mesmo local, sempre começavam precisamente da mesma maneira. Talvez fossem as pequenas inconsistências que o desequilibravam agora, pois ele se sentira confiante de que estava acordado antes de ela aparecer. Só que, agora, já não podia ter certeza. Ele entrou em desespero, pois não sabia se esse era um novo jogo que o diabo estava tentando jogar.

— Isto não é real — ele disse. — Isto não é real...

Ela se aproximou e o tocou — uma única carícia em seu braço — e a sensação da pele dela contra seu corpo torturado foi tão sublime que ele lutou contra um gemido, seu peito arqueando de sofrimento.

— Por favor — disse ele, implorando a si mesmo. — Por favor, acorde...

— Veja como você está sofrendo — disse ela, com uma voz pesada de tristeza. Ela balançou a cabeça. — Eu não me dei conta de que seria tão horrível.

Veja como você está sofrendo.

Veja como você está sofrendo.

Ela ficou de joelhos diante dele, pegou seu rosto nas mãos, e ele gritou ao se sentir pegando fogo. Ela sempre o curava quando o tocava, mas desta vez o toque de sua pele parecia tão real que era aterrorizante.

O coração dele batia contra suas costelas conforme os dedos delicados de Alizeh passavam pelas linhas de sua mandíbula, o polegar acariciando a maçã de seu rosto. Ele emitiu um som gutural e torturado, seus olhos se fechando quando o alívio inundou suas veias. Ele sentiu como se pudesse morrer daquele simples prazer, da felicidade despertada dentro dele que abafava quaisquer vestígios de dor.

Ele queria morar ali. Cavar seu túmulo e morrer ali.

— *Anjo* — ele murmurou com um suspiro. — Meu anjo.

— Venha comigo — ela falou, baixinho, afastando-se, mas puxando-o pela mão.

Aquele pequeno gesto o assustou, porque não constava em sua memória. Nunca em seus sonhos ela fizera algo tão mundano quanto segurá-lo pela mão. A pressão de seus dedos pequenos e delicados era tão gentil, tão íntima, que ele quase acreditou que ela estava de fato ali.

Com o máximo de doçura, ela o ajudou a ficar em pé, largando sua mão para pegar a manta que ia caindo de seu quadril, ajustando-a com cuidado para não o expor. Ele sentiu como se tivesse se separado do próprio corpo, como se estivesse meio-vivo, reduzido a nada além de calor e sensação. Ele a observou, perplexo, cuidando dele com uma benevolência que ele não merecia. Então, seguiu-a cegamente, de mãos dadas outra vez, conforme ela o guiava de volta para a cama. Ocorreu-lhe então, com um vago pânico, que ele a seguiria até a beira de um penhasco se ela assim o guiasse.

Ela o ajudou a se acomodar de novo sobre o colchão, puxando as cobertas até sua cintura. Este era, de longe, o sonho mais estranho que ele já tivera, uma jornada com ela nunca antes percorrida.

Ele teve medo de que ela o deixasse, mas então ela se sentou na beirada da cama e olhou para ele, sorrindo. Ele sentiu como se estivesse despencando dentro do próprio corpo, encarando-a de volta, olhando em seus olhos com a liberdade de um homem enlouquecido. Ele se surpreendeu com o leve tremor de seus dedos quando ela tirou uma mecha de cabelo dos olhos dele, pois ela nunca parecera nervosa em sua presença.

— O que foi? — ele disse.

Ela só balançou a cabeça e disse, baixinho:

— Você é tão lindo.

As palavras detonaram dentro dele, causando um tormento tal que ele se encolheu.

— O que há de errado? — perguntou ela, alarmada. — A dor voltou?

— Não — ele disse. — Sim... Eu não sei.

Ela o estudou por mais um momento, refletindo enquanto examinava seu rosto.

— Eu fiquei logo ali — ela disse, apontando para uma poltrona em um canto sombreado, agora iluminado pelo espetáculo de cores que invadia o cômodo. — Devo ter caído no sono, mas prometo que não vou a lugar nenhum. Certo?

— Certo — ele disse.

— Você precisa descansar.

Ele engoliu em seco, ainda a encarando, perguntando-se se ela tinha alguma ideia do que ele faria por ela, dos mundos que destruiria por ela.

— Certo.

— Ótimo — ela disse, quase sorrindo, e então acariciou-lhe a testa, o que o deixou sem fôlego. — Se precisar de qualquer coisa que seja, estarei ali.

Ela se levantou, e ele entrou em pânico.

— Não — ele se apressou a dizer. — Por favor, fique.

— Vou ficar — respondeu ela, agora com um sorriso aberto. Ela apontou para a poltrona. — Estarei logo ali...

— Não — ele disse, chacoalhando a cabeça. — Quero você perto de mim.

Ela congelou, e seu sorriso se transformou em uma careta... Como se estivesse se lembrando de algo.

Com cuidado, ela se sentou ao lado dele.

— Cyrus — ela disse, passando as costas da mão pelo rosto dele, acalmando-o de imediato. — Você acha que está sonhando?

Ele estava se sentindo fora de si.

— Eu não sei.

— Menino sonolento — ela disse. — Isto não é um sonho. Estou mesmo aqui. E prometo que não vou a lugar nenhum.

Cyrus refletiu, tentando assimilar as palavras dela, mas não estava convencido, já que, nos sonhos, as pessoas sempre pensavam ser reais. Além disso, ele estava intoxicado com a proximidade dela, e sobrecarregado por algum peso que ele não conseguia explicar. Ela ainda o tocava, muito de leve, já não mais no rosto, mas em seu peito, dentro do qual seu coração palpitava a uma velocidade perigosa. A cada inspiração trêmula, seu peito arqueava, pressionando de novo os dedos dela contra sua pele, provocando nele um prazer tão agudo que parecia queimá-lo vivo.

Pelos céus, ele a desejava.

Ele notou, então, que ela estava usando um robe macio sobre o que parecia ser uma camisola, seus cabelos meio presos para trás. Os cachos soltos e sedosos roçaram sua pele quando ela se inclinou sobre ele, e ele queria puxá-la para cima de si, queria sentir mais dela, em todos os lugares. Se aquilo não era um sonho, e ela de fato estivera ali a noite toda ao lado dele, quando ela tinha tirado seu vestido opulento?

Ele arquejou quando ela retirou a mão, mas ele agarrou seus dedos sem pensar, depois fechou os olhos e os pressionou contra os lábios, beijando-os de leve.

Ela exalou, o que o fez abrir os olhos de novo. Ele a viu ali, observando-o, parecendo fraca e inquieta.

— O que foi?

— Nada — ela disse depressa, depois hesitou. — Tudo.

Com alguma dificuldade, ele se apoiou sobre os cotovelos, depois se sentou. Sua cabeça girava, e uma dor contínua percorria seu corpo, mas ele precisava olhar bem para ela. Cyrus pegou seu rosto entre as mãos, e ela suspirou, seu corpo tremendo ao se inclinar para ele, seus olhos fechados enquanto ela ofegava.

— Diga-me o que há de errado — pediu ele. — Diga-me do que precisa.

— Preciso que você saiba — ela disse, recuperando a voz — que isto não é um sonho.

O pulso dele disparou.

Cyrus sentiu-se congelado de medo e indecisão, fragmentos de memória e sensação desordenados em sua cabeça. Ele já não sabia o que era real. A pele dela lhe parecia tão macia, tão macia que o impressionava. Ele já a havia tocado mil vezes daquela forma, mas as memórias empalideciam em comparação àquilo, *àquilo*... Alguma vez fora assim, a sensação dela tão vívida que o queimava? Ele segurou seu rosto e maravilhou-se com ela, com suas feições elegantes, com a curva exuberante de seus lábios. Ele se inclinou, roçando seu nariz no rosto dela, e ela ofegou; ele observou o movimento de sua garganta, suas mãos trêmulas em direção ao corpo dele, os dedos finos pressionados contra suas costelas, depois escorregando até suas costas. Ele foi tragado pela doçura de seu toque, pelo calor que o curava, cada carícia envolvendo-o em uma sensação de segurança, como se tivesse encontrado seu lar.

Ele estava seguro ali. Com ela.

Ele piscou devagar, sentindo o peso denso da exaustão retornar ao seu corpo, derrubando-o. Sua cabeça tombou sobre o travesseiro. Ele queria dormir, mas tinha medo de fechar os olhos, e não se dera conta de que tinha falado aquilo em voz alta até ela dizer, baixinho:

— Por que você está com medo?

Ele balançou a cabeça, seus olhos fechando contra sua vontade.

— Porque — ele disse, suspirando — você nunca está aqui quando eu acordo.

Ele sentiu o hálito dela em sua testa, depois a pressão de seus lábios, tão delicados contra a sua pele, e então teve certeza de que só podia estar sonhando.

— Eu estarei aqui — ela disse. — Não vou a lugar nenhum.

— Depois, sussurrando, com seus lábios quase tocando a orelha dele:

— Você não pode mentir para mim para sempre, Cyrus. Descobrirei a verdade e, quando descobrir, prometo a você: vou destruí-lo. Farei o diabo se arrepender do dia em que nasceu.